现代奇幻原典书系

# Phantastes: A Faerie Romance for Men and Women

# 幻境

[英] 乔治·麦克唐纳——著

徐艳华 吴燕明——译

華中科技大學出版社

http://www.hustp.com

中国·武汉

**图书在版编目（CIP）数据**

幻境 /（英）乔治·麦克唐纳著；徐艳华，吴燕明译 . -- 武汉：华中科技大学出版社，2019.8

（现代奇幻原典书系）

ISBN 978-7-5680-5323-5

Ⅰ . ①幻… Ⅱ . ①乔… ②徐… ③吴… Ⅲ . ①童话－英国－近代 Ⅳ . ① I561.88

中国版本图书馆 CIP 数据核字 (2019) 第 113112 号

**幻境** （英）乔治·麦克唐纳 著

Huan Jing 徐艳华 吴燕明 译

---

策划编辑：刘晚成

责任编辑：田金麟

特约编辑：刘小乔 徐艳华

责任校对：李 琴

责任监印：朱 玢

装帧设计：璞茜设计 2815932450@qq.com

出版发行：华中科技大学出版社（中国·武汉） 电话：（027）81321913

武汉市东湖新技术开发区华工科技园 邮编：430223

印 刷：武汉精一佳印刷有限公司

开 本：880mm × 1230mm 1/32

印 张：9

字 数：197 千字

版 次：2019 年 8 月第 1 版第 1 次印刷

定 价：39.80 元

---

華中出版

本书若有印装质量问题，请向出版社营销中心调换

全国免费服务热线：400-6679-118 竭诚为您服务

# 序

我对乔治·麦克唐纳的认识全是出自书中：除了他亲笔撰写的书籍之外，便只剩下他的儿子格雷维尔·麦克唐纳医生于1924年出版的传记（《乔治·麦克唐纳与他的妻子》）。谈及这位作家的生平，我也只是曾有幸与同他接触过的人聊过一次，因此下面有关他本人的少量的生平记事全都是依照格雷维尔医生在传记中的描述。①

我们已从弗洛伊德和其他人那里得知，幼年时期与父亲的冲突会导致性格上的扭曲与思想上的偏差。而我们从乔治·麦克唐纳身上所了解的恰恰相反，他的一生诠释了一个截然相反的过程。麦克唐纳与父亲之间几近完美的父子关系是他最早的

① 本文选自C.S.路易斯为《乔治·麦克唐纳语录》（*George MacDonald. An Anthology*）一书所作的代序，埃德曼版出版社曾节选该文作为乔治·麦克唐纳所著《幻境》（*Phantastes*）一书的序言。

智慧之源。他说正是父亲使他初次认识到，父道一定处于宇宙的核心。于是他得以用一种不同寻常的方式为传讲基督教做好了准备——在基督教信仰中，天父与人子之间的关系是一切关系的核心。



他的父亲似乎是个引人注目的人物：集严格、温和、幽默于一身，秉承了苏格兰教会的老派作风。在没有麻醉剂的年代里，这位信徒曾经接受过高位截肢手术，并拒绝在手术前饮用威士忌，“只在手术刀彻底切断大腿肌肉的那一刻，他才将头转过去，轻声哼了一下”。曾经为了镇压一场暴乱，他不惜牺牲自己的肖像，以将其烧毁这样戏谑的方式平息了那场动荡的骚乱。平日里他不允许儿子碰触马鞍，直到他成为一个能驾驭野马的好骑手为止。他曾建议儿子“放弃未果的诗歌游戏”。麦克唐纳二十三岁时，这位父亲曾要求儿子许下终身禁烟的承诺，儿子也答应了。另一方面，他反对射杀松鸡，因为此举太残忍；总的来说，他对动物保有一颗温柔之心，这在一百多年前的农民身上是罕有的。他的儿子记述说，无论是他作为一个男孩还是长成一个男人的时候，他向父亲提出的要求全都会得到满足。无疑，这一点在向我们展现其父亲性格的同时，也同样展现了这位儿子的性格特征，应当将它与这句有关祷告的语录联系在一起：“那寻求父比寻求祂的施予更多的人会得到他的心之所想，因为他不大可能会错误地索取。”[1]这一神学信

① 出自《乔治·麦克唐纳语录集》，第104条“更完美的祷告”：有一种与神进行的交流，不寻求任何东西，却已寻求了一切……

条根植于作者童年的生活经历中。这种父子关系或许可以被称为现实中的“反弗洛伊德式情境”。

乔治·麦克唐纳的家庭当然属于加尔文教派，尽管他的父亲不一定是。他的思想成长史很大程度上就是一部挣脱抗争史：挣脱成长环境中神学体系的束缚。这种斗争故事在十九世纪非常普遍，麦克唐纳的故事却有所不同。在大多数这类故事中，抗争者并不满足于批判教条，还会对具体的人产生憎恶之情，包括那些影响他的前人，甚至是与之相关的整个文化背景以及生活方式。因此像《众生之路》[①]这样的书就应运而生了，后人假如没有将此类讽刺作品当成历史故事照单全收，至少也会原谅作者在当时的情境下几乎无可避免的片面性。但在乔治·麦克唐纳的身上却丝毫找不到这种怨怼的迹象。必须为他的立场找寻借口的并不是我们，恰恰相反，正是麦克唐纳本人，在他的思想抗争中迫使我们——无论我们是否愿意——看到他所反抗的事物中存在的某些真实的或许是无法取代的价值。

他的一生从未间断过对那块他从中剥离决裂的磐石的爱。他小说中最美好的部分永远将我们带回到那满是花岗岩和石楠花的田园意境；带回到沿岸铺满浅绿植被的小溪边，溪水里流淌的仿佛不是水而是黑啤酒；带回到木制器械砰砰的击打声中；带回到燕麦饼、鲜牛奶；带回到那种骄傲、那种清贫，以及对于来之不易的学问的热切之爱。他写得最好的人物都是那

---

① 《众生之路》（*The Way of All Flesh*）：英国作家塞缪尔·巴特勒（Samuel Butler，1835—1902）的半自传体小说，1903年出版。

些向我们揭示了真正的仁爱和精神上的智慧是如何与从事神职并存的角色，尽管后者似乎并不鼓励前者的发展。他的祖母是位可怕的老妇人，曾经把他叔叔的小提琴视作魔鬼的诱惑并将其烧毁了。可能对于他来说，这位祖母，用现在的说法（尽管未必准确）是“一个纯粹的虐待狂”。不过，当以此为原型的角色在《罗伯特·福尔克纳》[①]和《敝帚自珍》[②]中生动再现时，他迫使我们更深入地了解到——在那讨人厌的外壳下，某种会让我们全心怜悯，甚至（尽管带有几分保留）尊敬的东西。麦克唐纳用这种方式诠释的不是那使人疑惑的格言，所谓“全然了解，就是全然宽恕”，而是这条无可撼动的真理——“宽恕就是去了解”。爱人者，得见。

麦克唐纳于1824年生于苏格兰阿伯丁郡的亨特利，1840年进入阿伯丁的国王学院学习。1842年，他在苏格兰北部逗留数月，在一栋不知名的宅院藏书室从事编目和分类工作。我提及此事，是因为这段经历给麦克唐纳留下了一生都不可磨灭的印象。在他的书中，始终有一个大宅子的形象，主要是通过宅子内藏书室的视角，并且总是透过一个陌生人或受资助者的眼睛来铺陈叙述的，甚至连《莉莉丝》中的韦恩先生在自家的藏书室里都永远没有在家的那种熟悉感。所以我们有理由认为，“北方的大宅”是他一生中经历某个决定性的事件或蜕变的所在地，或许他正是在那里初次受到了德国浪漫主义的影响。

---

① 《罗伯特·福尔克纳》（*Robert Falconer*）：乔治·麦克唐纳著，1868年出版。
② 《敝帚自珍》（*What's Mine's Mine*）：乔治·麦克唐纳著，1886年出版。

1850 年，他受到“呼召”前往阿伦德尔，成为镇上一个非国教派教堂的牧师。1852 年，他由于持异见在教会执事那里陷入了麻烦，被指控发表“对异教徒的处罚存在于将来”的错误观点以及受到德国神学体系的侵染。执事们想通过降低薪酬这种迂回的方法让他引咎辞职——本来他的年薪是 150 英镑，而且他当时已经结婚了。但是他们判断失误了。他们从他那里得到的回复仅仅是：这的确是个坏消息，但我也只能缩减开支了。他坚持了一段时间，得到了教区里最穷困的教友们的救济，他们并不赞同那些锦衣玉食的执事们的看法。然而 1853 年的时候，这种情形也难以维系了。麦克唐纳辞职后以各种职业为生：演讲、教书、不定期地布道、写作、干各种“零活”，这种状况一直持续到几近他人生的终点。他逝于 1905 年。

那时他肺病缠身，并且穷困潦倒。饿肚子的状况有时只能靠最后一刻的救济才得以缓解：不可知论者将这种最后一刻的奇迹归因于偶然，基督徒则认为是上帝的旨意。正是在这种屡次失败和生存危机不断的背景下，下面的一些摘录才能被最有效地解读。作为一个有发言权的人，麦克唐纳曾对某种忧虑予以坚决的谴责；但那谴责的语气并没有给人“这是得肺病的人头脑发热的臆想”的感觉，没有证据表明他有这样的性格倾向。他的内心平静，这并非建筑在未来之上，而是依靠他所说的“神圣的现在”。他对贫穷的顺服与斯多葛派[①]的理念截然

① 斯多葛派：塞浦路斯岛人芝诺（Zeno，约前 336—约前 264）于公元前 300 年左右在雅典创立的学派。斯多葛派认为世界理性决定事物的发展变化，强调在社会生活中顺从天命，要安于自己在社会中所处的地位，要恬淡寡欲，只有这样才能得到幸福。

不同。他看上去是一个充满阳光、爱开玩笑的人，对钱财能买到的所有真正美好或可口的东西有很高的鉴赏能力，但缺了这些东西也一样满足。还有一点或许非常重要，当然也很感人，他被记录下来的最大缺点就是苏格兰高地出身的人那种对华服的热爱；而且他一生都热情好客，但也只是穷人能实现的程度。

当我摘录这些内容时，我所关联的并不是作为作家的麦克唐纳，而是作为一位基督教老师的他。假如我非要把他当作一位作家、一位文字工作者，势必会面临一个关键性的难题。若将“文学”定义为以文字为媒介的艺术，那么麦克唐纳在一流作家里并无一席之地，甚至可能连二流都算不上。他的确有一些文章，其中体现的智慧甚至神圣感（我敢于这么评价）胜过甚至掩饰了他写作中出现的一些拙劣的东西。这些表达非常精确、简洁、有分量，锋芒毕露，但他不能长时间维持这个水平。他的文笔整体而言并不怎么样，有时显得含糊不清。他在写作上还一直受到神职人员某些陋习的影响，有时是新教徒似的冗言；有时他受到老苏格兰人品位的影响，喜欢在语言表达上追求华丽花哨（这一特点从邓巴[①]一直贯穿到韦弗利小说[②]）；有时又因为借鉴诺瓦利斯[③]而显得过于甜腻。但即使文学评论界也不能因此忽略他。他最擅长写的是幻想小说——介于寓言和神话之间的幻想小说。在我看来，他在这一文体上做得比任何

① 威廉·邓巴（William Dunbar，1460?—1520?），苏格兰诗人。
② 韦弗利小说（Waverley Novels）：苏格兰作家沃尔特·斯科特（Walter Scott，1771—1832）所著的系列小说，在欧洲风靡了近一个世纪。
③ 诺瓦利斯（Novalis，1772—1801），德国诗人，早期浪漫派代表人物。

人都好。我们所面对的关键问题是，这种艺术，这种创造神话的艺术，是否是文学艺术中的一个门类。对把它归于文学艺术持反对意见的观点在于：神话从本质上来说根本不是以文字的形式存在的。我们都赞同巴尔德[①]的故事是一个伟大的神话故事，拥有无穷的价值。但是当我们做出这个评价时，浮现在我们脑海中的究竟是谁的版本，谁的文字？

就我而言，我说这话时并没有想到任何人的文字。我所知道或记起的诗人中，没有一位将这个故事叙述得完美无缺。我没有想到任何一个特定的版本。如果这个故事在某处是以文字为载体留存的，那几乎就是一个巧合。真正使我获得心灵上愉悦和滋养的是某个特定的事件模式，如果它是以某种无字的媒介传递给我的，比如一出哑剧或一场电影，我同样会获得愉悦与滋养。而且我发现这类故事皆是如此。当我想起阿尔戈英雄[②]的故事并且称颂它时，我并不是在称颂阿波罗尼奥斯（我从来没有读完他的书），不是金斯利（我已经将此人遗忘），甚至也不是莫里斯，尽管我认为他的诗作十分赏心悦目。在这一方面，神话故事与抒情诗是完全相反的。如果你试图将济慈《夜莺颂》的主题抽离出他用以表现这一主题的文字，你会发现它基本什么都没说。它的形式和内容只能以一种虚假的抽象的方式分开。然而在神话故事中，只有事件模式起着决定性的作用，

① 巴德尔：北欧神话中的奥丁之子，是光明之神，其死亡导致了诸神黄昏的开始。
② 阿尔戈英雄：古希腊传说中同伊阿宋一道乘快船“阿尔戈号”去取金羊毛的五十位英雄。

情况跟抒情诗就不同了。无论哪一种沟通手段，只要它成功地在我们的想象中植下了这些事件，就已经如我们所说的“完成使命”了，之后你就可以把那种沟通的手段抛掉了。如果沟通的方式是文字，人们当然希望带给自己重要信息的书信写得好一些。但这只是小小的便利，因为不管怎样，一旦你掌握了它的内容，这封信就会被丢进废纸篓了；而一旦你掌握了这则神话，讲述它的语句（朗普里埃词典[①]的词汇量也就够用了）就可以被忘记。在诗歌中，词语是主体，“主题”或“内容”是灵魂。而在神话里，想象中的事件是主体，某种无法表达的东西才是灵魂。文字、哑剧、电影或系列图片甚至连衣服都算不上——他们只不过是传声的话筒。关于这一点，我有个例证：几年前我在交谈中听人讲了卡夫卡的《城堡》的故事，之后又自己读了一遍，但那次阅读并没有给我带来更多的东西。我已经接收到那个故事了，这就足够了。

大多数神话故事都产生于史前，而且据我猜测，并不是个体有意识地创作出来的。但在现代社会，偶尔也会出现如卡夫卡或诺瓦利斯这样能创作神话故事的天才级人物。在我所知的人当中麦克唐纳是这个领域最伟大的天才。但我不知道怎么去给这一类天才分类。叫他们文学天才好像并不太准确，因为他们的天才同时会伴随着文字表达艺术上的巨大缺陷——不，主

① 朗普里埃词典：英国古典学者约翰·朗普里埃（John Lemprière，约 1765—1824）所编的《经典词典》（*Bibliotheca Classic* 或 *A Classical Dictionary*），内容涵盖了古典作家提及的所有专有名词，是神话研究及古典史学方面的重要参考书。

要是因为他们的才华与语言之间的所有联系最终都只是外部的联系，从某种程度上来说也不过是偶然。但他们的才华又不隶属于其他艺术门类。评论界看似总体上忽视了这样一种艺术形式，或者说才华。这种艺术甚至可能上升至最伟大的艺术形式之列，因为它产出的作品可以在第一次邂逅时给我们带来欢愉，在进一步的熟识中给予我们智慧和力量，跟那些最伟大诗人的诗作带给我们的影响是一样的。某种程度上来说，这种艺术形式比起诗歌（至少是绝大部分诗歌），更接近于音乐。它描述的内容超越了我们已知的事物，在我们内心激起从未有过、也从未期待会有的感受，如同我们从意识的正常模式中脱离，“获得了自降生以来从未希冀过的愉悦”。它进入我们的内部，冲击我们的思想甚至是激情都到不了的层面，挑战最古老的陈规直到所有问题都再次敞开，使我们震撼，使我们比人生中绝大多数时刻都要清醒。

麦克唐纳擅长的，正是这种叫神话诗作的艺术形式。他最好的作品是《幻境》、“科迪”系列、《金钥匙》、《女巫》和《莉莉丝》。这些书本身已足够好，无法再从中去芜存精了。意义、内涵、文采已融汇于整个故事中，读者若发现任何独立的优点，那也只是偶然。这些小说为我提供了丰富的养料。我这样说并不是说这些小说写得好。麦克唐纳出于各种原因成为了一名小说家，但他的小说极少能称得上是好作品，没有一部是上佳的。恰恰是在最偏离小说创作准则的情况下，他的小说成了精品。这种偏离有两个方向。有时更贴近幻想，像是《奇比爵士》里主人公的整个形象，还有《威尔弗莱德·康伯枚德》

里开篇的那几章；有时又转向直接又冗长的说教。如果读者只是为了看故事，这简直令人忍无可忍。但这样写其实是有好处的，因为作者尽管身为一个穷困的小说家，但还是一个优秀的传道者。所以他最宝贵的一些东西就藏在他最枯燥的作品里，而我在此处所做的就相当于掘墓。至此我对他小说的评价都是基于合理的、客观的评价标准而言。当然，对于热爱宗教神圣、热爱麦克唐纳（也许还要热爱苏格兰）的读者来说，也许在他最不被看好的作品里，也能发现一些让他免于指责的动人之处，甚至在其缺点中感受到一种奇怪的笨拙的魅力（我们面对自己最喜爱的作家时无疑都是如此）。这些小说都有一种少有但独特的品质：总是把“好人”写得最好也最令人信服。他笔下的圣人十分鲜活，而坏人则仅仅是出于剧情需要。

我不打算尝试将麦克唐纳的思想做历史性或神学性的归类，部分原因是我在这方面知之甚少，但更重要的是，我对这种分类并不热衷。有一种方法可以非常有效地消除我们内心发出的声音，即搬来某个“主义”做老师，让它发声。当我们嘀咕着“托马斯主义”“巴特主义”“存在主义”的时候，它们发出的号声已不会十分惊扰我们的休息。但在麦克唐纳那里，说话的永远是来自内心的声音。他表达了这样的观点：要求顺服，要求“某物不多一分不少一厘，或恰如其分”，都是无止境的。而在那来自内心的声音中，每一种其他的才能也同时发声了——即思维能力、想象力、幽默、幻想和满腔的爱。当今也许没有人比他更清醒地认识到“戒律”和“教义”的区别，以及只依赖道德所导致的不可避免的失败。作为天父之子的神圣地位是联结他思想中所有不同元素的重要概念。我不敢说他从不犯错，但我可以说他是我所认识的人里最接近，并且一直在接近基督之灵的人。所以他有着如同耶稣基督的那种柔软和严厉的结合。除《圣经·新约》之外，我再也找不到他作品中的那种恐惧与抚慰相交织的感情了。但这种紧迫感永远不会变得尖厉刺耳，因为每一篇布道都弥漫着一种博爱与惊叹之感，使得那种紧迫感不会令人不适。麦克唐纳所展现的上帝是带有威胁性的，但就如杰瑞米·泰勒[①]所说的，“若我们不起快乐之心，祂就以可怕之事相胁”。

在很多方面，麦克唐纳的思想所体现的那些耀眼的闪光点，正是我们认为他所处的年代和他的个人经历中最不可能出现的。身为一个浪漫主义者，又刚刚从枯燥教条化的神学体系中逃离，会很容易落入过分强调情感和“宗教体验”的陷阱。但事实上，十九世纪的作家几乎没有谁比麦克唐纳更像一个坚定的天主教徒那样把个人感受归置到其应该所处的位置上。他的整个自然哲学虽一直坚定不移地建立在物质世界的基础上，却并未受当时并存的“机械主义”和“理想主义”的影响。他显然跟怀特海教授[②]比跟赫伯特·斯宾塞[③]或 T.H. 格林[④]要更合得来。所有的浪漫主义者都能真切地感受到事物的善变，但他们

① 杰瑞米·泰勒（Jeremy Taylor，1613—1667），英国教士和神学家。

② 阿尔弗雷德·诺夫·怀特海（Alfred North Whitehead，1861—1947），英国数学家、哲学家和教育理论家。

③ 赫伯特·斯宾塞（Herbert Spencer，1820—1903），英国哲学家、社会学家。

④ 托马斯·希尔·格林（Thomas Hill Green，1836—1882），英国著名的政治思想家、哲学家、伦理学家，英国新自由主义政治思想的先驱。

中的大多数只是为之伤春悲秋而已。而麦克唐纳的怀旧只是一个开始——他会深入下去，探求这种怀旧感是如何来的。他的心理活动也值得注意。他跟其他现代人一样清楚地意识到，意识本身，以及自省所揭示的东西，都不过是表面的，于是就有了《公主与妖魔与精灵》中国王城堡里错综复杂的地窖和阁楼，以及《莉莉丝》中韦恩在自家的宅子里感受到的惊吓，还有他对我们日常的自我揣测进行的有力批评。而这其中发挥最大作用的大概就是那种低级原始但又往往无法摆脱的心理作用——恐惧，他允许恐惧进入精神生活中。在这一点上，对早年接受的教导的反叛原本会极有可能将他带入浅薄的自由主义的误区，但实际上并没有。他确实虔诚地希望所有人都得救，但那是因为他期待所有人最终都会忏悔。他明白（且比任何人更甚），即使万能的主也无法拯救那些不信的人。而他从不在永远不可能的事情上纠缠。他像特拉赫恩[①]一样善良温和，同时又像《遵主圣范》[②]里那样严厉。

但至少我没有错过麦克唐纳。我从未掩饰过我将麦克唐纳视为我的导师这一点，实际上我想我每一本书里都有引用过他的话。但在我看来，我的读者们至今还未对我作品里连带的这位作者引起足够的重视。我的良心督促我必须要强调这一点。

---

① 托马斯·特拉赫恩（Thomas Traherne，1637?—1674），英国作家及玄学派诗人。他主要以《罗马赝品》及《基督教道德》等宗教散文而闻名。

② 《遵主圣范》（*The Imitation of Christ*），德国中世纪修道士坎贝斯的多马（Thomas à Kempis，1380—1471）所著。该书曾被认为是除《圣经》之外最受基督徒喜爱的灵修读物，又译为《效法基督》《师主篇》。

即使不是出于对自己诚实——要知道，我可是个大学教员，“追根溯源”可能是骨子里的习惯。早在三十年前，我买了“人人文库”[①]版的一本《幻境》——当时还不太情愿，其实这本书之前在那个书摊上看到过几次，但都被我略过了。几小时后，我发现自己穿越到一片新的疆土。在此之前，我已经深深沉溺在浪漫主义的思想中，而且随时可能陷入它更黑暗邪恶的一面，从峭壁上慢慢滑下，由追求奇特转移到追求怪异甚至反常。虽然《幻境》不论怎样来看都已经够浪漫了，但这种浪漫跟我之前所提的还是有所差别。那时我的思想已与基督教的教诲离得很远，所以完全意识不到这种本质上的差别。我当时只是感觉：如果说书中的新世界是陌生的，它却同时又有家的温馨和亲切；如果这是梦境，那么至少是一个让人变得警醒的梦；整本书都透露出一种沁凉的早晨般的纯净，分明还有一种死亡的气息，却是“好的”死亡。这本书对我的影响就是，它使我的想象力发生了转变，甚至得到“洗礼”，尤其是书中关于死亡的那部分。它在智力上对我没有任何启发，良心上当时也没产生什么影响，那些是很久之后受到其他众多书籍和人物的影响后发生的事。然而，当我完成了自我的转变——当然我是指“一切真的发生了”之后——我发现自己还是在受麦克唐纳的影响，并且他一直都伴随着我。我发现自己终于准备好去聆听他一开始无法向我传达的信息。但从某种意义上说，他现在告诉我的

---

① 人人文库（Everyman’s Library）：英国伦敦的出版商登特（Joseph Malaby Dent）于1906年开创的英文经典系列丛书。

就是他一开始已经向我传达的东西。毫无疑问，这颗人生的良药没有什么随手可弃的外壳，也不存在什么“金玉其外”之说。它从里到外都是金子。而他的幻想作品中最令我着迷的特质其实就是真实世界的特质——就是我们所处的这个神圣的、有魔力的、令人畏惧又狂喜的现实世界。若是在我的青春期，有人跟我说我会热爱《幻境》一书中体现的良善，我肯定会惊愕不已。但现在我明白了，因为看见其中没有虚伪。虚伪是全然相反的，即那种贫乏的、只能把良善禁锢在“法律和义务”范围之内的道德，它永远无法使我们感受到“正直的土地”上迎面吹来的甜蜜气息，也无法向我们展示那稍纵即逝的，若是见过一次就一定会以感官欲望之外的所有去追求的“形态”——那种（用萨福[①]的话说）“比金子更珍贵”的东西。

C.S. 路易斯

作序者简介

C.S. 路易斯（Clive Staples Lewis, 1898—1963）出生于北爱尔兰，长年居住在英格兰，是英国知名学者、作家及护教家。他26岁即登牛津大学教席，被当代人誉为“最伟大的牛津人”。代表作包括《牛津英国文学史 · 16世纪卷》《地狱来鸿》《返璞归真》《四种爱》《纳尼亚传奇》等。他一生著书逾30部，有学术著作、小说、诗集、童话，在全世界拥有庞大的支持者。时至今日，他的作品还在继续吸引着成千上万的新读者和研究者。

① 萨福（Sappho，约前630或前612—约前592或前560），古希腊著名女抒情诗人。

# 目　录

# 第一章

“一个精灵……
波动的树林，寂静的泉水，
欢跳的小溪和逐渐使林荫变暗的黄昏，
都是那精灵的语言在同他交谈，
仿佛这里存在的，只有它和他。”

——雪莱《阿拉斯特》①

一天早上，我醒来时和往常一样头昏脑涨，知觉正在逐渐恢复。我躺着，透过卧室东边的窗户望去，只见一抹浅色的绯红劈开了地平线上刚刚升起的一片云彩，宣告着太阳的到来。我头脑中的思绪，早已融入了昨夜无梦的酣眠，此刻它又开始凝聚成形；那天晚上的离奇经历伴着许多疑惑，再一次于我的眼前浮现。前一天是我的二十一岁生日。我在各种仪式上获得

① 该诗又名《遁世的精灵》，为英国浪漫主义诗人雪莱所写。它描写了一个情感纯真、才华不羁的青年如何认识到优美和高贵的一切，如何放纵炽热的、纯净的想象而耽缅于宇宙的冥想中。此处参考了诗人查良铮（穆旦）的译文。（译注）

了自己的法定权利[1]，还得到了一串父亲用来保管私人文件的书桌钥匙。等到宾客全数散尽，我便马上派人将烛台送到安放书桌的房间，此刻它终于迎来了多年以来的第一盏明灯，自从父亲去世以后，外界就不曾侵扰过这儿了。可是黑暗却像个久居的囚徒不肯轻易被放逐，它如同蝙蝠栖居在墙上将四壁染得漆黑；烛火在跳动，无法照亮寄居者那阴暗的帘幔，好像还要把更深的阴影投到帘盒[2]的雕花镂孔里去。房间的深处隐藏在一种神秘之中，而这其中最幽深的地方，聚拢在一只深色的橡木橱柜周围。现在，我正缓缓地向它走去。一种莫名的感觉，夹杂着敬畏和好奇向我袭来。也许我将像地质学家那样让深埋已久的岩石地层重见天日：热情曾使那化石焦如黑炭，泪水曾使它们坚如磐石。也许父亲那不为我所知的过去将被揭晓：他怎样谱写了人生的篇章、发现了这个世界，世界又是怎样将他遗弃。也许我将发现的仅仅是一些记录了土地和财富的档案：它们是怎样被获取和守护，经过动荡的年月，又如何从陌生人那儿传递到我——一个对其全无所知的年轻人手上。为了解答我的种种揣测，也为了驱散那像亡灵迫近一般涌上心头的敬畏之情，我一步步走向书桌，找出那把书桌上半截橱门的钥匙。我费了一些力气将门打开，然后拉来一把沉重的高背椅子，在一堆小巧的抽屉、烛龛和格子箱面前坐定。[3]不过引起我的注

---

① 在维多利亚时期的英国，21 岁是一个男子步入“成年”的年纪。（译注）
② 指窗帘上方遮挡窗帘的那部分，即窗帘盒。（译注）
③ 原文中的“书桌”对应 secretary 这个单词，指 18、19 世纪生产的一种上面有开门书柜，下面有写字台的大件家具。里面通常会有抽屉、格子箱、烛龛（指放蜡烛用的与书桌连在一起的支架盒，类似较浅抽屉）等组成部分。（译注）

意的却是中间小柜子上的一扇柜门，门里仿佛锁着一个世上藏匿已久的秘密。它的钥匙，我找到了。

就在我打开柜门的时候，一个生锈的铰链突然崩裂开来，一只只小格子箱在我面前一览无余。这些小格子相对而言属于浅口格子，因为它们外围格子的最深处直抵书桌背板。我因此认定小格子箱的背后一定还有空间。很快我就发现，它们的确是和柜体分离的结构，可以作为整体自行取出。在那后面，我找到了一扇木质的移动闸门，上面紧凑地排列着一根根短小的横木。为了启动那扇闸门，我又费时许久百般尝试。终于被我发现，柜子的一侧有个并不突出的金属按钮。我不停地揿着那个按钮，拿起手边的一把旧工具，用尖端使劲地戳它。最后，机关触发了。小闸门突然向上升起，出现在我眼前的是一个空荡荡的小阁间：阁间的一角躺着一堆早已干枯的玫瑰花叶，它们的芳香早已消散；另一个角落里摆放着一捆文件，由一小根丝带捆绑，丝带的颜色已随花香褪去。对于那些古旧之物，那些遗忘之律的无声见证者，我几乎是不敢触碰的。于是我退回到之前的椅子上，久久地凝视前方。突然，小阁间的门槛上方出现了一个人形，仿佛是从那门槛的纵深里出现的。那像是一个小仙子，她形态完美，如同古希腊雕塑幻化而生。她的衣着看上去永远不会过时，完全浑然天成：一件长长的袍子将她优美的颈项衬托出来，笔直地垂到她脚下，腰间系着一根绸带。然而，我是到后来才注意到她的衣着的。面对这样一个幽灵般的存在，自然会激动无比，但我绝对还没有到惊惶失措的程度。她见到我惊讶的表情（我想是这样的），于是走到我跟前，用一种我闻所未闻的声音说话，这声音使人如沐晨曦，如同感受到了芦苇丛生的河岸以及一阵浅吟低唱的轻风，甚至是在这静如死寂的房间里。

“安诺德[①],你以前从来都没有见过这样的小生灵,是吗？”

“从来没有，”我回答，“就是现在也难以置信。”

“啊，你们人类总是这样。你们总是不肯相信第一次遇见的东西，只有一遍遍地重复才会让你们相信，真是愚蠢极了。我可不想和你争辩，不过，我准许你许一个愿望。”

听到这里，我忍不住打断了她，发表了一番愚蠢的言论，不过我当然没有理由对此感到后悔：

“像你这样的一个‘小’生灵，怎么能准许什么或者拒绝什么呢？”

“这就是你过去的二十一年里获得的哲学观吗？”她接着说，“形式是重要的，但是大小毫无意义，这只不过是一个相对关系的问题。我想，阁下身高六英尺，并不会感到自己无足轻重——尽管在别人眼里，你站在你的老叔叔拉尔夫身边的时候的确显得身材矮小，他至少比你要高上足足半英尺呢。不过，对我这样的老人家，大小并不重要，我也可以改变我的高度去适应你们的愚昧偏见。”

她一边说一边从书桌上跳到地上，然后站直身子，变成了一位仪态优雅的高个女士。她脸色苍白如纸，有一双湛蓝的大

---

① 安诺德（Anodos）：有走投无路、漫无目的、攀升（出自希腊语）等含义。柏拉图曾使用过这个词，用来描述从物体本身通往更高阶的现实的道路，尤其是在他的洞穴比喻中。（译注）

眼睛，深色的长发在她的颈后流淌，如同波浪一样垂至腰间。她身穿着一袭白袍，在那长发的衬托下，姿态楚楚动人。

“现在，你相信我了吧？”她说道。

我被这美人的存在征服了，一种不可思议、无以抗拒的吸引力将我向她拉近。我想，我大概是向她伸开了双臂，因为这时她往后退了一两步，说道：

“傻孩子，假如你真能碰到我，我会使你受伤的。而且，去年仲夏节的前夜[①]，我已经有二百三十七岁了。还有，你知道，一个男人一定不可以爱上他的祖母。”[②]

“但你并不是我的祖母。”

“你怎么知道我不是？”她反驳道，“我敢说，关于你曾祖父们的一些事情，你了解的确实不少；但对于你的祖父母和外祖父母的母亲，你几乎一无所知。好，现在说正题，昨天晚上，你的小妹妹在给你读一个童话故事。”

“的确如此。”

“她读完以后收起书来问你：‘哥哥，是不是有一个精灵王国呢？’你叹了口气说：‘我想是的，假如有人能找到去精灵国的路。’”

“我确实说了这话。不过我的意思似乎和你所想的完全不同。”

“不用担心我似乎在想些什么。明天，你就会找到通往精

---

① 仲夏节前夜（Midsummer eve）：即仲夏节（和圣约翰节同一天）的前夜。传说精灵在这一天聚会。（译注）

② 可能暗指当时一个出名的闹剧《一个男人不可以娶他的祖母》。（译注）

灵国的路。现在，看着我的眼睛。”

我急切地照办了。她的双眼使我充满了一种无名的渴望。不知是什么缘故，我想起了自己还是个婴孩时母亲的亡故。我又往那眼睛的更深处凝望，直到它们像汪洋一样将我包围，用流水将我淹没。我忘记了之后所发生的一切，直到发现自己已然站在窗前。阴暗的帘幔被掀起，我于窗前凝望整片星空，只见繁星点点，在月光下闪烁。月光下躺着一片大海，死寂灰白；它冲进海湾，绕过海岬和岛屿，涌向远方，远方，我所不知的去处。啊！那不是海，而是被月色磨光的一潭沼泽。[①]“在某个地方，一定有这样一片海！”我自言自语。只听身旁响起一个低沉而甜美的声音：“在精灵国，安诺德。”

我转过身去，却没看见任何人。于是，我把书桌的门阖上，向自己的卧室走去，然后来到床沿。

我躺在床上，双目微闭时我回想起这一切。很快我便会发现那位女士许诺的真相——这一天，我将找到前往精灵国的路。

---

① 在本书的现实维度中，安诺德将窗外月光下的沼泽错看成了一片海；而另一个维度中，这片海是精灵国里的大海。此处作者吸收了诺瓦利斯的思想：“我们比看得见的东西更接近无形的东西。”之后安诺德会在精灵国里遇见大海。（译注）

## 第二章

“‘溪流在哪里？’他噙泪哭喊。

‘你看，它不在头顶的碧波之中？’

他仰头，瞧！那青溪正温柔地

缓缓地流淌在他们上空。”

——诺瓦利斯《海因里希·冯·奥弗特丁根》[①]

正当这些离奇的事情在我的脑海中流淌而过时，突然之间，我意识到自己身旁响起了淙淙的流水声，就好像一个人醒来时才发现，海水在他身旁已经低吟了好几个小时，暴风雨在他窗口已经嚎叫了整整一夜。我从床上向外看去，只见我平日洗漱用的绿色大理石水槽正在往外冒水，它架在卧室角落的大理石底座上，此时正如同喷泉一样水泻如注。我还看见，一股清泉在地毯上流淌，穿过整个房间，寻找着它不为人知的出路。更

① 诺瓦利斯（1772—1801）：德国浪漫主义诗人、思想家。《海因里希·冯·奥弗特丁根》是诺瓦利斯的代表作，讲述了吟游诗人海因里希·冯·奥弗特丁根的经历。小说以中世纪的德国为背景，内容充满象征和梦幻，将散文、诗和哲学融为一体，表现了作者在田园牧歌中追求理想和诗意生活的思想。（译注）

奇怪的是我自己设计的一块仿照雏菊青草田的地毯——在地毯与溪流相交的地方，那些草叶和小雏菊似乎正随着流水带来的微风轻轻地摇曳；而浸润在小溪中的花草则随着时疾时徐的水流，时而弯腰时而摇摆，好像它们就要和溪水融为一体，并且舍弃它们的固态形状，化作和水一样柔软的液态了。

我的黑色梳妆台是件老式的黑橡木家具，它的抽屉全都冲到了前边。这些抽屉上面有许多雕工精细的叶形花纹，主体部分是常春藤的叶蔓形状。梳妆台靠近我的一端同往常无异，另一端却发生了惊人的变化。当时，我的视线恰好停留在一小簇常春藤的叶片上。第一片叶子显然是由人工雕刻而成，第二片叶子颇有几分古怪，第三片叶子，竟是千真万确的常春藤叶！再将视线挪过去一点儿，我看见一根铁线莲的藤蔓，与其中一只抽屉的镀金手柄纠缠在一起。这时，我听到上方传来一阵轻微的响动，于是我仰起头，瞧见床帷上那些精心设计的枝叶图案也在轻轻地颤动。我不知道接下去会发生些什么，但是我想是时候该起床了！于是，我从床上一跃而起，赤裸的双脚落在了一片清凉的绿茵地上。接着，我匆匆忙忙穿上衣物，却发现自己竟站在一棵大树底下。金色的晨曦中，这棵树的树冠随着变幻的光线迎风摇摆，早晨的凉风将它吹得来回摇摆，枝头叶影摇曳，好像逐渐恢复平静的波涛。

我掬起清澈的溪水，尽量把自己洗漱干净，然后起身环顾四周。那棵好似被我倚靠整夜休息的大树，是一片密林的前哨之一，溪水正朝着那片密林奔去。沿着溪流的右岸，一条小径的痕迹依稀可辨，小径上长满了青草和苔藓，甚至还有一些零星分散的海绿属植物。想必这就是通往精灵国的道路吧，昨夜的那个女子许诺我将找到的那条道路！怀着这样一种信念，我穿过溪流，在右岸的小路上与溪水结伴而行，直到它如我所愿地将我引入密林。然后，我就此与它别过。这并非出于某个合理的缘由，尽管我隐隐约约地感到应该跟随它的方向继续前行。但是，我朝着偏南的方向走去了。

# 第三章

“人类豪夺一切空间，
目光攫取你，在山冈，
树丛，河川，脸庞。
你未有一树可见；
观海却不识大海，
不过是人之易装。
离群索居吧，这计划必枉然；
人心所关切，无外乎人。”

——亨利·萨顿[①]

在我踏入树林的地方，稀稀落落地生长着一些树木，平直的阳光穿过林间的缝隙一路畅通无阻地照射进来。我继续向前走去，树木迅速变得稠密起来。很快，摩肩接踵的树干就隔绝了阳光，仿佛在我和东方之间形成了一道厚厚的围栏，似乎我

① 亨利·萨顿（1825—1901）：英国诗人、记者。深受瑞典神秘主义科学家史威登堡影响。（译注）

正在向着第二个子夜行进。然而，正当我就要踏入那好似最幽暗的树林深处时，在间或出现的暮光中，我看见了一位乡间少女从密林深处向我走来。她好像并没有注意到我，她显然将注意力集中在手上的一束野花上。我几乎看不见她的脸庞，因为，尽管她径直地向我走来，却始终没有抬头看我。但是当我们迎面相遇时，她并没有从我的身边走过，反而转过身，与我并肩行走了一段路程。她的面庞依然朝下，摆弄着手里的鲜花，然而，她自始至终都在用飞快的语速、低沉的声音在说话，仿佛是自说自话，但是显而易见，这些话都是对我说的。

她似乎担心被某个潜在的敌人看到。“信任橡树，”她说，“你要信任橡树，信任榆树和高大的毛榉树。你要照顾白桦树，因为虽然它很诚实，但它太年轻不知道变通。然而，你要避开白蜡树和桤木，因为白蜡树是一个恶魔——你会通过它粗壮的手指辨认出它；而如果你让桤木在夜里接近你，它会用头发织成网罗使你透不过气。”没有一丝的停顿，保持着平淡的声调，她将所有的话一气道出。然后，她突然转过身去，继续用同样的步态离我而去。我虽然未能揣摩出她的真意，但是我满足于自己的这个想法——假如她的警告用得上，届时会有足够的时间让我发现这话语中的深意，并且，时机将会揭示出那些警告的意义。我根据她手中的鲜花得出了这样一个结论：在这片森林里，并非到处都像脚下的这片土地一样密树丛生。果不其然，因为很快，我就来到了一处更为空旷的地方。我穿过这片森林，不久便来到一片绿草茵茵的开阔之地，地上长着几圈颜色更鲜亮的绿色植物。不过即便在这儿，我也被一种绝对的寂静惊呆了：没有鸟叫，没有虫鸣，没有鲜活的动物与我相遇。但是不知什么缘故，我的周遭似乎只是整个儿睡着了，并且即使在睡眠中也笼罩着一种期待的氛围。树木似乎都带着一种故作神秘的表情，仿佛它们正在自言自语："只要我们渴望，我们就可以。"①所有树木周身都带有一种意味深长的神情。于是，我记起来了，夜晚是精灵们的白天，月亮是精灵们的太阳；然后，我又想到——现在，一切都在睡梦之中；而当夜晚到来时一切又将不同。此时我感到了某种焦虑：作为人类和白日之子，当我和这些精灵与其他夜晚之子共同相处时，我该如何举止得体呢？他们，在凡人入梦时醒来，在那些奇妙的时间里度过他们的日常生活。这些时间悄无声息地流过男人、女人和孩子们如同死去了的身体。在夜晚沉重波浪的重压下，那些人一动不动、仰面朝天地躺在那里；夜晚的波浪流到他们的身上，并把他们拍倒，他们被淹没、失去了知觉；直到退潮的时候，波浪退去，退回黑暗的海洋。不过我还是鼓起了勇气，继续前行。但是没过多久，我又焦虑起来，尽管是出于另一个原因。那天，我没有吃过任何东西。在过去的一小时里，我的进食欲望一直挥之不去，所以我变得忧虑，唯恐我在这奇特的土地上找不到任何东西满足自己作为人类的需要。然而，我再一次用希望进行了自我安慰，然后继续前行。

正午之前，我感觉自己看到了一缕蓝色的炊烟，在我面前

① 出自莎士比亚著《哈姆雷特》第一幕第五场，原文为We could an' if we would.（译注）

那些大树的枝干中冉冉升起。不久后，我来到了一块空地，那里有一座小屋：它的墙角由四棵大树的树干构成，四棵树的枝丫在小屋的屋顶上方相遇、虬结在一起，堆起一大团云彩般的树叶，直冲天空。我惊叹自己在这附近发现了一座人类的住所。虽然它足以鼓励我期盼自己能够找到些食物，但这屋子看上去一点也不像是人类的居所。因为没有看到门，于是我绕到小屋的另一面，在那里，我发现了一扇敞开的门。一位妇人正坐在门边为晚餐预备一些蔬菜。这座小屋像家一样令人感到舒适。当我走近时，妇人抬起头看到了我，她并没有表现出任何吃惊的样子，而是继续埋头做着手中的事。然后，她用低沉的声音说道：

“你看见过我的女儿吗？”

“我认为我看见过，”我回答，“我饿坏了，你能给我一些东西吃吗？”

“不胜荣幸，”她用同样的声调回答，“但是在你进入小屋之前，不要再说话，因为白蜡树正在暗中注视我们。”

说完这句话，她站起身，领我进入小屋。现在我看出来了，这间屋子是用许多紧密固定在一起的小树枝搭建而成的，屋子里摆放着做工粗糙的桌椅，上面的树皮甚至还没有被刨掉。她刚一关上门，拖过一把椅子——

“你身上有精灵的血统。”她说道，眼睛使劲地盯着我。

“你怎么知道的？”

“如果没有的话，你不可能走到树林这么深的地方，而且我正努力地从你的脸上找出一些它的痕迹。我认为，我看到了它。”

“你看到了什么呢？”

“哦，不用担心。也许我是错误的。”

“但你怎么会生活在这里呢？”

“因为我身体里也有精灵的血统。”

此时此刻，轮到我使劲地盯着她看了。尽管她容貌粗陋，眉毛尤为浓密，我想我还是能够察觉到某种异乎寻常的东西——我几乎不能称之为优雅，然而那是与她的容貌不可思议地形成鲜明对比的一种表情。我也注意到，尽管因为劳作和日晒，她的手变成了褐色，但是她的手型很优美。

“我会生病的，”她继续说道，“如果不住在精灵国的边界上，时常吃到他们的食物。我从你的眼睛可以看出，你并没有完全摆脱同样的需要，尽管你受到的教育和你敏捷的思维使你的这种感受要少于我。你可能也会离精灵族越来越远的。”

我记得，关于我的祖母们，这位妇人都说了些什么。

此时，她在我面前摆了一些面包和牛奶，同时为食物的简单朴素亲切地向我道歉，然而我却没有一点幽默感地与她争辩。此时此刻，对于她女儿和她说过的那些奇怪的话，我认为是时候该设法得到一些解释了。

“关于白蜡树，你的话是什么意思？”

她站起身，从小窗户向外望去。我的目光追随着她，但是由于窗户太小，从我坐的地方看不到任何东西。我起身从她的肩头望去，就在那时我看见，越过空地，在茂密森林的边缘，有一棵高大的白蜡树——树叶呈现出一种发青的蓝色，而它周围的树木颜色则更接近真正的绿色。就在这时，妇人面带焦躁和惊恐的神色，把我往后一推，然后把一本巨大的古书挡在玻璃窗上，几乎遮住了窗外的亮光。

“总的来说，”她恢复了镇静，一边说道，“白天没有任何危险，因为那时它正在酣睡。但是，森林里正在发生某件不寻常的事。今晚，在这些精灵之间一定会发生某件严肃的事情，因为所有的树木都焦躁不安；虽然它们无法醒来，但是在睡梦中它们也能看到和听到。”

“可是，你怕它带来什么样的危险呢？”

她没有回答这个问题，反而又一次走到窗边向外望去，口中说她担心精灵们会被险恶的气候给搅扰，因为西方正在酝酿一场风暴。

“天色变得越暗，白蜡树就会醒得越快。”她补充道。

我问她，她怎么知道森林中存在着任何不同寻常的兴奋。她回答说：

“除了这些树木的表情以外，那边的那只狗也不快乐。那只白兔的眼睛和耳朵比平时更红，它跳来又蹦去，像是在期待什么乐子。假如猫咪待在家里，它会弓起它的后背，因为小精灵们总是用荆棘刺在它尾巴上摩擦火星，于是它便知道精灵们何时到来。而我，也有别的办法知道。”

就在这时，一只灰色的猫像魔鬼一样冲了进来，然后消失在墙上的一个洞里。

“你瞧，我刚告诉过你！”这位妇人说道。

“但是，这和白蜡树有什么关系呢？”我问道，并再次转移到这个话题。然而这时，我早上见到的那位姑娘走了进来。她们彼此之间传递着微笑的神情，然后女儿开始帮助母亲做起一些轻松的家务活。

“我想在这儿一直待到晚上，”我说道，“然后继续上路，如果你允许的话。”

“非常欢迎，请你自便。最好一整夜都待在这里，要好过你在林子里冒险。你要去哪里呢？”

“我并不知道要去哪儿，”我回答，“但是我不想错过任何应该看见的东西，因此我希望，就在太阳落山时动身。”

“假如你对敢于挑战的事有任何想法，你就是一个勇敢的小伙子；如果你对它一无所知，那么，这就只是个鲁莽的想法。但是抱歉，你似乎并不很了解这个国家和这边的礼仪。不过，要不是因为某个缘故，没有人会来到这里，无论是他自己知道那个缘故，还是那些差遣他的人知道。所以你要做的就是——如你所愿。”

于是，我坐了下来。我感到相当疲惫，不想再谈下去。我要求离开，去看一看仍然挡在窗口的那本古书。就在她往森林的方向再看一眼之前，妇人把书直接递给了我，然后，她拉下了百叶窗帘。我在那窗口坐定下来，把这本大部头的古老书卷摆放在桌子上，开始阅读。书中讲述了许多关于精灵国的奇妙故事、那些过去的时光和亚瑟王的圆桌骑士们。我继续读啊读，直到午后的影子开始变深；因为在密林里，光线要比在旷野中暗得更早。最后，我读到这样一段话：

碰巧在这里，在他们的远征途中，加拉哈德爵士和珀西瓦尔爵士在宏伟森林的深处邂逅。[①]此时此刻，加拉哈德爵士全身披挂着明亮华丽的银色铠甲。这铠甲赏心悦目，可惜仓促使它染了污渍，又因为缺少侍从随行伺候，因此难以保养得干净得当。虽然加拉哈德爵士也无贴身的侍从侍童，他的甲胄却像月亮般发光。他骑着一匹白色的高头骡马，它的鞍座和外罩全是黑色，但上面布满了银色光泽美丽的百合花纹样。而珀西瓦尔爵士，他骑着一匹红色大马。马颈背上的鬃毛和尾巴呈黄褐色，身上的装饰全被泥浆和烂泥玷污。他的甲胄锈迹斑斑、惨不忍睹得异乎寻常，恐怕已经很难再将其擦亮。因此当太阳西沉，阳光倾泻在光秃的树干之间，照耀在两名骑士身上，一位骑士好像全身亮光闪闪，另一位骑士则全身焕发血色火光。现在，事情是如此发生的。至于珀西瓦尔爵士，当他逃离魔女之后，剑柄上的十字架敲打着他的心灵，于是他在大腿上猛刺，然后逃遁，来到一大片树林里。他毫不纠正自己的过错，还发出同样的哀叹。桤木女与他不期而遇，刚好看到了时机，她用甜言蜜语和虚情假意安慰他、欺骗他，直到他跟随她到一个——



① 加拉哈德爵士是亚瑟王传说中的一名骑士，圆桌骑士中最纯洁的一位，他的纯洁使甲胄熠熠生辉。在他寻找圣杯的途中，珀西瓦尔爵士曾经与他同行。（译注）

此时，我的女主人发出一声低沉又短促的叫声，我抬起头来，随后我不再继续读书了。

“瞧那里！”她说道，“看它的手指！”

就在我读书的时候，落日的霞光正透过西边厚厚的云层的罅缝照射进来。一个影子正在小百叶窗前慢慢地移过——它就像一只巨大的、扭曲变形的手，上面长着疙瘩和隆肉，因此它手指的部分要比手掌宽大许多；然后，它又慢慢地朝着相反的方向折回去了。

“它差不多就要醒了，母亲。它今夜会比往常更加贪婪。”

“嘘，孩子，它平时就生我们的气，你没有必要让它对我们更加生气。你不知道，黄昏之后某件事情有多快就会发生，它将迫使我们进入森林。”

“可是你们就在森林里呀，”我说道，“而你们在这里是安全的，这是怎么一回事呢？”

“它可不敢比现在走得更近，”她回答说，“因为我们小屋拐角的那四棵橡树中的任何一棵都会把它撕成碎片，橡树是我们的朋友。但是，它就站在那里，有时冲我们做鬼脸，伸出它的长臂和手指，试图吓死我们；因为这其实是它最喜欢的做事方式。祈祷吧，今天晚上让我们避开它。”

“我看得到这些东西吗？”我说道。

“现在我还说不出，我不知道你身体里有多少精灵的天性。但是很快我们就会知道，你能不能在我的小花园里辨别出精灵，这样将会给我们指明方向。”

“这些树，还有那些花，也是精灵吗？”我问道。

"他们同属于一个种族，"她回答说，"虽然在你们的国家被称为精灵的主要是那些花之仙子的小孩。像大多数的孩子们一样，他们非常喜欢和笨人玩耍——他们就是这样称呼你们的，因为他们喜欢玩耍胜过一切。"

"那么，你为什么要让花儿离你这么近呢？他们不烦你吗？"

"噢，不，他们非常有趣，他们会模仿成年人，蔑视一本正经。有时，他们会在我眼前上演一整部戏剧，他们沉着冷静而又充满自信，因为他们并不害怕我。只是，一旦表演结束，他们就会爆发出阵阵细小的笑声，好像这是一个笑话，其严肃性超过了任何事情。不过，我所说的精灵是这个花园的精灵。与田野和森林的精灵们相比，他们更稳重并且受过良好的教育。当然，他们在那些野花中有一些近亲；可是他们以高人一等的态度对待那些野花，像对待乡下的表亲一样招待他们；因为这些乡下表亲对于生活一无所知，而且很少有礼貌。但是不知什么缘故，时不时地，他们会不自禁地对那些自然花卉的优雅和天真产生羡慕之情。"

"他们住在这些花里吗？"

"我不知道，"她回答，"其中有些事情我也不明白。有时候，他们会一起消失，甚至是从我面前消失，虽然我知道他们就在附近。他们似乎总是和同他们相似的花儿一起死去，这些花儿的名字也是他们的名字；但是他们是否随着那些新鲜绽放的花儿一起重生，或者变成新的花儿、新的精灵，我并不知道。人类有多少种性情，他们就有多少种性情，而他们的情绪更加多变，半分钟之内，就会有二十种不同的表情闪过他们小小的脸庞。我经常会为了取乐而看着他们，可是我从来没能和其中任何一个精灵结识。如果我对其中一个说话，他或她就会抬起头直视着我，仿佛我不值得注意，然后那精灵便会发出细小的笑声，逃之夭夭。”

此时，这位妇人吓了一跳，就好像突然想起一件事情来，她压低声音对女儿说：“赶快——去查看一下，然后看它往哪个方向去。”

我不妨在此说明，根据我后来的观察，我得出的结论是：花儿死去是因为精灵们的离开，而并非精灵们消失是因为花儿的逝去。对于精灵而言，这些花就是一个住所或是一件外衣，当他们高兴时可以随时穿上或脱掉。正如你可以根据一个人修建的房子对他的本性产生某种看法，如果他遵循了自己的品位的话；你也能够，不用看见那些精灵就说出其中任何一个长什么样——只要看着那朵花，直到你觉得自己懂得它。因为，花儿对你说什么，精灵的面容和外形也会对你说同样的话；不过，人类的面容和形体比一朵花表达得更加清楚。因为，住宅或衣物尽管如同住户或穿衣之人，二者却不可同日而语。然而，你会发现一种奇怪的相似之处存在于花儿和精灵之间，这几乎是一种全然的“合二为一”，它使你难以言表，却将自己娓娓道来。是否所有的花儿都是精灵，我不能确定，我最多可以肯定，不是所有的男人和女人都有灵魂。

妇人和我继续交谈了几分钟。我对她所说的话非常感兴趣，并且惊讶于某种她所能传达和掌握的语言。似乎人和精灵的交往并非一种不良的教化。但是就在这个时候，她的女儿返回家中，带来消息说白蜡树刚刚向西南方向离开了；由于我的行程似乎朝向东方，她希望我立刻出发，这样便不会面临遇见它的危险。我从小窗向外张望，那棵白蜡树站立在那儿，在我看来和以前一样；不过，我相信她们比我知道得更清楚，并做好了随时离开的准备。我抽出我的钱包，但是令我惊愕的是，钱包里什么都没有。妇人面带微笑，恳求我不要让自己烦恼，因为钱在那里没有丝毫的用处；并且我在旅途中会遇到一些我无法辨认出是精灵的人们，没有钱提供给他们也是件好事，因为没有什么会如此多地冒犯他们。

“他们会认为，”她补充道，“你在嘲弄他们，那是他们对于我们所拥有的特权。”于是我们一起走进小花园，花园一路往下倾斜，通向树林的一块低地。

令我高兴的是，这里的一切充满了生机和喧嚣。现在还有些天光，足以使人看清周围的景致。苍白的半轮明月挂在半空之中，每时每刻都在准备苏醒。整个花园就像在过狂欢节，那些小小的、装扮得喜气洋洋的形象，或成组，或成群，或结队，三三两两；他们或神情庄严地继续前行，或疯狂地跑来跑去，或这儿那儿地四处闲逛。有几只精灵从高大的开花植物的花杯或它们的钟形花冠上向下张望，就像是从阳台上看着下面的一群精灵一样。他们一会儿爆发出阵阵笑声，一会儿像猫头鹰一样的表情沉重；然而就算是在他们最深重的庄严中，似乎也只是在等待着下一次笑声的到来。一些小精灵泛舟在花园尽头的一条小小的沼泽溪流上，他们乘坐的船挑选自成堆的落叶，它们散落在四处，蜷曲和枯萎。这些小舟很快就与他们一起沉没了；于是他们游上岸，另觅其他的叶片。那些拿新鲜玫瑰花瓣做船的精灵们在溪流之上漂浮的时间最长；但是为了得到这些玫瑰花瓣，他们必须战斗；因为玫瑰树的精灵痛苦地抱怨他们偷走了她的衣裳，并且勇敢地捍卫她的财产。

“你得到的，连一半都穿不了。”一些精灵说道。

“你不用担心，我没有选择你拥有它们，它们是我的财产。”

“这可是为大家好！”一个精灵说道，带着一大片凹陷的花瓣跑掉。但是，玫瑰精灵跳起身，在他的后面追赶（她是多么美丽啊！像极了上流社会的年轻女士），当他奔跑的时候她把他撞了一个大跟头，然后收回了她那片红色的大花瓣。可是与此同时，二十个小精灵带着其他同样好的花瓣朝着不同的方向匆忙离开。小精灵坐下哭喊起来，然后她大发脾气，从一个树枝跳到另一个树枝上，跺脚、摇晃和拉扯，让完美的粉红色花瓣飘飘洒洒像暴风雪一样从她的树上落下。结果经历了又一次的痛哭之后，她选择了一个自己能找到的最大的花瓣，一边笑着跑开，和其他的精灵们一起泛舟去了。

但是，我的注意力却头一次被小屋附近的一群小精灵们完全吸引了，他们围在一起交谈，围在中间的似乎是最后一朵临终前的樱草花。他们述说吟唱，他们的交谈组成了一篇韵文，这篇韵文像这样：

“姐妹雪花莲去了
在我们出生之前。”

“她像新娘一样来
在飘雪的早晨。”
“新娘是什么？”
“雪花是什么？”
“从来没尝试。”
“我绝不知道。”

“谁告诉你关于她？”
“那里小小樱草花
生活不能没有她。”
“哦，如此甜蜜美人！”
“绝对不要怕，
她将会回来，
亲爱樱草花。”
“她不说话吗？”

“她很快就要到来。”
“你永远不会见她。”
“她回到家中枯萎，”
“直到新年的到来。”
“雪花莲！”
“一点也不好，
去邀请她来。”
“樱草花非常无礼，

我决心要咬住她。”

“噢，淘气的波姬特！
瞧，她低下她的头。”
“她应得的，洛姬特，
而且她即将凋零。”
“去吊床——你滚开！”
“自个儿摇摆。”
“无人与你同乐。”
“对，没有人会。”

“此刻让我们悲哀。”
“让我们将她覆盖。”
“樱草花已经去了。”
“一切除了那鲜花。”
“这里是一片叶子。”
“把她安放在上面。”
“悲痛地跟随队伍。”
“波姬特把事做完。”

“再深一点，可怜的生命！
萧瑟的冬季会来临。”
“他无法触摸到她——
这是一曲哼唱。”

“她被掩埋，美人亲！”

“现在她已完结。”

“这是我们的责任。”

“现在让我们娱乐。”

然后，他们发出疯狂的笑声，蹦蹦跳跳地跑走了，大多数朝着小屋跑去了。在后半段对话的过程中，他们已经组成了一行送葬的队伍，两个小精灵抬着可怜的樱草花（波姬特咬住她的花梗加速她的死亡），把她放到一片大叶子上。他们庄严肃穆地抬着她行走了一段距离，然后把她掩埋在一棵树下。虽然我说“她”，但是我看不见任何东西，除了那只在长长花梗上的枯萎了的樱草花。已经被公认逐出送葬队伍的波姬特，闷闷不乐地离开队伍，走向她的吊床，因为她是蒲包花属[①]植物的精灵，她看起来相当淘气。当她到达花茎时，她停下脚步，四下张望。因为我就站在她的身旁，我忍不住对她说话。我说道：“波姬特，你怎么会这么淘气呢？”

“我从来不淘气，”她说道，半恼火半挑衅，“只有当你靠近我的吊床，我才会咬你，然后你就会走开。”

“你为什么咬那可怜的樱草花呢？”

“因为她说我们再也见不到雪花莲了；好像我们不够好，所以看不见她；而她好，这个骄傲的家伙！——她活该！”

① 蒲包花花形似口袋，波姬特（pocket，意为口袋）故而得名。（译注）

“噢，波姬特，波姬特，”我说道。但是就在此时，向小屋走去的这群小精灵们又冲了出来，一边叫喊，一边哈哈大笑。他们中半数的小精灵们骑在那只猫的后背上，半数的小精灵们抓住它的毛皮和尾巴，或者在它的身旁奔跑；更多的小精灵跑过来帮忙，直到这只狂怒的猫被牢牢地捉住；像使用鱼叉一样，他们继续用棘刺和饰针从它的身上挑出火花。的确，在它周身劳动的工具可比它身上产生的火花要多得多。有个为了把它抓得更牢，紧紧抓住它尾巴尖的小家伙，他的两个脚丫呈四十五度角稳稳地站在地上，他对猫咪发出一连串温和的责备。

“喂，猫咪，耐心一点儿。你非常清楚，这都是为你好。你身上有那么多的火花，你不会舒服的。而且，的确，我体谅地倾向于相信，”这时，他变得非常自负，“它们就是你坏脾气的原因；所以我们必须把它们挑出来，一个不剩；否则，我们将被迫采取那痛苦的必要手段，切断你的爪子，并拔出你的眼睛和牙齿。安静！猫咪，安静！”

但是，伴随着一阵十足的疾风暴雨般的咆哮声，这只倒霉不幸的动物挣脱出来，冲过花园，跃过树篱，速度之快甚至超过了这些小精灵们的追逐。“没关系，没关系，我们会再次找到它；到那时，它会产生一堆新的火花。万岁！”然后，他们出发了，去做某种新的恶作剧。

然而我不会徘徊于此，详细说明这些酷爱打闹嬉戏的生物的趣事。由于目击者们频繁的描述，他们的行为举止和风俗习惯已经为世人所熟知，把我的描述强加给其他的人只会放纵我的自负。不知什么缘故，我情不自禁地希望，我的读者们能够看见他们的风采。我格外地渴望，他们应该看到雏菊的小精灵：一个小小的、胖乎乎的、圆眼睛的小孩子，在他的神情中带着如此天真无邪的信任！虽然他根本不属于他们那类精灵，他只不过是一个乡下的土包子，但是甚至连最爱恶作剧的小精灵都不愿意去戏弄他。他独往独来，四处徘徊，观察一切，他的手插在小小的口袋里，头上戴着一顶白色的睡帽，这迷人的小家伙！他没有我后来见过的许多其他野花那么漂亮，但是在他的神情和小小的自信方面，他是如此可心和可爱。

## 第四章

“当灾祸抵达顶峰，救赎就会到来。”

——《奥尔丁格爵士》[1]

这时候，女主人因为我还没有启程而感到焦躁不安。于是，我对她们的热情款待表示了由衷的感谢，然后转身离开，穿过小花园向树林的方向走去。花园里有一些人工种植的鲜花，沿着道路蜿蜒曲折地延伸进树林；但对于它们来说，那些树木很快就变得过于浓密和幽暗了。路径两边有几株高大的百合花特别地吸引了我的目光，它们巨大的花瓣在周围一片绿丛的映衬下白得令人目眩。此时夜色已深，我看见每一朵花正在发出光芒。事实上，我正是借助这些光才看见它们的。这是每一朵花自内而外发出的一种特殊的光芒，而不像白天那样反射自同一个光源。这些光只够满足植物自身的需要，却无法投射出最微弱的影子，除了使人看见植物所固有的最微弱的色泽，根本无

① 这是一首苏格兰童谣，讲述了国王的佞臣奥尔丁格爵士诬陷皇后埃莉诺，后来一个孩子挺身而出拯救了她的故事。（译注）

法照亮任何邻近的物体。突然，从百合花、风铃草、毛地黄……各种铃铛形状的花朵里，许多个好奇的小人探出了他们好奇的脑袋，偷偷地朝我张望，然后又缩了回去。这些小人似乎是住在花房里面的，就好像蜗牛定居在它们的壳里一样。但是我可以肯定，他们中的一些是入侵者，属于住在地面上或是土生藤蔓植物里的矮人或地精中的一族。从几朵马蹄莲的花冠里，有着巨大脑袋和荒诞不经面孔的小家伙们就像玩偶盒里的小丑一样，纷纷弹跳出来。他们不是朝我扮鬼脸，就是从花冠边缘慢吞吞笨拙地站起来，朝我喷口水，然后一下子退回去，像极了住在海螺壳里的小寄居蟹。我又走过一排高大的蓟草，看见那里挤满了许多小脸蛋，从一朵朵小花里面探出来向外张望，又飞快地缩了回去。我还听到他们彼此在对话，显然他们是打算让我听到的。不过，每次当我循着声音的方向望去时，讲话的小人总是躲在自己的那朵花里面说："瞧瞧他！瞧瞧他！他开始了一个没有开头的故事，压根儿不会有什么结尾。就是他！就是他！瞧瞧他！"①

但是当我走到树林更深处的时候，这样的场面和动静就越来越少了，取而代之的是一些不同的角色。有一片铺满风信子的小树林，因为某些小仙子的存在而生机盎然。优雅的风信子仙子们纹丝不动地站在那里，垂着脖子，挽着彼此的花茎；每当低风吹拂过，它们的花簇便随之轻轻摇曳。蓝铃花们也用同样的姿态站在那儿，尽管它们长得不大一样，名字所代表的意

① 暗喻主人公正在自己的故事里而不自知。（译注）

思也不一样。那些蓝铃花就像一群小天使等候在林子里，时刻准备着，直到有人需要它们去办一些现在还是秘密的差事。而在一些更为幽暗的角落里，在长满苔藓的树根旁，或是一小丛草地里，一个个栖身在光球里的生命，用它们的身躯织成了一张绿色的光影之网：那是萤火正在发光。

它们就像是我们人类世界的萤火虫，因为无论在哪里，萤火虫都可以被称为精灵。它们白天是虫，到了晚上便是萤火虫，那时精灵自己就会出现，它们可以在别人面前也可以在同类面前恢复它们本来的面貌。但是在这里，它们是有敌人的。我看见一只只凶猛的大甲虫，正在用我所见过最笨拙的方式——就像小象一样匆忙地走来走去，很明显，它们是在搜寻萤火虫。这时，有只甲虫透过一丛苔藓（对它来说那算是丛林了）发现了一只萤火虫精灵，于是跳了过去，不顾萤火虫的抵抗就把它带走了。我很好奇那些甲虫究竟想做些什么，于是我仔细观察了其中的一只，结果发现了一件我无法解释的事情。不过，要想解释清楚精灵国里发生的任何事情，根本就是徒劳的。来到精灵国漫游的人很快就会学会忘记想要这么做的念头，并且把所有的事情看作是理所当然，就好像一个长期习惯了各种奇异事件的孩子，不会对任何东西感到奇怪。我所见到的是这样一幅景象：地上各处，零星地遍布着一块块黑乎乎的东西，大约栗子大小，比其他任何东西都更像是泥土。甲虫们两个结成一组，搜寻着这些泥巴团；一旦找到一个，其中一只甲虫就留下来看住它，另一只则赶紧继续寻找萤火虫。我推测，根据它们之间的暗号，后面的那只甲虫马上便又会找到它的同伴；然后它们就会抓住那只萤火虫，把它发光的尾巴固定到那黑色的泥巴小球上；瞧，它被发射到空中，就像一枚“冲天火箭”，飞到了林中最高之树的树顶高度，不过这种情况很少见。就像一枚火箭，它在空中爆炸，然后坠入了一场由各种色彩组成的最绚烂的“光雨”中——金色和红色、紫色和绿色、蓝色和玫瑰色的火光两两相错，交相辉映，在那朦胧的树冠下和林木的枝干间。根据我的观察，它们使用过一只萤火虫后就不会再用第二次。不过，甲虫会把它放了，显然它们利用完萤火虫后，萤火虫并没有受到任何损伤。①

放眼别处，萤火虫在空中的壮丽之舞将邻近的树叶全都照亮了；这些五光十色的萤火虫四处飞驰、转身、旋转、交错、再度交错，随着同伴的动作变换出各种纷繁复杂的舞步。林中的参天大树通体发出一片磷光，光线从树身一直绵延到根部，使人得以分辨出地上许多粗壮树根的生长轨迹。而它们的每一根枝条、每一片树叶上的每一根脉络，则已化作一条条苍白的火舌。

就在我穿越树林的时候，心中始终有一种挥之不去的感觉，那就是，除了我之外，还有其他的形象，与我身型相仿，正在不远处四下移动。然而我尚且无法分辨出其中的任何一个，尽管月亮高悬在空中，将许多光挥洒在树木之间，这些光出奇的皎洁，照亮了万物，虽然今天的月亮只是半个圆盘。可我还是

---

① 这个情景是基于古埃及神话中的圣甲虫之神凯布利。他每天晚上在地下世界将太阳从西边滚到东边，然后将其像火箭一样推进天空。（译注）

止不住地猜想：在我四周各个方向的物体，照理说都能被我看见，除非我的视线发生了转移；只有当我的目光直接接触它们时，它们才会隐身，或者化身为林中的其他形象。无论这究竟是怎么一回事，树林里除了这种有鬼魂存在的感觉之外，似乎没有一点点人类存在的迹象，即使我总是会把视线停留在一些被我幻想为人形的东西上。事实上，我很快就发现自己被这种幻象欺骗了，因为，一旦我把视线集中在它身上时，便会察觉那不过是一丛灌木，或是一棵树、一块石头。

一种难以名状的、不舒服的感觉迅速包围了我。这种不适感随着地势的起伏一点点孳生，仿佛一些凶险之物正在我周围游荡，时近时远，但总体上都在逐渐逼近。这种感觉持续萦绕在我心头，并且愈来愈强烈，直到我之前的那些快乐被它逐渐消磨殆尽——要知道，树林各处的千奇百怪预示着可爱精灵的存在，这曾多么让人欢欣鼓舞，现在却只剩不安和恐惧将我完全攫住，而我却无法把它归结于任何确定的事物。终于，一个恐怖的想法冒了出来："可不可能是，白蜡树正在寻找我呢？又或者，当它在夜里游荡时，它的行路轨迹正在同我的路线逐渐接近？"然而，我安慰起自己：记得它出发时是朝着完全不同的方向；假如它保持那个方向，就会离我越来越远，尤其，在过去的两三个小时里我一刻不停地在往东走。于是，我继续行路，直接用意志力与渗透而来的恐惧努力地抗争着，并且穷尽了各种别的念头与之作战。目前为止这种抗争还算成功。虽然我意识到，若有片刻的屈服，我将会被恐惧吞没，不过我还是能够继续前进一个小时或更久的时间。我无法将我所害怕的东西描述出来。事实上，我正处于一种毫无把握的状态。我不知道敌人的属性，不知道他的袭击目标和攻击方式，因为不知为何，我的所有问题都无法从小屋妇人那里找到明确的答案。接下来该如何保护自己，我不知道。更不清楚什么样的迹象能使我确凿无疑地辨认出敌人的存在，因为到目前为止，这种模糊但强烈的恐惧，是我面临危险的全部征兆。而更令我担忧的是，西边的云彩已经升到了将近天顶的位置，正在和月亮彼此靠拢。守卫在前方的几朵云彩已然和月亮正面相遇，在逐渐变浓的雾气中，月亮开始了举步维艰的跋涉。

终于，月光黯淡了下去。过了一会儿，月亮再次放出光芒。在那更皎洁的月光下，我清楚地看见了前方的道路。树木从此处起向后倾斜，空出一小片绿色的草地；我看见一只巨大的手掌的黑影，有着疙瘩的关节和零星分布的瘤子。我特别注意到了这一点，即使处于惊慌中，还是留意到了那几根手指上凸起的结瘤。我慌忙环顾四周，却看不见任何将那黑影投射的出处。不过，现在我已经有了一个方向，不管自己是多么六神无主和游移不定；这种大难临头的感觉以及采取行动的迫切需要，战胜了之前的窒息感——恐惧所带来的最坏的产物。我的思维立刻转动起来：如果那东西确实是个影子，那么在其他任何方向想要找到投射出它的物体都不会成功，除非是在影子和月亮连成一线的方向。我将目光投向那个方向，窥视着，然后集中视线；然而没有一点用处，我没有看见任何可疑的东西，更不用说在附近找到一棵白蜡树了。但是影子还在，它并没有老老实实地待在原地，而是来回移动着。有一次我还看见那几根手指合拢起来，将拳头紧紧地磨动，像是一只野兽的爪子，带着对某个猎物无法抑制的渴望。[①]要想找到这影子的实体，似乎只剩下一个办法了。我大胆地向前走去，心里不住地震颤着，虽然我并不愿意去注意到这点；我来到了影子所倾泻的地方，猛地躺倒在地，将头枕在它的掌心里，然后抬起眼睛看着月亮。天啊！我看见了什么？我想知道，自己是否曾从地上爬起；那个影子有没有在我躺下的地方将我就地攫住，直到恐惧冻结了我的思维。我见到了一个最奇怪的人影：它模糊而又昏暗，中心的部分几乎透明，逐渐向外变深变浓，直到它的指端可以投射出一个似乎是从它手里掉落下的影子；从它可怕的指缝间，我看见了月亮。这只手被举了起来，摆出爪子要攻击猎物的姿态。而那张脸则带着明显的起伏和脉动抽搐着，这并非是由于它反射出的光线发生的变化而导致的，而是由于它自身的反光能力正在发生改变；这种改变并非来自外部，而是由内向外——简直可怕极了。我不知道应该怎样形容它。它在我的体内唤起了一种前所未有的感知。就好像一个人无法用言语来诠释令他作呕的气味、无法承受的痛苦，或是骇人心魄的心声；同样的，我也无法将可恶、恐惧的这种新的形式描述出来。我只能试着描述它不是什么，但某种程度上和它颇为相似；或者描述至少是它所暗示的东西。它让我想到了我曾听说过的吸血鬼的事情，因为这张脸比起我能想到的任何东西，更像是一具僵尸的脸；

---

① 这是白蜡树的影子。在小屋中，少女已经告诉安诺德“白蜡树往西南方向走去了”，但是现在安诺德看见的正是白蜡树。（译注）

尤其是当我能够想象出这张脸正在动，却并不表明有任何支配其动作的生命实体。它的容貌算得上英俊，除却那张没有一丝弧度的嘴巴。两片嘴唇的厚度相似但并不算厚，尽管它们看起来还有一些轻微的肿起；它们仿佛一直张着，其间的距离却并不遥远。当然，此时此刻我并不可能察觉到这些轮廓特征，我太害怕了，根本不可能。我是后来才注意到这些的，那时它又进入了我的脑海中，它的形象实在太过真切，容不得我去怀疑这印象的准确性。而那面貌里最可怕的却要数它的一双眼睛：它们活动着，却并非活物。看上去像是散发着一种无尽的贪婪之光。一种钻心剜骨般的贪婪，好似整个恐怖幽灵的一股内在驱动力，把贪食者吞噬。我躺在那儿，脑中除了恐惧别无他物。这时，另一片云将月亮遮住，把我从现时四肢无力的状态带入了对那可怖之物的幻象之中，又将想象的力量加重在我内心的恐惧之上——因为我突然认识到一个比之前更糟糕的恐惧的原因：我必须保护自己不受到伤害，或怎样采取任何预防措施，对这些问题我仍旧一无所知；而它在黑暗中可能随时都会扑到我身上。我马上跳了起来，开始疾奔。我不知道要前往何方，但只要能远离这幽灵就行。我不再去想脚下的路，而是惊恐万状地一头往前栽去，时不时险些就要撞到树上。

豆大的雨点开始拍打在树叶上。远方响起了惊雷，在天边咆哮。我继续往前跑。雨越下越大。终于，浓密的树叶也承受不住了；它们在我的头顶连成了一片天，将自己的洪流倾倒在地上。我很快就湿透了，但这算不得什么。我来到在林间急淌着的一条溪流前，心里隐隐约约地想着，如果能穿过这条小溪，应该就能安全脱身了；但是我很快就发现，这个希望非常渺茫而且同样荒谬。我飞快地穿过水流高涨的溪流，登上了一块隆起的地面；然后，我来到一片更加开阔的空间，那里的树木全都是参天巨树。我穿行在它们之间，重新找到了方向，尽可能往我所猜测的东方走去，但我并不能确定自己有没有沿着相反的方向行走。我刚刚从极度的恐惧中恢复了一些神智，突然，一道闪光从天而降，更确切地说，是像瀑布一样连续的闪光，似乎有什么东西从我身后被投掷到我的面前的地上。在绵延的光源中，它比之前模糊了许多，那是同一只恐怖巨手的影子。我一跃而起，用更加疯狂的速度往前跑去，但是没跑多远就滑了一跤，我试着稳住脚步，却跌倒在林间一棵大树的底下。我有些不知所措，但我马上又站起来，不由得往后看去。只见那手就在我面前相隔三英尺的地方。然而就在这时，我感到有两只巨大的臂膀在我的身后伸展，轻柔地将我抱住。一个女人的声音说道："不要害怕那个丑妖精，它现在不敢伤害你。"话音刚落，那个手掌好像碰到了火一样，突然抽了回去，消失在雨夜中。恐惧和喜悦夹杂在一起将我彻底击垮，我像昏死一样在地上躺了一段时间。之后我想起来的第一件事情就是头顶上有一片低沉而又饱满的声音，奇怪的是，它让我想起微风拂过一棵大树，在树叶间婆娑的声音。那个声音一遍遍地喃喃自语："我也许爱上了他，也许爱上了他；因为他是人类，而我只是一棵山毛榉。"我发现自己正坐在地上，靠在一个"人"的身上。我被两只胳膊牢牢支撑着，那是一位女士的胳膊，她的身材目测比人类的身材更为高大，而且大致匀称。我回过头去，但并没有挪动身子，生怕那两条胳膊会自动解开；这时候，我瞧见了一对清澈而略带忧伤的眼睛。至少我的第一印象就是这样的，但是我只能看到些微的色彩和轮廓，因为当时我们正坐在雨后昏暗的树影下。那张脸好像非常可爱，宁静中透着端庄，带着一个安乐知足之人的面容，但好像还在期待着什么。可以看出，之前我根据她的手臂所做的推测是正确的，她的身形从上到下都比人类的要高大一些，但相差得不是太多。

“你为什么要叫自己山毛榉呢？”我问道。

“因为我就是一棵山毛榉啊。”她用一种同样低沉、悦耳、喃喃低语的声音说道。①

“你是一位女士。”我对她说。

“你真的这样想吗？那么，我看起来很像一个女人吗？”

“你是一位非常漂亮的女士。难道你不知道吗？”

“我很高兴你这样想。有时候我幻想着自己就像一个女人。今天晚上我就这样想来着——平时，雨水沿着我的发梢滴落的时候，我也常常这样幻想，因为在我们的森林里有一个古老的预言：有一天，我们全都会变成男人和女人，就和你们一样。在你们的地盘上，你有听说过和这有关的任何事情吗？当我变成一个女人的时候，我会不会非常快乐？我担心不会，因为我总是在像这样的夜晚感到自己像一个女人。尽管如此，我还是向往成为一个女人。”

① 出自古希腊神话的Dryads（森林女神，树精，树宁芙），原本专指神圣橡树的小精灵。树精中还有一种“护木树精”（Hamadryad），她们与树木同生共死。（译注）

我让她继续往下说，因为她的声音就好像所有的乐音融化在了一起。这时我告诉她，我说不上来女人们是否快乐。我认识一个并不快乐的女人。就我而言，我常常对精灵国充满向往，就像她现在向往着人类世界一样。不过，我们俩来到世上的时间都还不够长，也许人们长大以后就会变得更加快乐。但是我怀疑这一点。我忍不住发出叹息。她感觉到了，因为她的手臂仍然围在我身上。于是她问我有多大了。

“二十一岁。”我说。

“哎呀！你这个孩子！”她亲吻了我的脸颊，伴着充满芳香的风之气息。她的吻里面透着一种沁凉的气息，使我的心奇迹般地苏醒。我感到自己一点也不害怕那讨厌的白蜡树了。

“那棵讨厌的白蜡树想要对我做些什么？”我问道。

“我不是很清楚，不过我认为它想要把你埋在它的树底下。但是，它一定不会再碰你了，我的孩子。”

“所有的白蜡树都像它一样可恶吗？”

“噢，不。它们虽然都是又自私又难相处的家伙（要是它们真的变成人类，不知会有多么可怕！）但这棵白蜡树的树心有个洞，只有一两个人知道这件事情；他总是想方设法地要填补那个洞，但它办不到。它一定是为了这个缘故来找你的。我不知道是否有一天它会变成人类。如果它变成人的话，我希望他们把它杀了。”

“感谢你把我从它的手中救出来！”

“我会留心，让它不能再靠近你。但是这片树林里有一些长得更像我的树，哎呀！我无法把你从它们那儿救出来。一旦你看到其中有一些长得非常迷人，就得想办法绕开它们。”

“然后呢？”

“我不能再告诉你更多了。但是，现在我必须把我的头发系在你身上，然后白蜡树就不会碰你了。从这里割一些下来吧。你们人类身上总带着一些奇怪的刀具。”

她在我的上方轻轻摇晃着她的长发，双臂却纹丝不动。

“我不能把你美丽的头发割掉，太可惜了！”

“不割掉我的头发！等到再有人需要的时候，它早就在这荒野里长得足够长了。也许在我变成一个女人之前，它再也不会派上任何用场了。”她叹息道。

我尽可能轻地用一把小刀割下一绺飘逸又乌黑的长发，而她的美丽脸庞就在我的上方俯视着我。当我割完时，她瑟瑟发抖并深深地呼吸，就好像一个人坚决且不露声色地承受剧痛时所做的一样，最后，这痛苦得到了释放。她拿起那绺头发绑在我的身上，口中唱起一支陌生而又甜美的歌谣。我并不理解其中的含义，但它给我的感觉像是这样唱的：

从前我曾未遇见过您，
今后也不会与您再相见。
然而爱、帮助以及痛苦，美丽的人儿，
将您变成我的，直至我的生命逝去。

至于后面的歌声，我无法用语言将其表达。她又一次紧紧地抱住了我，然后继续唱起她的歌。树叶间的雨水和轻轻的风，也和着她的歌声在一同鸣响。一阵宁静快乐、心醉神迷的感觉将我包围。它向我讲述着树林、花朵和鸟儿的秘密。我一度感觉自己好像游走在童年时光，穿过明媚的春日森林，行走在铺满鲜花的地毯上；那里有报春花、银莲花和星星点点的白色小花（我几乎脱口而出，它们就是小生灵了），而每经过一个转角，一些新的奇花异草便会出现在我眼前。又有一会儿，我感觉自己在炎热的夏日午后半梦半醒地躺在一棵高大的山毛榉树下，身旁摆着一本书，里面收集着古老的故事。或者，我感到自己在秋日里变得忧伤起来，因为我踩在那些曾经庇护过我的树叶身上，在腐败的芳香气味中收到了它们最后的祝福；又或者，我感到自己在冬日的夜晚冻得发僵，当我朝着有温暖火炉的家中走去时，我抬头仰望，透过层层的枝丫看见一轮寒冷洁白的月亮，和它周围那片蛋白色的光晕。最后，我睡着了，因为接下来发生了什么我一无所知，直到发现自己正躺在一棵繁茂的山毛榉树下，沐浴在清朗的晨光中，太阳就要升起来了。一束新鲜的山毛榉树叶环绕在我的腰间。唉！我从精灵国空手而归，剩下的除了回忆，还是回忆。山毛榉树粗壮的枝干垂挂在我的周围。在我头顶上方，它光滑的树干高高耸立，像是畸形臃肿的手臂，上面有许多道长长的弧线。上方的枝叶继续唱着那首使我入眠的歌曲；不过在我看来，现在它听起来就像是一首告别之歌、一朵早谢的花儿。我久久地坐在那里，不愿离去；但是我那未完成的故事仍在敦促着我继续前行。我必须行动，开始漫游。这时太阳已经升得很高，我站起身，尽可能地伸长我的双臂抱住这棵毛榉树，亲吻它，然后道别。树叶发出一阵颤抖，昨夜最后几滴雨水从上面滑落到我的脚边。在我缓步离开的时候，我仿佛再一次听见了一段似曾相识的低语：“我也许爱上了他，也许爱上了他；因为他是人类，而我只是一棵山毛榉。”

# 第五章

“她滑润丰满，仿佛生命的
泉涌将她冲刷，或仿佛睡神
栖落眼睑之上，轻盈地拂过，
甚于那雏菊上的蜂。”

——贝尔斯[①]著《皮格马利翁》

“她犹如五月的百合般洁白，
或如冬日里飘飞的白雪。”

——切斯特著《朗佛尔爵士传奇》[②]

在早晨清新的空气中，我继续前行，仿佛经历了重生。唯一将这欢畅压制住的，是我心中的一团疑云——它介于悲伤与

---

① 托马斯·洛弗尔·贝尔斯（1803—1849）：英国诗人、剧作家、医生。其作品常关注死亡。（译注）

② 这是一则亚瑟王的传奇故事，由托马斯·切斯特著，可追溯到14世纪后期。朗佛尔是追随亚瑟王的骑士之一，他和妖精女王翠尔默坠入爱河并得到其援助，前提是要保守住他们之间的秘密。这两行诗描写的是朗佛尔在一座奢华的穹顶宫殿中发现翠尔默的一刻。（译注）

欢喜之间，随着我时不时地回想起昨晚的那位女士，在我的心中闪现。“然而，”我思索着，“如果她感到难过，对此我也无能为力。她拥有过去一切她所经历的快乐。对于她而言，这样的一天无疑是种快乐，至少对我来说是这样的。或许她的生命将会更加丰盛，因为那生命中会保留一些回忆，那些曾经到来却无法停留的事物组成的回忆。如果她是一个人类女子，谁知我们是否会在什么地方相遇？人生何处不相逢呢！”我这样安慰着自己继续前行，心中怀着一种模糊的愧疚，好像我不应该离开她似的。这座森林今天的模样和我们国家里的那些森林几乎没有什么区别；唯一不同的是，所有的野生动物，比如兔子、飞鸟、松鼠、老鼠和无数其他的动物，都非常的温顺。换句话说，它们并不会从我身旁逃开，而只是在我经过的时候盯着我看，并且时不时地靠得更近一些，仿佛要更仔细地研究我。但我说不清楚，这是出于全然的无知，还是因为它们已经熟悉了那些未曾伤害过自己、长相接近于人类的生灵。有一次，我站在那儿抬头看一朵寄生植物的美丽花朵，它就悬在我头顶上方一棵树的树枝上，这时一只大白兔慢慢地跑了过来，把它的一只小爪子放到我的脚上，它抬起头来用红眼睛看着我，就像我一直抬着头看头顶上的那朵鲜花一样。我弯下腰，轻轻地抚摸它，但是当我尝试着抱起它时，它的后腿猛地一蹬地面，神速地逃窜而去；然而，在从我的视线中消失以前，它还扭头看了我几次。除此以外，还有一个模糊的人影时隐时现；他保持着一段距离，在树林之间游走，如同一个梦游者。但是，没有人曾经走近我的身边。

这一天，我在森林里找到了许多食物——我以前从未见过的奇怪的坚果和水果。我犹豫着要不要吃这些食物，但是我说服自己，如果我能生活在精灵国的空气中，也可以靠它的食物生存。我发现自己的推断是正确的，而且结果要比希望的更好。因为这些食物不仅能够充饥，还在我的感官上起到了这样的作用：将我带入了与周遭事物的更圆满的关系中去。人的躯壳对我来说，似乎变得更加厚重，更加棱角分明——如果可以这样形容的话——那就是看得见，摸得着。我似乎更明白了，当心中有任何疑虑出现的时候应该选择什么方向。在某种程度上，我开始能够感知鸟儿在歌唱些什么，尽管我无法用语言表达出来，它们比某些你能描述的风景还要难以表达。有时候，令我惊奇的是，我发现自己正在聚精会神地倾听（这种事情对我来说好像很寻常）两只松鼠或是猴子之间的谈话。交谈的主题并不十分的有趣，除非谈及这些小动物们各自的生活和必需品：附近哪里可以找到最好的坚果，谁敲坚果敲得最好，或者谁为过冬储备得最多，诸如此类；只不过，它们绝对没有说起过仓库在哪里。它们的交谈和普通的人类之间的交谈本质上没有很大的区别。有一些生物，我从来没有听到过它们说话，而且相信它们从来不说话，除非是被某种强烈的兴奋所驱动。老鼠们相互交谈，但刺猬们似乎非常冷漠。有几回，我曾遇到过待在地面上的一对鼹鼠，但是我从来没有听见它们对彼此说过一个字。在这座森林里没有任何野兽，至少我没有见过比野猫更大的动物。但这儿有许多蛇，而且我并不认为它们都是无害的，然而，从来没有一条蛇咬过我。

午后没过多久，我来到了一座光秃秃的石山，这山并不巍峨，但非常陡峭，山上没有树（甚至连一株灌木都没有），完全暴露在阳光的高温之下。似乎我的道路就位于这座石山之上，于是我立刻攀登起来。等到登上山顶，我又热又倦地环顾四周，看见这座森林仍然绵延不断，直到目之所及的地方。在我要下山的那个方向，我注意到，树木并没有像山的另一边那样一直延伸到山脚下。我感到格外的懊恼，懊恼自己在预料之外耽搁了投宿，因为从这一边下山似乎比山的另一边更难。这时，我的目光捕捉到了一条天然的小径，它从碎石之间沿着一条小溪蜿蜒而下，真希望它能引领我更轻松地抵达山脚。我设法沿小径而下，发现原来下山是一件轻而易举的事情。不过当我到达山脚的时候，我还是热坏了，而且累得筋疲力尽。然而就在这条路径好似已经抵达尽头之处，我看见一块巨石赫然耸立：石头上长满了灌木和攀爬的植物，其中一些植物盛开着绚烂的花朵，它们差一点儿就遮盖住了岩石上的某个缺口，那条小径似乎正通往这个洞里。我走到洞中，心中渴望着山洞里特有的阴凉。令我高兴的是，我发现了一座小石屋，它所有的棱角都被浓密的苔藓包裹着，每道岩架和每个突起上都挤满了可爱的蕨类植物，这些植物从簇而生、婀娜百态、浓淡各异，在我的心中产生了诗一般的共鸣——因为这样的和谐不可能存在，除非它们都出于某一个目的！一泓最清澈的泉水，注满了角落里一个苔藓丛生的水坑。我饮下一口泉水，感觉自己仿佛见识到了什么才是长生不老的万灵药。接着，我瘫倒在一个长满苔藓的土堆上，这土堆像一张长榻，横靠着小屋最深处的墙垣。我躺在这里，有一段时间陷入了有趣的遐想。在遐想之中，我的大脑俨然成了一个公共的厅堂，在那里，所有可爱的形象、色彩与声音都可以来去自如，无需邀请，也无需批准。我从来没有想象过，这种感受简单幸福的能力就隐藏在我的体内，就像现在这样，被这些各种形态和精神感受的集合所唤醒，然而这些感受还非常模糊，以至于无法被转换成任何——在我或是别人看来很普通的形象。我想，我应该已经躺了一小时，尽管时间可能还更长一些；此时我头脑中那种和谐的喧闹声稍微有了一些松懈，我意识到自己的目光正停留在对面岩石上一个奇怪的、年久日深的浅浮雕上。经过一番思索之后我得出结论，浮雕代表的是皮格马利翁[①]，因为他在等候他的雕像复活。这个雕塑家坐得笔直端正，比吸引住他目光的那座雕像还要端正。而那雕像呢，似乎就要从它的基座上走下来，去拥抱这个与其说是在期待，不如说是在等待着它的男人了。

“这真是一个感人的故事，”我自言自语道，“为了让光线进入，这个洞口的灌木已被清除，也许他会选择的就是这样一个洞穴，好避开众人的视线，竖起他的大理石块，将它塑造成一个有形的人体——在他脑海中那看不见的大厅里，雕塑家早已替它披上了有形的外衣。并且，的确，如果我没有弄错的话，”话音刚落，我惊了一跳，此时，一道光线突然穿过洞顶

① 皮格马利翁：古希腊神话中的塞浦路斯国王，善雕刻。他不喜欢塞浦路斯的凡间女子，决定永不结婚。他用神奇的技艺雕刻了一座美丽的象牙女像并爱上了她。他像对待自己的妻子那样抚爱她、装扮她，并向神乞求让她成为自己的妻子。爱神阿芙洛狄忒被他打动，赐予雕像生命，并让他们结为夫妻。（译注）

的一道裂缝，照亮了这块岩石裸露在外的一部分。“这是块大理石，对于任何雕像来说，它都足够洁白精美了，哪怕注定要被雕塑家塑造成一个理想的女性，也足够了。”

我掏出小刀，从之前所倚靠的那个土墩上凿去一部分苔藓。与此同时，我吃惊地发现，比起普通的大理石，它更像是白净光滑的雪花石膏；相比于刀刃而言，它是柔软的。事实上，它就是雪花石膏。我怀着一种无以名状但绝不算是异乎寻常的冲动，继续去凿那岩石表面覆盖的苔藓，不一会儿它就显得有些锃亮了，或者至少说是光滑温润的，通体如此。我继续手头的劳作，大概清理了几个指甲盖大小的地方之后，我注意到了促使我怀着更多的兴趣和关注投入到这项工作的原因。因为此时太阳的光线已经触及我所清理出的那块地方了，在太阳的照射下，除了被小刀刮花的表面以外，雪花石膏露出了擦拭后通常会出现的微微透明；我还注意到，这种透明似乎有一定的限度，它所延伸的范围碰到某个不透明的物体就消失了，那物体好像是用更紧实的白色大理石做的。于是我小心翼翼，争取不再造成新的刮痕。起先，种种可能性给我带来的冲击取代了那模糊的期待；而当我继续穿凿时，接连的发现又使我产生了某种神魂颠倒的信念，即，在雪花石膏的外壳下躺着一个隐约可见的大理石人形，但我一时还说不清，那是男人还是女人的躯体。我用余光关注着它，一边尽可能快地凿除着。等到苔藓全都清除干净，我站起身，稍稍退后几步，这样就能看到整个石块的效果了。这时我明明白白地看见了，在我面前，一块纯正的雪花石膏里包裹着一个安眠的女人，她显然是大理石造的

（尽管此时眼前的景象还相当模糊，这是因此处光线不充足以及物体本身的性质造成的）。她侧身而卧，一只手托着她的脸颊，面向我。但是，由于她的脸上散落着几缕头发，我看不清她的整个面容。我所看见的那部分面容完美无瑕，更接近于我灵魂中与我一同诞生的那张容颜，超越了我以前见到过的任何自然杰作或是艺术品。除此以外，她身上的轮廓却显得十分模糊，雪花石膏半透明的特性似乎并不能解释这一点；于是我猜想，是一件轻薄的长袍增添了她的朦胧感。我的脑海中闪现出无数有关变形的故事：因为魔法和其他的原因，或是关押监禁（比如我面前的这个女人），事物的形态就起了变化。我想起了魔法城的国王——那半是大理石半是男子的造物，想起了爱丽儿、尼俄伯、树林中的睡美人、流血的树木，还有许多其他的故事。[①]甚至，连前一晚我和山毛榉树女子的奇遇都有助于唤醒这样的一个奢望：也许借助某种方法，眼前的这个躯体也能被赋予生命，从雪花石膏的墓穴中挣脱出来。她的风度仪态大抵会令我眼前生辉。“因为，”我争辩道，“谁能说这个洞穴不是大理石的发源地呢？谁能说，不是这大理石的精魂——始终存在于我面前的大理石精灵——使它得以被塑造为任何的形象呢？要是她会醒来呢！可又要如何唤醒她呢？一个吻可

① 在《一千零一夜》的《着魔青年的遭遇》中，黑岛国的国王伤害了他妻子所爱的奴隶之后，被他的妻子施魔法变成了下半身是大理石、上半身是活人的造物，随后整个城市也为魔法所控制；爱丽儿是莎士比亚戏剧《暴风雨》中的精灵，她被女巫西考拉克斯施魔法幽禁在一棵松树中；尼俄伯是古希腊神话中的人物，在她的孩子们死后，她被变成了一座喷泉；睡美人出自夏尔·佩罗所写的《林中睡美人》；流血的树木在古希腊或古罗马神话中指有自然女神居住的树木，当树木遭到砍伐时会流血。在奥维德所写的《变形记》中，厄律西克同砍了一位仙女所居住的橡树并导致橡树流血。（译注）

以唤醒睡美人，但一个吻无法穿透雪花石膏的外壳触及她！”然而，我还是屈膝跪了下来，亲吻那灰白的棺材，可她继续沉睡着。我想起了俄尔普斯，又想到了那些追随他的石头——树木也会回应他的乐声，现在看来这些都不足为奇了。[①]有没有一首歌能唤醒这位女子，从而一时之间，动之喜悦将取代静之美好？亲吻所不能及的地方，悦耳之音却能穿透屏障抵达彼处。我坐在那里，苦思冥想着。

就目前而言，虽然我时常因为音乐而欢喜，但是在我走进精灵国的森林之前，我还从来没有被赋予过歌唱的能力。我有一副不错的嗓子，有着对声音的切实感受；但是当我试着歌唱时，这两方面的禀赋却并不能相得益彰，因此我常常保持着沉默。然而不知何故，今晨，我发现自己正不知不觉地沉浸在一首歌带来的喜悦之中。然而，无论这是在我吃下林中的果实之前还是之后发生的，我都无法自圆其说。不过我还是得出了后者的结论。此时此刻，我的体内正涌动着一股愈发强烈的唱歌的冲动，其中的一部分原因就是我曾经饮用过一汪清泉中的泉水，这汪小小的清泉在那个洞穴的角落里就像明眸一样闪闪发光。我坐在地上，紧挨着她那“蝶蛹的坟墓”[②]，然后倚靠其上，面向她的脸庞开始歌唱——唱词与曲调不分彼此地倾泻而出，仿佛两者已经浑然一体；或者说，每一个字词似乎都只能通过

① 俄尔普斯：古希腊神话中的著名诗人与歌手，传说俄尔普斯的琴声能使神、人闻之陶醉，就连洪水猛兽也会在瞬间变得温和柔顺、俯首帖耳。（译注）

② 出自雪莱的诗歌《含羞草》第三部分：“还有羽化前蝶蛹的许多坟墓，未来的蝴蝶正在那里梦着未来的生活……”（译注）

某一个音调表达出来，它们难舍难分，除非用什么精确的分析将其进行概念上的划分。我这样歌唱着，然而我的唱词充其量不过是对某种天籁之音的单调再现，它高高在上，几乎不可能经由回忆复述出来。我猜想，它实际所使用的字词可能远比这些来得高明，正如它超越了如下我回忆起来的内容：

大理石女子，徒然地睡卧
在幻梦的死亡之谷！
你是否——于沉眠中拭去
一切除却那泉涌之美景——
听见我的声音穿过那
金色记忆与希望的薄雾；
带着朦胧的笑靥激励
我与原始的死亡较量？

雕塑家们都追求的你
表现出只是他们自己；
完满其幻想，塑造经久
大理石圣衣曾被你抛弃；
但你自己，在默默编织，
你一直保持永恒不朽；
他们没发现你，几多追寻——
我已找到你：请为我醒来。

我一边歌唱，一边真诚地凝望着眼前这张模糊的面庞。我想象着，然而我只能相信它仅仅是种幻想：透过雪花石膏幽暗的面罩，我看到了她头部抽动了一下，好像是由一声深沉的叹息引起的。我更加热切地凝视起来，然后我得出结论，这不过就是幻想而已。尽管如此，我还是情不自禁地再度歌唱起来：

休憩此时充满美人气息，
可以将你抛弃，我以为；
你来吧，为了别的责任，
行动渴慕着她的女王。

或者，如需数年将你唤醒
从你那沉寂的隐居处，
来吧，梦游者，你前往
那友好的沉睡的森林。

森林里有更加甜美的梦，
围绕你风暴绝不会咆哮；
当休憩的渴求痛彻心扉，
那时轻盈走进你的洞穴。

或者，如你仍然宁愿选择
大理石，是我身上的诅咒；
请在我身边聚拢你的睡意，

就让另一次梦想与你同在。

我又一次停下来，透过眼前那坚硬的障碍物凝视着她，好像自己有透视能力，可以看见这可爱的脸庞上每一个细微的特征。此刻，我感觉到那只枕在脸颊下的手略微向下滑动了一点。但是我不能确定自己最初是否观察到了它的准确位置。于是我又歌唱起来，因为这种渴望已经变成了一种热切的需要——我想要看见她活着。

啊女士，或许你是死神？因我
一直在你的身边歌唱，
生命已放弃上方的苍穹，
所有外在世界已然消逝。

是的，我已玉碎；因你已经
将我的生命牵到你身上。
爱情之月黯淡！黎明破晓，
醒来吧！让黑暗彻底消失。

可爱美丽的石雕冷美人！
醒来吧！否则我会在此毁灭；
而你永远不会更加孤单，
我的身心许久伴你左右。

然而言语皆是徒劳；抛开它们——
它们只说出懦弱的言辞：
你听到它们呼唤的深处，
是我心无声的渴望。



这时传来了一声轻微的碰撞声。如同一个倏忽而至的幽灵来了又去，一个白色的人影罩着轻薄的白色面纱，从大理石中蹦出，她站在那里，闪着微光，向前滑行，向森林的方向飘去了。那微光是我后来看见的，因为错愕和兴奋的快感曾使我一度僵在那儿，一动不动。等到这状况稍稍得到缓解，我便追随那个白色的身影来到了洞口。然后，我看到她在树木之间游走，穿过森林边缘一小块洒满阳光的空地；太阳似乎把更强烈的光线聚焦到了这个身形上，她在那片光湖之中一路漂浮而去，而并非轻快地掠过。我怀着某种绝望注视着她的背影。发现，解救，失去！追随她似乎没有任何意义，然而我一定要追随她。我标记了她离开的方向，再没有回望那个废弃的洞穴哪怕一次，便匆忙朝着森林赶去。

# 第六章

“啊呀，人当小心，当他愿望成真，大雨浇灌
在他身上，他的幸福如脱缰野马。”

——福凯[1]《魔戒》

“你的红唇，像小虫一样
在我的脸颊上游移。”

——马瑟韦尔[2]

但是，当我穿过山脚和森林之间的空地时，另一番景象使我放慢了脚步。落日的余晖像是一条溪流，透过西天的缝罅倾泻下来，在我脚下的空地泛滥成一片红光。一个身披红色铠甲的男人，仿佛正顺着那“溪流”向我驭马而来。在夕阳的余晖之中，他的马匹从额角到尾巴都被照得一片通红。我感觉自己

① 莫特·福凯（1777—1843）：德国浪漫主义作家。其最著名的作品是《涡堤孩》，也是本书作者乔治·麦克唐纳最喜欢的一部儿童文学作品。（译注）

② 本句出自苏格兰诗人威廉·马瑟韦尔（1797—1835）的诗歌《魔女》。（译注）

一定在哪里见过这位骑士，可是无论如何，我也记不起他的容貌。然而，就在他快走到我面前的时候，我突然想起了身披锈迹铠甲的珀西瓦尔爵士，我曾经在小屋的古书里读到过他的故事，故事还没有读完。对了，他让我想起了珀西瓦尔爵士。所以这也就不足为奇了：当他走近时，我看到他的铠甲从头到脚全都蒙着一层薄薄的锈迹。阳光下，他的马刺金光闪闪，铁制的护胫则散发出炙热的红光，流星锤从他的手腕上倒挂下来，闪烁着银白色和古铜色的光泽。骑士全副武装的样子令人生畏，但是他的面容却并不像外表那样可怕，看上去有些悲伤，甚至到了沮丧的程度，好像还蒙受着羞耻。尽管这张脸看起来如此阴云密布，却依旧显得高贵；而他的身形也透着一股高尚的男子汉气概，即使他垂头丧气，佝偻着身躯，好似内心深藏着痛苦。至于那匹马，似乎也分担了主人的忧愁，正在无精打采地缓步前行。我还留意到，他头盔上的白色羽毛已经褪色，耷拉在那儿。“他在长矛格斗中落马了，”我自言自语道，“但是，因为身体被击倒，他的精神就被征服，这就不能成为一名高贵的骑士。”他好像并没有留意到我，因为当他骑行经过的时候，头也没有抬一下。然而，当他听到我的说话声时，立刻就进入了戒备状态。只见他面露赧色，掀开的面甲下整张脸都变红了。出于礼貌，他冷冷地回应了我的招呼，继续往前骑去。但是突然之间，他勒住缰绳，停顿片刻，随后调转马头向我骑来，回到我杵在那儿注视他的地方。

“我很惭愧，”他说，“表现得像个骑士，不过是打着它的幌子。但我理应告诉你，要接受我的警告，免得他那样的恶灵取代已临到骑士心中的歌者。你是否读过珀西瓦尔爵士和——桤木女的故事？”他耸了耸肩，身上的铠甲发出叮当的声响。

“读过一部分。”我回答，“昨天，我在森林入口的一间小屋里找到一本书，里面记载了他们的故事。”“那么你要小心，”他说道，“因为，你看我的甲胄，我已经将它脱卸下来，正如那恶灵曾降临在他身上，它也曾降临在我身上。过去的心高气傲，如今只化作谦卑恭顺，而她的美却还是那么动人心魄，你要千万小心！”他抬头继续说道，“这身甲胄永远都不会变亮，除非经过勇武对决之击打，直到它最后一块污迹消失，在那为恶之人或是高贵敌人的战斧与刀剑将落下的地方。那时我将又一次扬起头，对我的侍从说‘再一次履行你的职责吧，让这甲胄熠熠生辉’。”

没等我再多问几句，他已经夹紧马刺策马而去，只剩叮当作响的铠甲声将我的声音吞没。我在他身后大声呼喊，急切地想要知道更多有关那可怕魔女的事情，但这一切只是徒劳，他听不见。“好吧，”我自言自语道，“此次前来我已经三番两次地经人提醒，我可得多加警惕，不为任何美色所动，我已经下定决心。肯定有人能够逃脱，没错，那个人就是我。”于是我继续往林中走去，心中仍然抱有一线希望，在某个神秘的森林深处找到我那失散的大理石姑娘。晴朗的下午渐渐变成了美丽宜人的黄昏。巨大的蝙蝠在空中飞来飞去，开始了无声的飞行，它们看起来显得毫无头绪，因为那飞行的目标并不为人所知。猫头鹰单调的乐声在我周围此起彼伏，每一声都来自那些出人意料的昏暗角落。萤火虫在四处散发着光芒，将自己融入这广袤的天地万物之中。夜鹰刺耳的鸣叫声循环往复，衬托出四下的和谐与沉静。无数不知名的声音从这个不知名的黄昏中飘散出来，但它们都属于黄昏之声，好像凝聚着一种恍惚不明的爱和渴望，使人心情变得沉重。夜晚的各种气味升腾起来，使我沐浴在它们独特而又不可自拔的悲伤之中，仿佛散发出这些气味的植物是由往日的泪水浇灌而成的。大地将我拉入它的胸怀，我感觉自己就要跌倒在地奉上我的双唇了。我忘记了自己正身处精灵国，仿佛在这完美的夜晚，我正行走在将我们抚养长大的世界的古老大地上。巨大的枝干从四周拔地而起，在上方撑起一个茂密的穹顶，形态万千的树干、嫩条和叶片交织在一起——那是一个凌驾于我世界之上的虫鸟的世界，它有着自己的风景、自己的植物丛、通道、空地和居所，以及它们自己的鸟道和昆虫之趣。一些巨大的树枝横跨在路途中央，粗壮的树根支起了树干，将大地牢牢抓住，力量之大足以擎起周围的一切。这里俨然一座古老的原始森林，就森林而言，它是那么的无与伦比，令人心生喜悦。在一阵狂喜中，我记起了，在不远处某个树叶织成的穹顶下，在某株巨大的茎柱旁，或是在那长满青苔的山洞里，以及落满树叶的泉水旁，大理石姑娘端坐在那儿。我的歌声已然将她引向外面的世界，而她，在一个会遮盖起她的困惑的黄昏，正等待着（莫非不是吗？）迎接和感谢她的拯救者。这时，整个夜晚变成了一场喜乐的梦境，梦幻的主要形态无所不在，尽管没有人看见。接着，我又记起，我的歌声是如何将她好似从大理石中唤起，穿破雪花石膏那珍珠般光洁的束缚——“为什么？”我这样想到，“为什么我的声音此刻无法穿透那将她包裹的漆黑之夜，使她听见呢？”我突然歌唱起来，我的声音是如此情不自禁，仿佛不由自主：

悄无声息
然而回响我心，
震颤四周
带盲目喜悦，
至它敲击您，
夜的女王！

每一棵树
投下忧郁阴影，
似要遮蔽您
秘、暗、静止的爱，
在神圣屋里，
填满寂静。

且莫让月
爬上今夜天空；
在昏暗午后
我希冀漫步，
寻觅庇护之光——

向您寻索！

愈发阴沉
黑暗之边缘！
枝丫透出微光
在穹顶上，
星钻之光芒
照亮爱。

最后几句歌声刚刚从我的耳边飘走，我的身边就传来了一阵轻盈、愉悦人心的笑声。这声音的出口，并不像是个默默无闻的人发出的，而像是某个因为坚持不懈的渴望而有所收获的人，笑声末了还带有像音乐般的低声沉吟。我吃了一惊，转向侧边，看见一个黯淡的白色身影，坐在一片矮树和灌木虬结的树丛旁。

“这是我的白姑娘！”我叫了起来，飞身冲到她身旁，努力地想要透过那渐浓的夜色看一眼她的形象，曾经就是我的呼唤使她冲出了禁锢自己的大理石监狱。

“我就是你的白姑娘！”那最甜美的声音回答道，把无以言表的喜悦送到了一颗震颤的心上。过去这段时间里所有爱情的魔力，夜以继日地使这颗心升温，就是为了这一决定性的时刻。然而，假如我也承认她的话，那么若不是这声音拥有某种意义（尽管似乎就是甜美本身），就代表这种臣服颇具含义，它并不期待任何渐入佳境式的情感，因其未能与我心中的乐声琴瑟和鸣。[①]当我把她的手放在我的掌心时，我也同样在向她靠拢，寻找她美丽的脸庞。不过说真的，我看得太真切了，一阵冷颤传遍了我的全身，我对自己说，这是块大理石，然后不再去看它。

她将手从我的掌心中抽走，然后几乎不再允许我触碰她。在她热情洋溢的初次问候之后，这看起来奇怪极了，她无法相信我让我和她亲近。尽管她口中说着情意绵绵的话，身体却在逃避，好像拒人于千里之外。

“在山洞里，你醒来的时候为什么从我身边逃跑呢？”我问道。

“我逃跑了吗？”她答道，“那样真是太无情了，我真不清楚。”

“我希望我能看见你。天太黑了。”

“确实如此。到我的岩洞里来吧，那里有光。”

“所以你还有其他的洞吗？”

“你来看看吧。”

但是直到我先一步起身时，她都没有动弹一下。然后，在我可以伸出手帮她之前，她自己站了起来，走到我身边指引我如何穿过树林。然而，当我们继续在温暖的夜晚行进时，有一两次，我几乎是无心地伸出一只手快要搂到她了，她一下跳出有好几步远，同时正脸总是朝向我，然后她站定在那儿看着我，

---

① 安诺德在确认爱情时产生了困惑：若确认这就是他爱情的理想型白姑娘，说明这声音本身是有意义的，或者这种一见钟情式的感情具有意义。（译注）

微微弯着腰，就好像在害怕某个半遮半掩的敌人似的。夜色太深，她的神情难以分辨。不一会儿，她又若无其事地走回我的身旁。我感到非常奇怪，不过正如之前所说的，我几乎已经放弃了想要解释精灵国里各种现象的念头。对于一个突然从长眠中转醒的人而言，期待她做出什么使我一眼就能看透的行为，我想这样实在不公平。我不知道她可能梦见了些什么，也许也有可能，尽管她在言语上无拘无束，对肢体的接触却极为敏感。

在树林里穿行了很长一段路之后，我们终于来到了另一片灌木丛。透过树丛那些交织的枝丫，我隐约看见了一片浅红色的微光。

“把树枝拨到一边，”她说，“腾出点地方让我们进去。”

我照办了。

“进去吧，”她说，“我会跟着你的。”

我按照她的要求做了。我发现自己来到了一个小山洞里，它和那个大理石山洞还颇有几分相似。阴凉的岩石上攀附着一串串形形色色的绿植，远远看去如同披挂着一块幕布。岩洞最深处的角落里，一盏小泥灯在树叶的掩映之下吐着玫瑰色的火舌，在叶片间将那些可爱的光影交织在一起。白姑娘从我身后沿着石墙轻盈地绕过我，她的目光始终停留在我身上；然后，她在最远的角落里坐下来，背对着灯，将自己从我的视线中完全隐藏起来。我真真切切地看到，眼前出现了一个无比美妙的形象：玫瑰小灯似乎透过她的身体向外散出光来（因为这光不可能是她本身发出来的），她那大理石般洁白的肤色似乎被这美妙的玫瑰粉色覆盖了。但是，我后来发现，这其中有一处缺憾我并不喜欢——那就是，正如她身上的其他部位一样，就连她的眼白处也透着微弱的玫瑰色泽。可奇怪的是，我记不起她的音容笑貌了，但是，正如她少女般婀娜的身姿一样，它们仅仅给我留下了这样一个印象：可爱至极。我躺倒在她的足下，仰头凝望她的脸庞。她开始给我讲起一个奇怪的故事，我也记不起来这故事讲了些什么；但是，在每一个转折和停顿之处，它都会以某种方式，使我将目光和神思锁定在她无与伦比的美貌之上。而高潮似乎总是会伴随着某件事情到来，似乎和她的美貌相关，若有似无地，总是会给她平添几分妩媚。我心醉神迷地躺着。这个故事使我回想起了大雪和暴风雨给人的感受，想起了急流和水妖，以及常年分离最终得以相见的恋人，最后它以一个辉煌的夏夜作为收尾。我聆听着这个故事，直到我和她都融入其中，直到我们成了整个故事。[①]最后，在同样长满绿植的岩洞里，我们相见了，那时，爱意绵绵的夏夜将我们包围；从沉睡森林里飘来的气味，是外界传来的唯一信号，唯独它闯入了我们幽静的住处。我记不清后来发生了什么。随即发生的可怖之事几乎将这段记忆消除了。我醒来的时候，灰蒙蒙的黎明已经悄悄潜入了岩洞。少女不见了，然而，在洞口的灌木丛中，立着一个惊异骇人的东西。它看上去就像是一口没有顶的棺木竖立在那里，从它肩膀的位置可以判断出其头部和颈部所在。事实上，这是一个粗略的人形，不过中间是镂空的，

---

① 安诺德认为自己已经成了这个故事的一部分，正如在精灵国发生的其他故事一样。它虽然使安诺德陶醉，但这并不是一个好故事，或者说崇高的故事。（译注）

整个儿像是用腐烂剥落的树皮黏合成的。

她有两条臂膀，与身体只有轻微的接缝，就在肩胛骨往下至肘部的地方，看起来就好像树皮从切口处重新愈合了起来。可是，这对臂膀动了几下，两只手正在撕扯一绺丝般的长发。这个东西转过身来——它有一张脸，五官长得和我的美人一模一样，然而，那张脸在晨光下白得发青，两只眼睛像死人一样空洞无光。就在这骇人的一刻，另一种恐惧占据了我。我将手放在腰间一阵摸索，发现那束山毛榉树叶果然不见了。她手里仍然拿着头发，正在猛烈地撕扯我的树叶！她转过身来的时候，再次发出了低沉的笑声，但这次的笑声却充满了轻蔑和讥讽。然后她开了口，像是在我睡着时，说给和她对话的另一个同伴听的："他在这里，现在你可以把他带走了。"我躺在那里一动不动，沮丧和害怕使我不知所措；因为我看到，在她身边出现了另一个身影，尽管他模糊不清，难以分辨，我还是一眼就认出了他。那是白蜡树。我的美人竟是桤木女！她毁掉了我唯一可用的防备，还把我送到了可怕的敌人手中。白蜡树低下了他那丑陋可怖的头颅①，进入洞穴。我无法动弹。他向我逼近。食尸鬼般的眼睛和惨白的脸庞使我心乱神迷。像一头捕食猎物的猛兽，他弓着身子走了进来，伸出他那只骇人的手。我已经准备好将自己交给那深不可测的恐怖之死，突然，就在他攫住

① 原文是Gorgon-head（戈耳工之头颅）。戈耳工是希腊神话中的蛇发三姐妹。她们的头上和脖子上布满鳞甲，头发是一条条蠕动的毒蛇，长着野猪的獠牙，还有一双铁手和金翅膀。她们分别是丝西娜、尤瑞艾莉、美杜莎，在西方传说中以丑陋闻名。（译注）

我的那一瞬，一个沉闷的重击声响彻树林，然后又是一阵迅速反复的斧子的劈砍声。白蜡树颤动着发出痛苦的呻吟，抽回他那张开的魔爪，随后，他撤回到岩洞的入口，转身消失在树林之中。另一具行尸走肉将目光朝我投来，那雕塑般精致的脸上露出一种不屑的神情。然后，她丝毫不遮掩自己空洞畸形的身体，就转过可怕的后背，同样消失在洞外一片昏暗的树丛中。

我一下躺倒在地，眼泪不住地涌出。桤木女愚弄了我，险些就要将我害死——尽管众人皆知我的险境，曾提醒我要小心谨慎。

# 第七章

“继续战斗，我的勇士们，安德鲁说，

我受了点儿伤，但还没有被杀戮；

我只是会倒下，并且会流血片刻。

然后我会挺身而起，又继续战斗。”

——出自安德鲁·巴顿爵士之歌[①]

但是我再也不能停留在原处了，尽管日光让我厌恶自己，一想到那无辜无畏的盛大日出，我就无法忍受。我的双颊因为苦涩的泪水感到阵阵的刺痛，但这里没有泉水可以洗净我的脸，就连岩洞里的那泓泉水也不能洗去我脸上的刺痛，哪怕它像伊甸园的河水一般清澈。[②]我站起身，虚弱无力地离开那个阴森森的岩洞。随后，我启程了，我不知这条道路通往何方，但是我仍在朝着太阳升起的方向前进。鸟儿们在歌唱，却不是为我而唱。所有的生灵都在各说各话，这些话与我无关，而我也不

① 这是一首英语童谣，安德鲁·巴顿爵士（1466—1511）：苏格兰的海军上将，也是一个海盗船船长，在战斗中阵亡，其故事被记录在英国民谣中。（译注）

② 暗指桤木女的岩洞里没有精灵国的仙水。（译注）

再有兴趣探索个中的密语了。

我一路无精打采地走着。最令我痛心的——甚至比我自己的愚蠢更令我痛心的，是这样一个令人费解的问题：美丽和丑陋为何如此接近呢？即使她的容颜发生了改变，面容使人生厌；即使她对过去坚持的信念不再抱有幻想；即使她因为言而无信、魅惑人心、背信弃义，如同行尸走肉而为人所知；尽管如此，我仍然觉得她是美丽的。我仔细思索着这个问题，心中的困惑没有减少一分，尽管在这思考中我也若有所悟。然后，我开始猜想自己是如何得到了解救；我的结论是，某个英雄在他游历探险的过程中，听说了这座森林如何受到了侵扰，他知道，与那邪恶之灵进行直面的交锋无济于事，于是英雄用自己的战斧袭击了恶灵寄居的身躯，他在林中的破坏力也正是仰赖于此。“十有八九，”我心想，“那位心怀悔悟的骑士（曾将我祸事临头警告于我的那位骑士）正忙于挽回失去的荣誉时，我则身陷和他一样的悔恨之中。当骑士一听说那危险又神秘的恶灵，便及时来到了他的树下，将我拯救。不然我就会被拖进那树根里，像腐肉一般被掩埋，填补他那越来越深的贪婪欲望。”后来，我发现这个猜测是正确的。只是我不知道，当他的击打召回了白蜡树的恶灵时，他是如何幸免于难的，我也是后来才明白这一点的。

我走了一整天，中途有几次停下来休息，但我并没有进食，因为就算食物放在我的面前我也吃不下去。直到午后我好像接近了森林的边缘地带，终于来到一个农场。再次看到人类的住所，一种难以形容的喜悦从我心中升起，我加快脚步走到门口，叩起门来。一位主妇模样、慈眉善目且风韵犹存的女人出现在我面前，她一看见我，就和蔼可亲地说道："啊，我可怜的孩子，你从树林走出来了！昨天你是在树林里过夜的吗？"

如果前一天有人把我称作"孩子"，我一定会接受不了，但是此时这慈母般亲切的称呼却直入我的心扉；就像是个孩子一般，我的泪水夺眶而出。她立刻温柔地安慰我，并且领我走进一个房间，让我在一张高背长椅上躺了下来，然后她走开去为我寻找一些点心。没过多久，她带着食物返回，可是我完全不能下咽。她几乎是强迫着我喝下一些葡萄酒，这时我恢复了足够的体力来回答她的一些问题。我向她讲述了整个故事。

"这正是我所担心的，"她说道，"但是今天晚上，所有这些可怕的东西都够不着你啦。他们能够欺骗一个像你一样的孩子，这不奇怪。但是，我必须恳求你，当我的丈夫进来时，关于这些事情你一个字也不要提；因为他认为我相信这种事情，简直就是半疯半癫。但是我必须相信我的感觉，即使他没办法相信超越他感官的事物，因为它们没有带给他任何这样的暗示。我想，他可以在树林里度过整个仲夏节前夜[①]，然后回来报告说，他没有看到什么比自己更糟的了。事实上，他的确是个好人，要是他身上再多个七八种感觉，他也很难发现有什么比他更好了。"

"但是请你告诉我，怎么会是这样，她可以这样美丽却没有任何心肠——在她身上甚至没有可以容纳一颗心的地方。"

---

① 传说精灵在这一天聚会，见第一章译注，第一章中安诺德的祖母从仲夏节前夜开始计算自己的年龄。（译注）

“我也不能完全说得清楚，”她说道，“但是我可以肯定，如果她没有耍手段使自己看上去比实际更漂亮的话，她就不会这样的妩媚。之后，你清楚的，你对她一见钟情，在你目睹她的美貌之前，就错把她当成了大理石女子——她们完全是两种‘人’，我想是这样的。但是，她的美丽主要是这样形成的：虽然她不爱任何人，但她喜欢任何一个人付出的爱；一旦她发现某个男人可以任她摆布，她就渴望迷住他、获得他的爱（也不是为了他的爱的缘故，而是因为，通过他流露出来的赞美，她或许会对自己的美有新的认识），这种渴望使她变得非常可爱，哪怕它带有一种自我毁灭性的美；因为，正是这种美从里面不断地蚕食着她；直到最后，当那掩饰空虚的可爱面具破碎时，衰老将会爬到她的脸上，布满她那众人所见的一面，于是她就会永远消失。曾经有个聪明的男人，一个几年前她在林中遇到的男人，就是这样告诉我的。像你一样，当他在这里过夜时，他向我讲述了他的冒险经历。我认为，尽管他非常智慧，他的表现并不见得比你好。”

我亲切地感谢她的回答，虽然她说得还是有些偏颇。我非常好奇地想要知道，为什么她年事已高却会有如此矍铄的精神面貌，就像我第一次进入森林时遇到的那个妇人一样。此时，她离开了我，让我稍作休息；不过确实，我过于激动，没有其他的方法可以使我得到休息，只能简单地停下走动。

半小时以后，我听见一阵沉重的脚步声越来越近，然后进入了屋子。一个愉快的声音，带着轻微的沙哑（好像是由于过多的大笑而导致的）叫喊道：“贝特西，猪的食槽完全空了，这真糟糕。让它们大口吃大口喝，小姑娘！它们除了长胖，别无用处。哈！哈！哈！在它们的戒条里，贪吃是不受到禁止的。哈！哈！哈！”正是这个声音，即体贴又快乐，似乎让这个房间褪去了所有素昧平生之地都会呈现出来的奇怪面貌——把它从理想的国度唤醒，进入真实的领域。它开始变得像一个使人亲近的地方，仿佛在过去的二十年中我已经熟悉了这儿的每个角落。没过多久，那位夫人过来带我去享用他们提前的晚餐。这时候，他那将我紧握的大手，以及他那仁慈的脸庞——宛如秋收月的满月，其下的星球需要来自月光的普照——使我心中产生了这样一种反应：一时间我几乎无法相信存在着一个精灵国度；无法相信自我离家后所经历的一切，并非是病态想象力的一场徘徊之梦。这场梦在一副过于漂泊不定的身架上起了作用，不仅使我真的踏上旅途，而且当我的脚步引领我穿越这片土地时，使我眼前充斥着模糊的幻影。然而，接下来的那一时刻，我的目光落到了一个小姑娘身上，她坐在炉角处，一本小书摊开放在她的膝盖上，显然她只是抬起头看了看，那双探寻的大眼睛就盯在了我的身上。我又相信精灵国的存在了。她一看见我注意到她正在打量我，于是又继续低头读书。我靠近她，从她的肩旁窥视，看到她正在读《格拉西奥萨和珀西奈特的故事》。①

“很棒的书，先生，”老农夫发表了评论，脸上挂着充满幽默感的笑容，“我们现在就在精灵国最热的角落里。哈！哈！

① 《格拉西奥萨和珀西奈特的故事》是法国的多尔诺瓦夫人（1651—1705）所写的一个童话故事。故事讲述了一个年轻貌美的公主遭受邪恶继母的憎恶，而她的侍童始终在保护她；实际上，这个名为珀西奈特的侍童是一个王子。（译注）

雷雨夜啊，昨晚，先生。”

“你是说真的吗？”我继续往下说，“对我来说并不是这样的。我从未见过这么可爱的夜晚。”

“的确如此！你昨夜在哪儿？”

“我在森林里过夜的。我迷路了。”

“啊！那么，或许，你能说服我的好夫人，那里并没有什么值得特别注意的；因为说实话，在这一片儿，森林无非背负了一个坏名声。我敢说，你在林子里没有看到什么比你自己更糟，对吗？”

“我希望我看到了。”我心里是这样说的，但是为了回答他，我只好这样说，“哎呀，我确实看到了一些几乎无法解释的现象。可是，在一个不为人知的原始森林里，没什么好奇怪的，而且林子里只有月亮那捉摸不透的光亮在照耀。”

“非常正确！你说话像个明智的人，先生。我们周围几乎就没有什么明智的人。你现在很难相信它，可是我的妻子相信书本里的每一个精灵故事。我无法解释这件事情。在其他所有的事情上，她都是最敏感的人。”

“虽然你自己不能同意她的观点，但是你不应该尊重一下她的信仰吗？”

“是的，在理论上这是很好的；但是当你每天都生活在荒谬之中，对它表示敬意可没有那么容易。咳咳，我的妻子实际上相信那个‘白猫’的故事。你知道的，我敢说。”①

---

① 《白猫的故事》是多尔诺瓦夫人所写的一个童话故事，讲述了一个猫国的王后，实际上是一个被施了魔法的公主。（译注）

"这些故事我小时候都读过，这个故事我也特别熟悉。"

"可是，父亲，"炉角处的那个小姑娘插嘴道，"你很清楚，那个坏精灵把公主变成了一只白猫，而母亲正是那位公主的后代。母亲已经跟我说过很多次了，你应该相信她说的每一件事。"

"我可以很容易就相信她，"这位农民回答，同时又发出一阵笑声，"因为，那天晚上，一只老鼠在地板底下又咬又抓，不让我们睡觉。你的母亲从床上跳下来，尽可能地接近它，就像一只大猫一样非常吓人地'喵'了一声，然后那声音立刻就停止啦。我相信那只可怜的老鼠一定吓死了，因为我们再也没有听到过它的声音了。哈哈哈！"

在我们谈话时，这家的儿子——一个其貌不扬的年轻人走了进来；他随着父亲一同笑起来，但和那位老人的笑声完全不同，他的声音里掺杂着讥笑。我注视着他，发现那笑声才一结束，他便看似有些惊恐，好像害怕有什么恶劣的后果将会追随他的放肆而来。那位妇人站在一旁，一直等到我们在餐桌旁落座。与此同时，她始终带着一种被逗乐的神情在听我们说话，好像一个人在倾听着自命不凡的孩子说教似的。我们坐下来吃晚饭，我敞开胃口大吃起来。我那已经消失的悲伤，开始似乎变得很遥远了。

"你打算往哪边走？"老人问道。

"向东，"我回答，我也不能给出一个更明确的回答，"沿着那个方向，还有很大片的森林吗？"

"噢！还有很远很远，我不知道有多少英里。因为虽然我在森林的边界上生活了一辈子，但是我一直都很忙，没有时间走进森林去探索。而我也不知道自己能够发现什么。那里除了树，还是树，直到人们厌倦了它们。顺便提一下，如果你从这里沿着向东的那条路走，你会路过孩子们口中的那座巨妖的房子，‘小拇指’曾拜访过这个妖怪，并且吃掉了巨妖那些头戴金冠的小女儿们。”①

“噢，父亲！吃掉巨妖的那些小女儿们！不，他只是把她们的金冠换成了睡帽。是那个巨大的长牙吃人怪误杀了她们，但是我不认为他实际上吃了她们，因为你知道，这些小女妖是他自己的女儿。”

“好啦，好啦，孩子；在这方面，你比我知道的要多得多。但是，当然，就在这么荒谬的一带，这所房子的名声很糟糕；我必须承认，里面住着一个妇人，长着长长的牙齿，也非常的白，因为巨妖的直系后裔都是那个样子。我认为，你最好不要走近她。”

在这样的谈话中，夜色越来越深了。晚餐延续了一段时间，当晚餐结束时，我的女主人领着我来到我的卧室。

“要是你不嫌麻烦的话，”她说道，“我就把你安排在另一个房间。那个房间朝向森林，在那里你很可能会看到更多森

---

① 《小拇指的故事》是法国作家夏尔·佩罗（1628—1707）所写的童话故事。故事讲述的是：一对穷困潦倒的父母把他们的七个孩子遗弃在树林里（其中最小的一个名叫“小拇指”）。一个妖怪把男孩们抓去，并决定在第二天早上吃了他们。孩子们睡觉的时候，小拇指把他兄弟们的帽子和妖怪女儿们头上的金冠对调。妖怪在晚上醒来，错杀了自己的女儿们。（译注）

林里的居民；因为他们时常会走过那个窗户，有时甚至会走进房间里。在一年的某些季节里，奇怪的动物会在房间里度过整夜。我习惯了这种事，而且不介意它。我的小女儿也不介意，她常常睡在那个房间里。但是，这个房间朝南，对着空旷的田野，那些森林居民从来不在这里现身，至少我从来没有看到过。”

我感到有些遗憾，无法积累任何与精灵国居民相关的生活经历，尽管本来是可以做到的。然而，由于那位老农民的相伴对我产生了影响，加之即将踏上的冒险之旅，我宁愿选择在更有人类特点的住处度过一个不受干扰的夜晚。干净的白色窗帘和白色亚麻布的床上用品，对于浑身疲惫的我而言，非常具有吸引力。

我在早晨醒来，经过一场深沉无梦的睡眠后，恢复了精神。我向窗外望去，只见太阳高高在上，照耀在宽广起伏的耕地上。在我的窗户下，各式各样的蔬菜正在生长。一切都伴随着晴朗的阳光而熠熠生辉。露珠忙碌着闪动光辉；附近田野里的乳牛正在吃草，那副吃相就好像昨天一整天都没有吃过东西；少女们在外边的屋子里来回走动，一边工作一边歌唱——我不相信有精灵国存在了。我走下楼，发现这家人已经在吃早餐了。但是，在我走入房间里他们的座席之前，那个小姑娘走到我的身旁，抬起头看着我的脸，好像想要对我说些什么。我向她弯下腰。她用胳膊抱住我的脖子，她的嘴巴对着我的耳朵，然后低声地说：

“一个穿白衣服的女士整晚在房子里飞来飞去。”

“不要在门背后说悄悄话！”农夫叫唤道（然后，我们一起走进房间），“好吧，你睡得怎么样？没有波吉[1]吧？”

“一个也没有，谢谢你，我睡得非常好。”

“听到这个我很高兴。过来吃早餐吧。”

早餐之后，农夫和他的儿子出去了，留下我一个人和那对母女在一起。

“今天早上，我从窗户向外望出去的时候，”我说道，“我感觉几乎可以肯定，精灵国完全是我大脑中的一种错觉；但是每当我走近你或者你的小女儿，我就有种不一样的感受。不过，在经历过最后一场冒险之后，我就可以说服自己回去了，然后不再和这些奇怪的东西有任何瓜葛。”

“你怎样才能回得去呢？”这位妇人说道。

“噢，我不知道。”

“因为我听说过，对于进入精灵国的那些人来说，没有办法回头。他们必须继续走，然后走出精灵国。至于怎样才能办到，我一点也不清楚。”

“这和我印象中一样。有什么东西正在迫使我继续前进，好像我只有一条路，就是往前走。但是今天早上，我不那么想继续我的冒险了。”

“你能来看一看我孩子的房间吗？我告诉过你，她睡在一个朝向森林的房间。”

“非常乐意。”我说道。

---

① 波吉：苏格兰民间传说中的一种小妖精，爱吓唬人，使人陷入危险。（译注）

于是我们一同前往，那个小姑娘跑在我们前面，好为我们打开房门。这是一个大房间，里面尽是老式家具，它似乎曾经属于某座大房子。窗户是一个低矮的拱形窗户，上面布满了菱形的窗格。墙壁很厚，是用坚固的石头修建的。可以看得出，房子的一部分背靠某个建筑物的残骸矗立着，它或许是旧城堡、修道院，或是其他宏大的建筑物；很有可能，这个建筑物上掉下的石头构成了房子的一部分。但是，当我向窗外望去的时候，一股好奇和渴望从我心中涌出，像巨大的海潮流过我的灵魂。精灵国就在我的面前，以一种不可抗拒的吸引力将我拉近。树木硕大的树冠沐浴在晨曦的波涛里，根脉深深埋于昏暗的地下；而在那森林的边缘，阳光或照耀在它们的树干上，或将长长的光流扫过树荫，把树叶洗刷得更为明亮，使人看见腐叶和落地的松球那丰富的棕褐色，还有许多可爱的绿植——铺满一路的长草和苔藓丛；在那条通路上，光像静止的河流一般流淌而过。我不再迟疑，转过身去匆忙向女主人告别。她对此嫣然一笑，却流露出忧虑的神情。

“我想，你最好不要走近那座女妖的房子。我的儿子会把你指到另一条路上，这两条路将会在第一个路口会合。”

我不再想固执己见，或显得过于自信，于是我同意了。我向这些款待我的好心人告别，然后在那位年轻人的陪同下，走进了森林。他行路的时候几乎一言不发，不过却领我穿过了那些树丛，直至我们抵达一条小路。他告诉我要沿着这条小路行走，随后，他含糊地说了一声“早安”，便离我而去。

# 第八章

"我是一体之一体，这一体当初原是一切。"

——靡菲斯陀匪勒斯，出自歌德《浮士德》[①]

随着我往前迈进，走入森林的深处，我开始变得兴致盎然，可是我的思维却无法恢复到之前那样的灵活了。我发现快乐就像是生命本身，无法由任何论辩创造出来。接着我又认识到，若要控制那些满心伤痛的念想，最好的办法，就是直面到最后，就让这些念想滞留在心上，啃噬你的心，直到它们疲惫不堪；然后你会发现，你依然拥有它们无法扼杀的余生。于是，我怀着喜忧参半的心情继续前进，来到了林中的一小片空地。空地中央矗立着一座低矮狭长的小屋，小屋的一头挨着一棵挺拔的柏树，看上去就像是个塔尖戳在屋顶上。[②]当我看到眼前的景象，一种隐约的不安掠过我的心头。但是，我必须走到更近的地方，

① 靡菲斯特（Mephistopheles），是歌德所创作的《浮士德》中魔鬼的名字，歌德借魔鬼之口道出了一种宇宙形成的观念。这句话也与宗教传说有关：魔鬼原是天使，因为叛逆而被上帝打入地狱。译文参考董问樵译本。（译注）

② 此处的柏树如同教堂的尖顶，象征死亡和阴郁。柏树常见于许多墓地，古希腊人和古罗马人习惯将柏树枝放入死者的灵柩中，而中国人习惯在死者的坟上及坟地栽种柏树。（译注）

才能靠近柏树对面，透过一扇半开半闭的小门向里张望。没有看见一扇窗户，于是我继续窥视，往屋里最远的那头望去。我看到一盏灯在燃烧，它跳动着微红昏暗的火光，一个妇女的头向下低垂，好像是在灯光下读着什么。除此以外，我什么也没看到。直到最后，我的眼睛终于适应了屋里的昏暗，我看到，这简陋的小屋离我较近的一处是用来住人的，因为地上四处散落着粗糙的炊具，其中一个角落里安放着一张床。



一种不可抗拒的力量吸引着我走进小屋。那妇人的头始终没有抬过一下，只有她的额头能使人看得真切。不过我刚一踏过门槛，她就用她低沉的声音开始朗读起来，那声音总体上并非令人感到不快。她正在朗读的是一本古代的小书卷，书摊在桌子上，她用一只手按住，桌上摆着那盏灯。她读的大致是这样一段文字：

> 正因如此，黑暗没有起初，也将没有尽头。因此，黑暗即是永恒。任何他物之否定，即对其之体认。光无法到达之地，黑暗居于其所。从黑暗的无限扩张中，光无非凿开了一口矿井。黑暗，在光明的矿梯上迈着步伐；是的，自那浩光之海的神秘通道，在那光之所及的泉井中喷涌。诚然，人不过是一簇短暂的光辉，他在夜的包围中不安地移动；没有黑暗，人将荡然无存，某种程度上人是由黑暗构成的。①

① 这段话原文的写法仿照了钦定本圣经中的内容，与《约翰福音》《约翰书信》中的某些意旨完全相反。（译注）

我走近的时候，她还在继续读书。她微微一动，将那本深色的古书翻过一页。我看见她面色蜡黄，略微有些使人生畏。她的额头很高，黝黑的眼睛里流露出一种克制的平静。不过，她没有注意到我。小屋的这一头（如果能称之为小屋的话）除了她的座椅和摆灯的那张桌子以外没有什么家具。房间的角落里有一扇门，显然像是嵌在墙里的碗橱门，但也有可能是通往另一边房间的门。难以抗拒的渴望曾使我进入这座小屋，现在它再一次驱使着我：我必须打开这扇门，看看门的背后是什么。我向它靠近，将手放在粗糙的门闩上。这时，妇人说话了，但她并没有抬头，目光也没有朝向我："你最好不要打开那扇门。"她的声音相当平静，随后她又继续读起书来，一部分是默念的，一部分读出了声，不过好像都只是为了念给自己听似的。她的禁令只是激发了我想要一探究竟的渴望。当她不再注意我的时候，我轻轻地将那扇门完全敞开，朝里张望。起初，我没看见任何值得一提的东西。它看起来就是一个普普通通的壁橱，两旁安着架子，架子上摆着各式小件的生活必需品，供屋子的主人简单使用。其中的一个角落里杵着一两把扫帚，另一个角落则摆着一把斧头和一些其他工具，种种迹象表明，小屋主人的日常起居每时每刻都离不开这个壁橱。然而，就在我四处打量的时候，我发现壁橱靠墙的背面并没有安放架子，一片空空如也的空地向里面延伸进去，尽头仿佛是一面微光闪烁的幕墙，比我现在所站的门口略窄略矮一些。然而，几秒钟以后，当我继续朝那发出微光的尽头张望时，我的视线终于碰上了真正的目标。一阵战栗传遍我的全身，就好像一个人在房间里独处了很久，突然意识到屋内还有一人同在；我明白了，那看似发光的尽头，是夜幕降临前的天空，经由一条昏暗狭窄的通道向我展现；至于这通道经过哪些地方、由什么修葺而成，我无法分辨。当我聚精会神凝视的时候，我清楚地辨认出两三颗星星，在那遥远的蓝色天幕中闪烁着微光。突然之间，有个黑影闯入，在远处的蓝色尽头，然后沿着这条通道疾行，好像就是为了这个地方从遥远的距离飞奔过来的，在转角处也没有放缓它的速度。我向后缩了一下，浑身颤抖，还是忍不住地继续张望。它飞快地向这儿接近，越来越近，然而在到达时却被耽搁了；直到它通过一层层的跨越，终于好像进入我所在的范围；它径直向我冲过来，经过我的身旁直往屋里而去。我只能用如同一个黑色的人影形容它的样貌。它的动作完全悄无声息，若不是跑动起来就像迈着幽灵的步伐，简直可以称作是滑行。我又退让了一下，好让它过去，然后目光紧随其后。但是我看不见它。

“它在哪里？”我惊慌地向那个妇人问道。她仍旧坐在那里读书。

“就在地板上，你后面。”她一边说，一边用微张的手臂指向不远处，眼睛也没抬一下。我转过身，扫视四周，可是我什么都没看见。之后我有一种感觉，好像我身后还是有什么东西，于是我扭过头向后看去；就在那里，地上躺着一个如同人形一般大小的黑影。屋里昏暗极了，因此在微弱的烛光下，我可以看到它：灯光铺洒在它上面，都不能将它浓重的墨色化开。

“我告诉过你，最好不要往壁橱里看。”那个妇人说道。

“那是什么东西？”一种恐怖之感愈来愈重地向我袭来。

“它就是你的影子，已经找到了你，”她答道，“每一个人的影子都在四处飘荡寻找它的本体。我想，在你们的世界里它有其他的名字。你的影子已经找到了你：凡是打开那扇壁橱门的人，他的影子几乎一定会找到他，尤其是当你在森林里遇到过一个之后——我敢说你已经和它打过照面了。”①

这时，她第一次抬起头来，正眼打量起我。她满口都是泛着白光的长牙。我知道自己正身处妖魔之所。我说不出话来，转身离开了这座小屋，影子就跟在我的脚后。“倒是一个不错的贴身男仆。”我一边苦涩地自言自语，一边踏入阳光之中。然后我回头朝它望去，看见影子还躺在地上，烈日的曝晒使它的黑色更加浓厚。是的，只有当我站在太阳和它之间时，这种黑暗才能有所减弱。我实在手足无措，目瞪口呆——既因为这件事本身，又因为它突如其来，我根本意识不到，有这样一个奇怪的随从时刻做伴将会怎样；但是，我隐约地相信，现在我对它的讨厌，很快就会变成憎恨。我沮丧地走进森林。

---

① 影子是本书中一个关键的象征符号，可理解为每个人都有的阴暗面或私欲。在作者其他的著作中有多处对影子的不同阐释，如“悲观厌世的幻灭感”“现实的枯萎效应”“沮丧和绝望的某种形式”，以及“自我”（指自私自利和以自我为中心，非人格学说中的“自我”）。本书后面的故事中，主人公安诺德将会多次面临挑战，与影子（“自我”）进行斗争。（译注）

# 第九章

“我们的所得是我们的付出，
大自然活在我们的生命里：
我们是它的婚纱它的葬衣！
……
啊！从灵魂自身定然溢出，
一道光、一团彩、一朵云霓，
弥漫整个大地——
而且从灵魂自身定然迸出
内在的曼妙豪迈的声音，
一切美妙声响的生命元素！”

——科勒律治[①]

从现在开始直到我抵达精灵国的宫殿，关于这段时间的漫游和冒险经历，我将不会一一讲述。这一刻起等待着我的每件

① 塞缪尔·泰勒·柯勒律治（1772—1834），英国诗人和评论家。这节诗歌出自科勒律治的《沮丧：一曲颂歌》一诗。译文参考袁宪军先生译本。（译注）

事都和我的那个仆从脱不了关系。它对我所接触的每件东西产生了什么影响，或许可以通过几个孤立的事情来说清楚。就从它和我第一次会合的这天说起吧。心不在焉地行走了两三个小时之后，我感到非常疲倦，便在森林里一处最宜人的地方躺下休息，这个地方长满了野花，我在那儿闷闷地躺了半小时，这才起身准备上路。在我躺过的那片地上，花儿被压弯在地，不过我知道它们很快就会抬起头，再次享受阳光和空气。但是影子用身体碾压过的花朵却不那么幸运了。从那一片干枯焦黑、了无生气的草叶和花儿，就可以辨认出影子躺下的大致轮廓，它们还立在那里，却死了，再没有复生的可能。我浑身战栗，满怀悲伤和不祥的预感，匆匆离开。

有好几天，我都有理由担心那股邪恶势力会有所延伸，因为它已经不再受缚于我的位置了。迄今为止，每当某种无法抗拒的欲望突然攫住我使我想要回头看一看那个恶魔时（这种冲动随时都会无缘无故地抓住我，一而再再而三地出现，时快时慢，有时一分钟就会出现一次），我便不得不扭过头，越过肩膀看去，一旦我保持这个姿势，就会陷入迷惑无法自拔。然而有一天，当我来到一座长满嫩绿青草的山冈，那里能眺望到美好的山景，正思考着此刻我无法说清的事情，我的影子转了一圈，来到我的面前。这时，一种新的面貌使我更加忧心忡忡了。它开始变得忽明忽暗，向四面八方辐射出一片朦胧的幻影。幽暗的射线从它内里发散开来，仿佛出自一个黑色太阳，它们时而变长，时而变短，不断地变换。不过无论这射线击中哪里，大地、海洋，或是天空，被击中的部分就会化为空虚和荒芜，使我顿时心如刀绞。眼下，它又发展出了一股新的力量：只见一道射线向外发射而去，超越了其他射线，并且似乎要无限延长直至击中那巨日的脸庞。太阳随即凋零，黯淡下去了。我转过脸去，继续行走。影子退回它原来的位置；当我再次回头望去，它已经收回了所有黑暗的锋芒，像条狗一样地紧紧跟随着我。[①]



有一次，当我路过一个小屋时，里面走出了一个可爱的精灵孩子。他两只手里各拿着一个奇妙的玩具。一个玩具像根管子，有仙气的诗人观看各地相同的事物就使用它进行观察；而另一个玩具，他会用它把自己游历各地所挑选的美好影像组合成崭新可爱的形象，然后慢慢欣赏。在小精灵的头顶上，有一圈光芒四射的光环。当我满怀惊喜地看着他，有个阴暗的东西蹑手蹑脚地从我的身后爬了出来，那个精灵孩子就站在我的阴影中。我随即就看出来了：他是一个平常的男孩儿，戴着一顶粗糙的宽边草帽，阳光从帽檐的背后照射过来。他手里的玩具，一个是多面镜，另一个是万花筒。我叹了口气，然后离开。[②]

有个黄昏，当金色的暮光从西边的天空倾泻下来，静静地淌过林间大道，顺着这道光，那位悲伤的骑士走来了。就像我初次见他时那样，他骑在那匹栗色的战马上。可是他盔甲的光

---

① 主人公越是注意影子，影子的力量就越是强大。这里，安诺德越是仔细地看它，它就变得越大，甚至遮住了太阳。（译注）

② 多面镜：为了使可见对象看起来有许多镜像，被切割成无数面的镜片（就像苍蝇的复眼）。在这里，安诺德失去了孩童般的好奇心。影子使这些精灵国的东西在他看来仅仅只是玩具。（译注）

泽还不及当时的一半那么红亮。那一身盔甲，曾为他抵挡了许多重剑和快斧的袭击，它们划过盔甲，从那些腐蚀的锈迹扫掠而过，这辉煌的钢甲用反射之光对那些温和的袭击表示了回击。劈痕和缺口遍布在盔甲上，使人仿佛看见了铺满日光的林间大地。他的前额比过去更加高耸，皱缩的纹路几乎一去不复返；这一刻他脸上所剩的忧伤，就像那夏日里短暂的露水，而非秋日的晨霜。他曾经也和我一样遭遇过桤木女；但是现在他已投身到义勇的事业中，之前的污点几乎已经洗刷干净。没有影子追随他。他也没有走进那所黑暗的房子，他没时间打开那间密室的门。“他会朝里面看吗？”我问自己，“是否有一天，他的影子也一定会找到他？”可是，我无法回答自己提出的问题。

我们在一起旅行了两天，这时我开始喜欢上他了。显而易见，他在某种程度上怀疑我的故事。有一两回，我看到他好奇又担忧地望着我那影子仆人——现在它每时每刻都非常顺从地待在我的身后。但是，我并没有做出任何解释，而他也没有发问。我感到非常的羞愧，羞愧自己无视他的警告并由此生出了胆怯（这胆怯甚至只要稍一提及它的来由就会畏缩不前），因此我始终保持着沉默；直到第二天傍晚，我的同伴发表了一番崇高的言论。他的话让我心神激荡，倘若不是为了寻求我已不抱希望的忠告，而单是寻求同情的安慰，我差一点就要扑身过去，抱住他的脖子，将这故事完完全全告诉他了。这时，影子在周围滑动，裹住了我的朋友。然而，我不能相信他。他脸上的光辉消失了，他眼中的光彩变得寒冷，我让自己保持平静。第二天早晨，我们分道扬镳了。

然而，最可怕的事发生了。对于影子的存在，我似乎产生了一种满足感，开始为自己拥有这样一个仆从而感到骄傲，我自言自语："在这样的国度，四处充斥着幻觉，我需要它助我一臂之力对周遭事物保持清醒，消除所有表面现象，向我还原所有事物的真实色彩与形态。而且，我绝不会被凡夫俗子们内心的虚荣所蒙蔽，在一无是处中看见美。我将敢于直面事物本身的面貌。如果我生活在荒原，而非天堂，那么我将带着自知之明而活。"然而，没过多久，影子便用蛮力打消了我的这个念头，把我对它的感情又一次转变为憎恨和怀疑。

事情是这样的：一个阳光明媚的中午，有个小姑娘加入了我的行程。当时她正穿过森林，前行的方向恰好与我的道路在前方相汇成直角。她手舞足蹈地一路走来，快活得就像个孩子，但外貌和成年女子无异。她手里握着一个小球，两只手交替抛接着，球儿明亮清澈得如同最纯净的水晶。这似乎是她的玩具和最珍贵的宝物。在某一瞬间，你会觉得她似乎对此毫不在意，而某些时刻，她又为了它的安危感到焦虑和无所适从。但我相信她一直都很关注它，或许，在她最漫不经心的时候更是如此。她嫣然一笑，在我身边停下脚步，用最甜美的声音祝我一天心情愉快。我对这个孩子很有好感——因为她给我的印象更像是一个孩子，尽管根据我的理解能力，事实可能并非如此。我们简单地交谈了几句，一同沿着我行路的方向继续走去。我问起她手中的球儿，但我并没有得到明确的回应。于是我伸手去拿它，她把球收回去，带着近乎诱人的微笑对我说："你绝对不能碰它。"片刻之后，她又说道："如果你要碰它，动作必须非常轻柔。”我用一只手指触碰了那球。它产生了一阵轻微的振动，伴随着一种微弱甜美的声音，或许是它所发出的。我又一次触碰它，声音增强了一些。当我第三次触碰它时，一小股和谐的音流从小球中滚滚而出。接着，她再也不让我碰它了。

那一整天，我们都结伴而行。黄昏来临的时候，她离开了我。但到了第二天中午，她像之前那样遇到了我，我们又结伴而行直至傍晚。第三天中午，她再次出现了，随后我们又一同并肩前行。到目前为止，虽然在我们已经谈论了许多关于精灵国的事情，以及她迄今的生活，但是我从未能够获悉任何与那只球相关的消息。然而，这一天，当我们继续行路时，影子开始在四周盘旋，包裹住少女。它无法改变她。但是，我想要了解这只球的欲望，在那黑影中开始摇曳犹如一团内在之光，喷射出五颜六色的火焰，变得无法抗拒。我伸出双手，抓住小球。它开始发出之前那般的声音。这声音迅速地增强，变成了另一种声音，直到逐渐成为和谐而又低沉的风暴声；球儿在我的手中颤动、抖动和跳动。尽管我本来无心将它从少女的手中夺走，我还是抓住了它，不顾她曾试图夺回这球，而且，是的，我得羞愧地承认，我无视了她的祈求，无视她最后落下的泪水。那乐声继续变化着强度和复杂的音调，逐渐增强，接着这只球振动和摇晃起来，直至终于在我们的手中爆裂。一股黑色的雾气从球体上方向上迸发，如同被风吹得改变了方向，它转身将少女裹挟起来，甚至把影子也裹藏到了这团黑暗之中。她紧紧握住被我抛弃的碎片，离开我，朝她来时的方向逃进森林，像孩子一般地哀号、哭喊：“你打碎了我的球。我的球碎了！我的球碎了！”我追随在她身后，希望能用言语安慰她。但是，还没等我走出多远，一阵寒风倏忽而至，吹弯了我们头顶的树冠，扫过了我们周围的树干；一片巨大的云彩遮蔽了天日，一阵凶猛的暴风雨到来，在暴风雨中我跟丢了她。这件事就像乌云一样时常压在我的心头，时至今日。夜晚当我准备入睡时，无论我在想什么，常常会突然听到她的声音，她哭喊着：“你打碎了我的球。我的球碎了！啊，我的球！”

此刻我要提及一件更为奇怪的事情。不过，这种奇特是否归咎于我的影子，我自己都说不清。我来到了一个村庄，那里的居民初看和我们国土上的居民没什么区别。当我向他们致以问候的时候，对方都非常愉快，然而他们宁肯躲开我也不愿请我加入他们。后来我终于观察出来，每当我和这里其中任何一个人接近到一定距离（这距离因人而异），那人的神情样貌就会开始变化，越是接近这变化就越是剧烈。而当我退回到之前的距离，他便又恢复到之前的面貌了。这种变化其本质相当荒诞，毫无规律可循。据我所知，最贴近的例子就是：当你盯着凹凸不平的曲面时，比如说盯着一只明亮的勺子的任意一面，会看见的那种扭曲的镜像。我第一次意识到这种现象时的情形相当的荒谬可笑。那位主人的女儿是一个非常有趣的漂亮女孩，在我看来，她比我周围的大多数人更懂得讨我欢心。有那么几天，我的影子同伴显得没有像往常那样碍手碍脚了。虽然我有足够的理由可以继续悲观沮丧，不过一旦痛苦有所缓解，精神就会做出相应的反应：我感到轻松，并且相对愉悦了一些。根据我的印象，她深谙那种存在于我和当地居民之间的现象规律，还一直通过嘲弄我以取悦她自己。因为有一天傍晚，经过一番玩笑话和善意的嘲弄之后，不知什么原因，她惹得我想去亲吻她。可是她非常戒备，小心防备着任何此类的突袭。突然之间，她的表情变得丑陋离谱，漂亮的嘴唇一下拉长，放大到足够和六个人同时接吻的地步。我惊慌失措地连连后退，她爆发出一阵最愉悦的笑声，然后从房间里跑了出去。很快，我就发现，有一种同样无法定义的变化规律，也在我和所有其他村民之间起着作用。而且，为了体会与人愉快的相处，发现并且遵守一种——存在于我和同我相关的所有人之间的准确焦距[1]，对我来说，绝对是必要的。假如能做到这点，一切都会十分愉快。我无法确定，当我疏于此种防范时，我是否在他们面前也展现了同样可笑的姿态；但是据我推测，这种变化也同样发生在极为相近的当事人身上。我同样无法确定的是：对于这种诡异的转变，我是否有必要参与其中并成为它的制造者，或者，在特定的情况下，这种事情是否也会发生在原住民之间。

① 这里喻指摄影中的焦距，即从镜头的镜片中间点到光线能清晰聚焦的那一点之间的距离。相机镜头里有凸透镜或凹透镜，与上文的例子相吻合。（译注）

# 第十章

“在伊甸园的树荫下，河水流淌，
指引被放逐者来到灾难之地：
大地这不息的方寸水域，繁茂昌盛，
将流浪者送往幸福田地。”[①]

我在村中歇息了近一个礼拜的时间，便动身离开了，途经一片荒漠之地。那里到处都是风干的黄沙和闪闪发亮的岩石，当地的居民主要是一群叫高扁怪的精灵。[②]在我第一次抵达他们的领地，包括之后每一次，只要我遇到其中的另一群高扁怪时，他们就开始拿出满手的黄金和珠宝戏弄我，对我扮出丑陋的鬼脸并致以最滑稽的敬礼，就好像他们以为我期待着被顶礼膜拜，有意把我当疯子似的讨好。然而，一旦有个小怪物把目

① 本诗未见出处。诗中的河流指伊甸园始发的四条河流（见《旧约》创世纪）；被放逐者指亚当和夏娃；“幸福的田地”（原文为Happy Fields）指伊利西亚（Elysium，Elysian Fields），是古希腊神话中人死后居住的乐土、至福之境。（译注）

② 高扁怪：在麦克唐纳的童话作品中经常是指某种邪恶的精灵，代表着更低级的自我和欲望。可能这也是为什么他们会向影子致敬。（译注）

光投向了我身后的影子，他的脸就会扭曲起来，神情里带着几分同情、几分轻蔑，又有些惭愧的样子，仿佛自己做了什么伤天害理的事情被抓个现行。然后他就会把手里的金子扔掉，不再扮鬼脸，而是安静地站在一旁让我通过，手里比画着让同伴们照做。我没想要对他们多加留意，因为我的脚后有一片黑影，这黑影也同样遮在我的心上。我无精打采地一路前行，几乎不抱有任何希望，直到有一天，我来到了一汪小小的清泉面前。它冒出清凉的泉水，从日光炙烤的岩石中喷涌而出，向着我来路偏南的方向流去。我喝了一口泉水，顿时有种焕然一新的感觉。啊，这条欢乐的小溪！对于它，我有一种爱意涌上心头。虽然它生于荒漠，却好像在对自己进行这般告白：“我将奔涌、歌唱、洗刷河岸，直到把我的荒漠变成天堂。”我想现在最好就是跟着它，看看这究竟是一条怎样的溪流。于是我沿着溪水一路前行，越过岩石裸露的大地，脚下的大地被太阳晒得滚烫。不过，小溪还没有流出多远，岸上就出现了零星的草叶，之后，便是一丛丛低矮的灌木零星点缀在溪边。有时，它整个儿消失在了地下；当我走了一段距离以后，就在我所能猜到的最接近的方向，我的耳畔会突然传来它的歌声，时而在我的左方，时而在我的右方，在那些遥远的新岩石之间，它又变成了新的瀑布，发出潺潺的乐声。随着溪水一路奔流，岸上的绿植逐渐多了起来；接着，又有新的溪流汇入了它。终于，经过许多天的行程，在一个美丽的夏日黄昏，我发现自己正在一条宽阔的河流边上歇息。一棵繁茂的七叶树高耸在我的上方，花儿飘落下来，粉色和白色的花瓣散落在我的周围。当我坐在那里，一阵欣喜涌上我的心头，泪水从我眼中溢了出来。

透过泪水，我看见眼前的风景闪烁着柔光，美丽可爱得让人不知所措。我感到自己仿佛初次踏入精灵国，有一只慈爱的手正在等候着冰凉我的额头，一句关爱的话将要温暖我的心灵。[①]玫瑰，野玫瑰，到处都是！它们多极了，不仅把香气带给了天空，还好像把天空染成了玫瑰浅红。这片红随着花香在空中弥漫、攀升，然后飘散开来，直到整个西边的天空一片火红，在那玫瑰的熏香缭绕中发出炙热之光。我沉醉在眼前的景象中，心怀渴望。

只要能够看见大地的精灵，正如我曾见到住在山毛榉树中的那位女士，见到我那位白色大理石美人，我就会心满意足了。满足！——噢，我将会多么快乐，死于她眉眼中的秋波！是的，如果死亡能从她的口中带来爱的只言片语，我又将不再满足。[②]暮色低沉，将我用睡意包裹起来。我睡着了，好像有几个月没有合眼了，直到日上三竿才醒过来。此时，我感到身心焕然一新，整个人好像从死亡中崛地而起：它将我生命中的悲伤擦拭得一干二净，又在新的一天走向了它自身的凋亡。我再一次跟上溪流的脚步，爬上岸边一处陡峭的石崖，跋涉在野花和长草丛生的河道上，然后穿过青草甸，马不停蹄地走入树林中。向着河口的方向，林子变得愈发茂密了。

---

① 水又一次帮助了安诺德。自然之美使他哭泣，他的悲伤使他再次得以见到精灵国。（译注）

② 莫特·福凯所写的《涡堤孩》中曾写到水妖的丈夫看见了她的眼睛，听到了她的爱语，然后被她哭死了。（译注）

终于，我看见了一叶扁舟，泊在一片河洲上。沉重的树叶悬挂在半空之中，四下幽暗无光，深沉寂寥，好似一个灵魂被痛苦的漩涡钻出了一条深渊，然后在暴虐里消沉，只剩下无人能解的默默悲伤。水面平静得不见一丝波澜，小船停靠在岸边，没有拴绳。它静静地停泊着，好像有人刚刚上岸，马上就要折返似的。不过没有迹象表明这里有动物出没，浓密的灌木林里也没有活物的行踪。而我正在精灵国，一个人可以凭自己的兴趣做很多事情，于是我奋力拨开一条路，走到岸边，推动船身，然后踏进船里，在周围树枝的帮助下驶进溪流。我平躺下来，任由溪流载着我和小船前往无论何方。[①]天空在我的头顶像巨涛一般流动，连绵不绝，偶尔在靠近河道的某个转角处，有一棵树会将它巨大的树冠掠过我的头顶然后又回过头去，它的树影便不再投到我的身上了。我呆呆地看着头顶上的一切，仿佛迷失在其中。我在这摇篮里睡着了，大自然母亲来回晃动着它摇篮里疲乏的孩子。与此同时，太阳却并未停歇，继续沿着日落的方向一路行走。当我醒来时，它已躺在水中沉眠，而我在一轮银色的圆月下，继续顺着水流默默前行。随后，一轮苍白的月亮露了脸，从一个巨大的蓝色洞穴里探着脑袋往上张望，那洞穴就在我身下深不可测的寂静里。

为什么，所有的镜像都比我们所谓的现实更加动人？——也许它并不那么雄伟或那么牢固，然而却总是更加的可人？遨游

---

① 本书中共出现了两次泛舟的行程，两次行程都把主人公从伤心之地带往了治愈和转变之地。他对痛苦和悲伤的反应引导着他一路向前。（译注）

在波光粼粼的海面上的船帆多么可爱，而水波下那晃动不息的航船却更令人欢喜。是啊，反光的洋流本身也是镜中的影像，它拥有关于那些流水的奇妙非凡，这奇妙在我转向那洋流的时候，或多或少将倏尔消逝。所有镜子都是神奇的魔镜。当我面向镜子的那一瞬，最普通的房屋就成了诗中之屋。（在我写下这句话时，它让我想起在精灵宫殿里读过的一个奇怪故事，稍后我会在故事的发生地试着追忆此事。）[①]这个问题无论怎样诠释，有一件事可以确信：这种感觉诚实无欺，因为自然是没有欺骗的，灵魂中不请自来的情感也不会有所欺骗。这其中一定暗含着某种真理，尽管也许我们只能领会其中的只言片语。回忆，甚至是有关痛苦的回忆也是美丽的；而过去的欢乐，纵然只有穿过悲伤的阴霾才能被看见，却像精灵国那般美妙。可我，是怎样踏入了灵魂仙境的更深处啊，至今我只是一路飘荡，前往精灵国的宫殿！月亮——落日那更使人心醉的回忆或印象——是忧郁夜晚恍惚的镜中那些欢乐时光，使我心驰神往。

我坐了起来。巨大的乔木环绕在我周围，在这些树木之间，大河像一条银蛇蜿蜒而过。当我在船里挪步时，微小的波纹在河里起伏不定，像融化的银子一样溅开，把月亮的倒影切成了一千个碎片，又融合在一起，仿佛许多条笑纹，逐渐化作一张安详喜悦的脸庞。在一种不明的沉重之中，森林正在酣睡；河水流进了它的梦乡；妩媚的月亮高高挂在天上，它睁着朦胧的

① 麦克唐纳认为镜子不仅仅反射了现实，也同样容纳或接受了现实。相同的主题见第十三章的“奇怪故事”。（译注）

眼，将这些都投入它微醺的梦境，沉入我的心灵，然后我感觉自己好像已经死在梦中，永远不会醒来。

一道白色的微光将我拉回半梦半醒的状态；我抬头凝望，只见它穿过左边的树丛，从我视线当中模糊地闪过。但是很快树木就再次把它藏匿起来了。这时，某种奇异的鸟儿突然发声歌唱，那与众不同的声音反复哼唱着同一个旋律，像是一种持续的张力，从中传递出某种信念；随着它的演进，力度也在不断加强。它听起来像是一首欢迎颂，然而即将到来的告别已替它蒙上阴影。正如同一切美妙的音乐中，每个音符都暗含着一丝悲伤；我们也不清楚，有多少欢乐，甚至是生活中的欢乐，归功于那交织的悲伤。快乐并不能呈现出最深的真理，尽管最深的真理一定是最深的喜悦。悲伤披着白袍而来，它佝偻着身体，面无血色地打开一扇又一扇它不会跨进的门。几乎每次我们沉湎在悲伤里，都是为了爱。

歌声结束时，水流轻推着我的小船来到河岸的一个转角处。瞧，有一片草坪：那长长的绿坡从水面向上延伸至一个至高处，从那里，树木向着四面八方沉下去，一座雄伟的宫殿，在月光下忽隐忽现地耸立着，通体好像是由最洁白的大理石建成。窗户上没有月光的镜像——似乎根本就没有窗户，因此也没有闪烁的冷光，只有如前所述那忽隐忽现的微光。无数的影子出现在柱子、阳台和塔楼上，使那微光更黯淡了：每一处过道，沿着宫殿的外墙延伸而去；宫殿的侧翼，从许多个方向往外探出；还有无数的孔洞，月光穿过它们便消失在宫殿里；而那些既是门又是窗的空穴，在正前方有着各自独立的阳台，与建在各自廊柱上方的同一条过道相连。当然，以上种种并不是我站在河上凭借月光所观测到的。虽然我抵达这儿已经有好多天了，但我并没有掌握这栋建筑的内部结构，它实在是太庞大、太复杂了。[①]

此时此地，我想立刻上岸，可是船上没有桨。这时我发现船上有一块没有固定的木板，原是做椅子用的，于是，我划起那木板将船靠岸，然后攀到绿坡上。我踩着又厚又软的草皮，沿着长坡一路向上，向那宫殿走去。

当我抵达宫殿时，只见它矗立在一座宏伟的大理石平台上，整齐划一的宽台阶攀援而上，环绕在宫殿四周。我来到平台，发现这里视野开阔，可以俯瞰森林，可是，月光并没有照亮森林，倒更像是给它蒙上了一层面纱。

我穿过一条过道走进内院，此处过道宽敞但没有其他出入口，高大的大理石廊柱将庭院的四周环绕，支撑起顶上的回廊。就在这时，我看见一座巨大的红斑岩喷泉位于庭院的中央：一道高高的水柱往上冲出、落下，水花的撞击声仿佛融合了一切天籁之音，然后它坠入下面的池子，池水扑溢开来，汇入一条通往宫殿内部的沟渠。尽管此时月亮尚位于西边天空的低处，但它的光束并没有落入庭院照在周遭的建筑物上，然而，庭院却被另一片土地上太阳二次反射的光线照亮了。因为，就在凌空的水柱刚刚铺展开，往下坠落的时刻，那柱顶抓住了月光。

① 麦克唐纳经常在作品中使用迷宫城堡或迷宫宫殿的形象比喻人类的心灵，象征人类心灵有许多房间和许多面。（译注）

如同一盏惨白的大灯，它高高悬在夜空，仿佛把光的朦胧记忆挥洒在了身下的庭院里。庭院的地面是用红白相间的菱形大理石铺成的。根据我踏入精灵国第一天起养成的习惯——以第一眼看到正在运动的事物作为向导——我跟随着喷泉池淌出的溪流一路向前。它引领着我来到一扇敞开的大门，在台阶下方，溪水穿过一扇低低的拱门，消失不见了。我走进门里，发现自己身处一个宏伟的厅堂，四面有白色的廊柱围绕，地上铺砌成黑白两色。月色使我看见了眼前的景象，而这月光，正是从另一侧大厅的窗口流入大厅的。

但我无法分辨这儿的高度。我刚一跨入大厅，便产生了一种似曾相识的感觉，同我在森林里的感觉何其相似！有什么东西俨然在我身旁，我却看不见它，听不见它。自从拜访过黑暗教堂以后，我就渐渐失去了看见高等精灵的能力，差一点儿就要完全丧失这种能力了。[①]不过，尽管眼睛看不见他们，我还是能够时常感觉到那些精灵的存在。此刻我有了一位同伴，而且无疑是位可靠的同伴。然而即便如此，在一座空荡荡的大理石厅里过夜，无论这是一处多么华丽的住所，也实在无法使人提起精神，尤其此时月亮即将落下，黑暗就快来临了。于是我从入口处绕着大厅四处漫步，看看没有没有什么门或通道可以把我带到更舒适的房间。我一边行走，心中一边萦绕着一种甜蜜的感觉：在这看似数不清的某一根柱子后面，有个爱我的人正在等候着我。我想，她正在跟随我的脚步，从一根柱子挪到

① 黑暗教堂在这里指食人女妖的屋子，尽管在这个章节还未能分辨出来。（译注）

另一根柱子。然而在这淡淡的月光之下，并没有温柔的双臂向我伸展而来，也没有任何迹象表明她的存在。

最后，我转身走进一条敞开的走廊，光就此被我留在了身后。我在黑暗中一路摸索向前，直至抵达另一条走廊：来路似乎被截断了，两条走廊之间刚刚好呈一个垂直的角度。我看见在那走廊的尽头，闪烁着一团白色的微光。这团光即便对于月光来说也确实过于幽暗，简直就像是游离的磷光。不过在白色的包围下，一点微光也够照亮很长一段路了。于是我继续前行，直往那尽头走去。这真是一条很长的走廊。当我靠近那团微光时，我发现它是从一扇乌木做的门上一些银色字母发出的。而出人意料的是（即使在这奇迹本身的发源地），那些字母拼成了这样一串单词：安诺德爵士的房间。我还没有被册封为骑士呢！不过我斗胆得出了这样一个结论：这个房间的的确确是为我设立的。于是我毫不迟疑地打开房门走了进去。当我刚要怀疑这样的行为是否妥当时，这个念头就马上消散了。从我黑色的眼眸中映出了一团像是火焰般的光束。银狗[①]托起的一大捆柴火带着沁人的香味，正在壁炉里熊熊燃烧。桌上立着一盏明亮的烛灯，旁边摆满了食物，显然是在等待我的到来。然而，比起其他任何事，更出乎我意料的是：这个房间，无论是从哪个角度看，都和我自己的房间如出一辙，在那洗漱台上曾流出了一条小溪，把我带进精灵国。此刻这个房间里有我自己设计的地毯，上面有青草、苔藓和雏菊；有浅蓝色丝绸做的窗帘，

① 指壁炉的柴架。（译注）

像瀑布一样挂在窗户上；有老式的床以及罩着印花棉布的床饰，自从少年时代起我就一直在上面安睡。“现在我要睡觉了，”我对自己说，“我的影子不敢来这里。”

我在桌子边上坐定，满怀信心地开始品尝起面前的佳肴。现在我发现了，正如之前的许多佐证一样，童话故事是多么的真实，因为就在我进餐的时候，一直有许多双看不见的手正在服侍我。在食物被带到我的面前，就好像它们自己跑过来似的之前，我几乎不需要做任何事情，只需要朝我想吃的任何东西看上一眼。我的玻璃杯里也不停地在斟上我自己选的酒，直到我把目光投向另一个瓶子或是玻璃器皿；而每当换上一个新的玻璃杯时，其他的酒就会供应上来。自从踏入精灵国以来，我还没有如此身心愉悦地吃饭、畅饮呢。等到酒足饭饱以后，来了一些侍者，把桌上的残羹冷炙全都收走了，这其中有几名男侍者，也有女侍者，通过他们端盘离桌的方式以及将盘子带出房间的动作，我想我多多少少可以分别出来。等到所有的食物都被带走以后，我听到门被关上的声音，我知道，房间里只剩下我一个人了。

我在炉火旁坐了许久，陷入深思，我想知道这一切将怎样收场。最后，我因为思考得困了，便把自己丢到了床上。我满心希望，当我在早上醒来的时候，不仅会在我自己的房间里醒来，而且也是在我自己的城堡里；然后我会四处走动，在我土生土长的地方，发现精灵国终究也只是夜里的一个异象。喷泉的落水声在我耳边响起，我的脑中一片空白。

# 第十一章

“一大片建筑物的荒原，正在沉沦
将自己退隐到奇妙深渊，
深陷在荣耀中——没有尽头：
它似钻石和黄金的结构，
有乳白圆顶和银色尖塔，
层层台阶发光，高高升起。”

——华兹华斯[①]

然而，经过一夜无梦的安眠，一种已经逝去的幸福感还是遗留了下来。当我在天光大亮中醒来时，我发现，这个房间的确还是我自己的房间，而外面的风景看上去却像是异国景象：在我的一边是一派层峦叠嶂、树木葱郁的陌生景象；另一边则是一片大理石庭院风光，那座宏伟的喷泉就在庭院里——阳光下，它喷出的水花闪烁着光彩，溅落在下方的大理石水池中，

① 威廉·华兹华斯（1770—1850）：英国浪漫主义诗人。此处摘自叙事长诗《远游》第二卷。（译注）

将许多轻浅的影子投在人行过道上。

我曾读到过不少有关精灵国怎样对待游客的真实记录，和所有这些描述相一致的是，我在床边发现了一整套新的衣服，就好像我有穿这种衣服的习惯似的；因为，尽管它和我脱掉的衣物十分不同，但与我的品位完全相符。我穿上这套衣服，走了出去。整座宫殿像银子一样在阳光下熠熠生辉。它的大理石岩一部分处在阴暗里，一部分闪耀在阳光下；每个尖塔、圆顶和塔楼的顶端都饰有一个银色的球体、锥体或尖顶。在我这样的凡胎俗眼中看来，阳光下的宫殿好似结了霜花，显得分外夺目。

我不想挖空心思赘述这边的环境，除了告诉你，在这儿你可以发现各式各样的乐趣：树林与河流、草地与野林、花园与灌木、山石嶙峋的山丘与风光怡人的溪谷，都以一种最为丰富多彩而风雅别致的布局错落有致地分布着；还有那些温驯的野生动物、羽毛华美的鸟儿、星星点点的喷泉和小溪流，以及芦苇丛生的湖泊——一切都在这里。至于这宫殿主体的某些部分，有机会我将进行更详细的描述。

整个上午，我都没有想起我那恶魔般的影子，也不曾转过身看看它是否还在我的身后，直到欢畅过后继而感到的疲惫再一次使我的思绪回到它身上：它的轮廓几乎难以分辨。然而，无论它显现得多么昏暗模糊，它的存在，使我心情沉痛犹如刀绞——这种难过，连周围的美景加在一起，也无法弥补。但是随之而来，某个令人宽慰的想法浮现在我的脑中：说不定，我能在这里找到某种有魔力的咒语，得以驱散身后的恶魔，重获自由；从此以后，我将不再是一个形单影只的人了。[1]我想，精灵国的女王一定住在这里，毫无疑问，她会用她的力量拯救我，然后把我送走，让我的歌声穿越她领土上的一道道城门，回到我自己的故乡。“我的影子！”我自言自语道，“你全然不是我，却用我的身份向我示现；我会在这里找到光明之影，吞噬你这黑暗之影！我会找到像诅咒般降临你的祝福，我诅咒不请自来的你，回到黑暗里去。”说完这些话，我终于展开四肢，躺倒在河岸上的一片草坪里。当希望在我心中冉冉升起时，从一团光亮蓬松的云彩后面，太阳露出了脸；山冈与溪谷，还有那条蜿蜒流淌过神秘森林的寂静的大河，它们反射着太阳光，像是在发出一种无声的欢快的呐喊；整个大自然充满着生机，洋溢着色彩；我身下的这块土地变得温暖起来；一只瑰丽的蜻蜓像离弦的箭从我身边飞过，一场群鸟的音乐会突然开始合鸣。

很快，阳光就变得过于灼热了，即便我躺在那儿一动不动。于是，我站起身来，寻觅一处可以庇荫的拱廊。我徜徉在一个又一个拱廊中，任由冒失的脚步引领着自己，感叹这座建筑物每一处简单的奢华。紧接着，我来到了另一个大厅：它的屋顶是一种淡淡的蓝色，上面闪烁着着闪亮的繁星点点；支撑屋顶的红色斑岩石柱呈现出一种淡红色，比普通的红色更浅一些。在这所房屋中（我想附带说一下），银色似乎在哪一处都比金色更受欢迎；空气是这般的纯净，这里面没有一丝污染的迹象。

---

① 此处双关。原文是a man beside myself，字面含义是“和自我相伴的人”，另一层含义是“忘我的人”。（译注）

整个大厅的地面都铺成了黑色，除了柱子后面一条窄窄的通道；地面中空挖成一个好几英尺深的巨大池子，里面注满了最纯净和闪亮的池水，池子侧面是白色的大理石，底部铺砌着各种各样色彩斑斓的石头，形状和色调各异。

你大概在第一眼就会以为，那些布置中不存在任何的设计，因为它们躺在那儿，仿佛都出于嬉戏的无心之手；但是，这里的格局却是一种最为和谐的天然偶成。当我观察它们的颜色布置，尤其是当那些水晃动起来时，我终于感受到了，似乎每一块小小的鹅卵石都是不可替代的，任何替换都会破坏它整体的效果。在池水的下面，倒映着繁星点点的蓝色屋顶，仿佛另一片更深的大海，环抱托举着上面的那片海。或许这精灵池里的池水，正是从庭院里的那座喷泉源源不断地涌出的。在一种无法抗拒的渴望的驱使下，我褪去衣物跃入水中，我的渴望好像产生了一种全新的感觉，和本体合二为一，将我包裹住。这些水和我是多么的亲近啊，它们似乎进入我的心里，使我的心苏醒。我起身浮出水面，甩落发梢的水珠，仿佛在彩虹里畅游；透过被我激荡开的水花，我看到底下有宝石的闪光。于是，我睁着双眼，扎进了水中，在水面下潜游。一个新的奇迹出现了。从这儿望去，一池的水向四周延伸，如同一片海，四处遍布着礁石群，它们被无休止的巨浪挖空，形成奇妙的洞穴和形状怪异的尖顶。洞穴的周围生长着形形色色的海草，珊瑚闪耀着绚丽的光彩；即使游开了一段距离，我仍然能看到某种光彩，那似乎是居住在水底下的某种形似人类的生物发出的。我想当时我应该是被迷住了，猜测自己浮出水面时，也许会发现已经远离陆地数英里远，独自在波涛起伏的海洋中游泳。事实是，当我的眼睛露出水面时，我看到了头顶上方那星光闪烁的蓝色穹顶，还有周围红色的石柱。我又跳入水中，再一次发现自己身处大海的中心。然后，我起身朝池子的边缘游去，从那个位置出去对我来说简单得多，因为水漫到了边缘处。当我接近时，细碎的波浪正在冲刷黑色的大理石岸边。我穿好衣服走出去，精神面貌焕然一新。

接下来，在这一整座建筑物里的各个地方，我开始能够分辨出一些模糊、温文尔雅的人形了。其中一些人走在一起，认真地交谈。另外一些人在独自行走。有些人三三两两地站在一块儿，仿佛在看着和谈论着一幅画或一尊雕像。没有人搭理我。我也不能清楚地看见他们。有时，当我集中视线时，一群人或某一个人会完全淡出我的视线。当黄昏来临，太阳悬挂在西方之时，月亮升起，像天边的海洋那样清澈，我开始能够更清楚地看见他们——尤其当他们走到我和月亮之间的时候，而当我自己身处暗影中时，此景更为明显。然而，即便如此，我有时也只能看到一个身着白袍的摇曳之影，或者一只在月光中闪闪发亮的可爱手臂或脖颈，或是一双洁白的小脚在洒满月光的草地上独自行走。我很伤感地承认，我不曾靠近这些美好的人，也不曾仰视过精灵国女王本人。我的命运注定非同此般。

在这座大理石建造的银色宫殿里，在喷泉与月光之下，我度过了好些日子；我待在自己的房间里，一直在等待着，希望周围的一切都称心如意，并且每天都在仙池中沐浴。在这段时间里，我几乎没有受到我那恶魔影子的搅扰，虽然我有一种模糊的感觉，它就在宫殿的某处；然而，似乎在这个地方，我总算摆脱了它那可憎的存在，这种希望好像足以将它从我的脑海中暂时驱逐。至于如何找到它和在哪里找到它，我很快就会提到。

在我到来后的第三天，我发现了这座宫殿的藏书室，我一直在那里逗留，花去一天当中的大部分时间。因为这儿是避开正午阳光的一个难得的庇荫之地，何况还有更具吸引力的东西。在早晨和午后的时光，我或在风光怡人的附近散步，或躺在开阔草坪上的某棵大树下，沉迷在美妙有趣的白日梦中。我在宫殿的某处度过了一个又一个夜晚，这方面的描述以及与之有关的冒险经历，我将不得不搁置一段时间再讲述。

这座藏书室是个高大的厅堂式建筑，采光来自于上方的穹顶，好似由一整块彩绘玻璃构成，一幅巨大神秘的画像横跨其上，颜色瑰丽极了。

从地板到屋顶，各式各样的书籍堆满了墙上的书架；其中大部分书籍都采用了古籍的装帧方式，而其中一些甚是古怪，采用了我前所未见的新潮方式，简直无法用言语描述。而在书架的正前方，环绕着一条又一条以楼梯相连的过道。它们由色彩斑斓的石头修砌而成：各式各样的大理石、花岗石，其上镶嵌着斑岩、碧玉、天青石、玛瑙和其他各类宝石，井然有序的色调仿佛正在上演一支曼妙的旋律。这些石料的选择，多多少少给藏书室的布局带来了一些厚重之感，不过鉴于藏书室的规模，它们也只是如同绳网一般攀附在墙垣上。

在这座藏书室的某些地方，披挂着五颜六色的丝绸帘幕，帘幕被掀起的样子我从未见到过。不知什么缘故，我感到冒险往里窥探是一种放肆的行为。不过，书架上的其他书籍似乎都可随意取阅。我日复一日地光顾这座藏书室，栖身在那一条条精美的东方地毯之上，那些地毯这儿一条，那儿一条，到处都是。我就躺在那儿读啊读，直到困乏疲倦，如果非要将其看成是一种疲倦，倒不如说那是狂喜带来的晕眩。有时，直到光线昏暗，我才想要走到藏书室的外面，希望一股清凉的微风会飘然而至，为我那热血沸腾的肢体洗去疲惫，我那炽热的心神对它来说并不亚于那炎炎的烈日。

这些书都有个古怪之处，或者说，至少我浏览过的大部分图书都是这样的。尽管笔墨或许无法传意，我还是得向你描述一下。

比如说，如果我打开的是一本关于玄学的书，还没有读完两页，似乎就已经在独自思考所发现的真理，并且开动起自己的知识体系，借以向我的朋友们传达这个发现。然而，对于一些其他的同类书籍，这个过程却好似倒退了一大步：我会尝试着寻找一种现象的根源，一种导致物质幻觉出现的精神真理；抑或尝试把两种看似都正确的命题结合在一起，无论是即时的交汇，还是通过记忆中不同的心绪。我想去找到那个连接点，在这一点上，那些无形中交汇的轨迹会联结在一起，揭示出某个真理——既高于它们，又不同于其中的任何一个；非但没有与两者截然相反，还使它们都获得了生命和力量。如果这是一部游记类的书籍，我会发现自己就是那个旅行者。新的土地、新鲜的经历、新奇的风俗，在我的周围出现和上演。我行走，我发现，我奋斗，我忍受，我因自己的成功而感到欣喜。如果是一本历史书，会怎样呢？我就是其中的主要参与者。我会因为自己的失误而痛苦，为自己值得赞赏的事情而喜悦。读到一本虚构的文学作品，同样的情况也会发生。这整个的故事就是我的故事。我代替了其中与我最为相似的那个角色，他的故事就成了我的故事，直到我厌倦了那几十年如一日的生活，或者直到我行将就木，或是读到书卷的结尾，我会清醒过来，带着一种突如其来的迷惘回到现实中来，辨认出我周围的墙壁和屋顶，发现自己只是因为陷入一本书而欢乐和悲恸。如果这本书是一首诗，那么文字就会消失，或者退到某种附庸的位置，一系列的形状和影像成为主角，伴随着某种无声的节奏与神秘的韵律，时而出现，时而消失。

在某一本书中，那本书有个神秘的标题我已记不大清，我读到了一个世界，一个不同于我们的世界。用如此牵强而支离破碎的方式进行叙述，对我而言并无大碍，我愿意透露书中那令人叹为观止的描述。它是否完全是一首诗，我说不清楚。但是，当我第一次思索着要写下它时，那种突如其来的冲动就化作了韵文。如果它再次出现在我的身上，我将听任这发自内心的冲动。我觉得它一定在诗文中出现过，至少部分是。

# 第十二章

“春天带着镣铐。夜风无惧，
扑打坚硬的大地；
时间收敛惶惑与冰凉，
苍凉的笑颜消弭不见。
然而吹啊，将这世界来回掀动；
吹吧，时间，化身冬日之风！
透过时光的缝隙，天空逐渐显现，
春天，将冰霜抛在后面。”

——G.E.M[①]

相信星辰对人的影响胜过命中注定的人至少在感性层面上比某些人更接近真理，后者以为，天体与人类的关联仅仅受制于某个共同的外部法则。一切我们用肉眼看见的一定与我们休戚相关。天体与天体若毫无关联，宇宙便不能称之为宇宙。万

① 该诗是作者的朋友格雷维尔（Greville Ewing Mathson）所写。（译注）

事万物其统一的核心暗示着一种千丝万缕的倚赖联结。如其不然，已呈现的理念之外便会孕育出一个更宏大的理念。空虚，不过是躲在意识背后被遗忘的生命。雾霭中的辉煌，则是未被开垦的生命之田，前方也许充满关乎联结的神秘启示，这纽带不仅横跨在科学与诗歌之间，也横跨在我们与其他天体之间。一颗双子星围绕着自己旋转，它没有闪亮的腰带，没有发出幽光的卫星，也没有红绿色的光辉，但却同某个人灵魂中的秘密有着一种联结，又或者和他身上不为人知的故事互为牵绊。他住在他的小房子里，秘密是这居所的一部分。

在太阳王的领土之上，
一个世界蠕动着，继续它
疲惫的征途，步伐困顿，
直至地球奋起一跃，同它竞赛。
然而在必经的赛道之上，
地球无数次地蹬步加速，
早在那年迈星球于行星之王的庭院
翅膀如灌铅一般盘旋之前。

在那孤独又遥远的星球，
四季与我们的并不相同，
历经多年，秋天才能将树木妆点
如同贵妇那般丰饶可爱。
年迈的冬天耀武扬威数载，

细数它地下室的美丽俘虏。
春天也需年月破土而出，
梳去它头发上的冰柱。
至于亲爱的夏天，仲夏漫漫数年
白云如絮，午后骤雨大作，
如积压的泪水喷涌而出，
将心灵释放，谱写夏日之美。

冬天称王时出生的孩子，
也许春光无法取悦他们；
尽管欢笑正在心中发芽，
孩子出落成少男少女，可年轻的生命啊，
或许将因一场风寒雪冻而逝去，
窥视者就在鲜花曾经遍野之地。
一些少年从长眠中苏醒，
当夏天的叹息自林中缓步而来。
生活，爱，然后再一次被爱；
寻找快乐，痛并快乐；
沉入最后的、孤独的睡眠，
同样香甜的气味攀到了他们身旁。

这些孩子住在距离太阳更远一些的星球上，他们诞生的时候和另一些星球上的孩子不大一样。没有人知道他们是怎么来到这世界上的。有个少女独自一人走在路上，就在这时，她听见一阵哭声。这是那儿破天荒头一次出现的啼哭声，于是她循着声音四处寻找。然后她发现，在一块悬空中的岩石下方，或者说是在一个灌木丛中，在山上的一堆灰色石头当中，或者任何出人意料的隐蔽之处，有一个小孩子躺在那里。她将孩子轻轻地抱在手中，带着他满心欢喜地回到家。她口中喊道“母亲，母亲，（这说明她的母亲健在）我找到了一个小婴儿，一个孩子！”家里所有的人全都跑出来了。“他在哪儿？他长什么样？你在哪里找到他的？”诸如此类的问题此起彼伏。然后她开始讲起自己是怎样发现这孩子的，当时的情况如何：比如是在一年里的什么季节，一天里的什么时辰，当时的天气怎样之类；尤其是，当时天上和地下有什么变幻莫测的奇异景象，他被找到的时候，那个庇护所有什么特征，是不是决定或者至少暗示了这个孩子的天性。于是，在某些特定的时节、特定的天气里，可以说是凭借着几分她们自己的想象，年轻的女人们便走出家门，去看看外面有没有孩子。她们一般并不会刻意地去寻找，尽管有时候忍不住还是会去一些自己并不欢喜的地方里找找孩子。不过，孩子是需要保护和养育的，还没等到她们找到一个孩子，当初她们所投入的全部感情便被这个事实给冲淡了。那些日子主要是在夏季温热的夜晚（这个季节如此漫长，就好像是隔了很久才到来的一样）当黄昏进行到一半，大部分的时候是在树林里、沿着河岸旁，少女们在那儿寻找着孩子，就好像孩子在寻找花儿一样。孩子在茁壮成长，是的，随着他年岁的增长，他的容貌就会向那些懂得大自然精神、懂得他面对这个世界的表达方式、懂得他诞生之地的地貌情状等等的人们显现。不论那是在清朗的早晨，一轮红日引领着他母亲来到了男孩发出啼哭声的角落；或是在傍晚时分，寂寞的少女（因为女人一旦找到了孩子就不会找到第二个，至少在第一个孩子有生之年的时候）看见一个小女孩身上发出柔柔的白光，躺在百灵鸟巢一样的窝里，那儿围绕着长长的青草，谦逊的雏菊抬起眼睛向上凝视；不论暴风雨是否将林中的树木吹弯了腰，又或者，那静止的雾霭是否使别处流动与欢唱的溪流，于寂静中停下了脚步。

他们长大了以后，男人和女人们并不常在一起。正如地球上男女有别一样，这里的男人和女人之间也有一个奇怪的区别。只有男人们生就一双臂膀，女人们拥有的却是一对翅膀。那是多么华丽的翅膀啊，将她们用流光溢彩从头部一直包裹到脚踝。通过这些翅膀就能判断她们诞生于什么季节、什么样的环境。冬天里降生的人儿长着洁白如雪的翅膀，每一根羽毛的边缘都闪耀着银子般的光泽，如同就像冬日煦阳里的冰霜一样晶莹耀眼，下方则微微露出一层浅粉或玫瑰的色泽。春天出生的女人们生就了一对草绿色的翅膀，羽毛向着边缘的方向就像草叶的表面上了一层珐琅色，下边是一片纯白的颜色。夏天出生的女人们长着一对深玫瑰红色的翅膀，镶着浅浅的金边。出生在秋季的女人们则拥有一对紫色的翅膀，羽翼的内里呈现出浓郁的深棕色。然而这些颜色随着她们每个季节、每一天、每小时的心情，又会转变出各种各样的色彩。有时候我发现，这些丰富的颜色实在是太变幻莫测了，以至于一时半会儿都不能判断她们是什么季节出生的了，尽管这个难题多观察几次一定能够迎刃而解。有一双辉煌的胭脂红色翅膀给我留下了尤其深刻的印象，它的内翼是暖灰色的，包裹在一个明亮的白色形体周围。

她被人找到的时候是这样一副情境：那时太阳正在海上低低的雾气中西沉，将一片胭脂红色沿着宽阔的海滨之路投掷到岸上的一个小山洞里，在那里，一个沐浴中的少女看见了她躺倒的样子。

然而，我虽然提及了太阳、云雾、大海和岸边，但在某些方面，这个世界却和人类所居住的地球截然不同。比如说，这里的水照不出任何映像。在一双还没有适应它的眼睛看来，那波澜不兴的水面就像是黑色金属的表面。只是，金属尚可以照出朦胧的映像，而这里的水面除非是遇到直接从上空投射下来的光，否则根本不会反射，因此很大程度上导致了这里的风景和地球上迥然不同。在最平静的夜晚，海上高大的船帆并不会把波动的长影从自己的脚下投到岸边，而少女也无法在森林静静的水井中看见自己明媚的脸庞。只有太阳和月亮的表面才会熠熠发光。海洋就好像是一片死亡之海，它随时准备着吞下一切，却从不展现任何事物，俨然一片湮没的黑影！然而海面上戏水的女人们却好似快活的海鸟，虽然男人们很少加入她们的队列中。天空映射着下方的一切，和地球上刚好相反，仿佛这里的天空是由地球上的水组成似的。当然，天穹所映射出的形象不免有些变形，然而从那纵深里依然可以看见，有一些形状奇妙地组合在了一起。此处的天穹并不像地球的圆顶一般浑圆，倒更像是个椭圆，它的正中高耸，较水平的两端显然凸出许多。当夜里星星出来的时候，那高大的穹顶由“金色的火球点缀着”[1]展现在人眼前，所有的暴风雨都能在这片广袤空间中狂奔怒号。

初夏的一个夜晚，我同一群人站在海边一个陡峭的悬崖上，他们中有男有女。所有的人都在向我发问，我的世界是怎样的，它的生存之道又是如何。为了作答，我不得不告诉他们，地球上的孩子和这儿的孩子是以不同的方式诞生于世界上的。于是他们又用一系列的问题攻击我，起初我企图回避，但是最终我不得不发明了一种最模糊的方式，迂回地接近这个话题。很快，我所表达的一种模糊概念仿佛点亮了大多数女人心中的曙光。她们中的一些人折起了包裹着她们的巨大翅膀，就好像平常没有被冒犯时所做的那样。她们杵在那里，一动不动。然后，其中有一位展开了她玫瑰色的双翼，翅膀从海角上一闪而过，滑向脚下的深渊。一个少女眼中闪现出一道强光，然后转身渐行渐远，她紫色和白色的翅膀拖在身后。第二天早上，人们发现她死了，在一座光秃秃的山坡之上枯萎的树下，山坡在通向内陆数英里之外的地方。他们在她躺倒的地方将她埋葬——这是他们的习俗，因为在死之前，他们本能地会去寻找一处合宜的地方，一如最初的诞生之地。一旦寻到，他们便会躺倒在那儿，女人折起身上的翅膀，男人双臂合十环在胸前，然后就像即将入睡一样，他们走向了真正的长眠。死亡的征兆或是源自一种不可言说的渴望，他们不知道自己渴望的是什么，然而它将他

① 出自《哈姆雷特》第二幕。（译注）

们攫住，驱使他们走向孤独，它在里面消耗着他们，直到那个身躯走向衰亡。当年轻的男女深深注视着对方的眼睛，这种渴望便会攫住并且占据他们。但是他们并不向彼此靠近，而是游荡着与彼此失散，然后孤身一人走入旷野，死于他们的渴望。然而在我看来，他们从此以后便会化作婴孩，诞生在地球上：在地球上，他们长大以后便会寻找对方；若是找到了自然是好事，若是找不到，似乎就是不幸。不过我对此一无所知。我告诉他们，地球上的女人们并没有翅膀，而只有手臂。这时候他们瞪大了眼睛说，她们看起来会是多么粗犷有力啊，因为这里的女人的翅膀尽管漂亮，却只是尚不发达的手臂啊。

让我们来看看这本书的力量！当我凭借回忆细数书中的情景，我便把它们一一记录下来，就好像自己曾拜访过那遥远的星球，知晓它的地貌、它的运行方式，曾与那儿的男人女人们娓娓而谈似的。当这些内容跃然纸上，我觉得自己好像真的去过那个地方。

书中后来又讲到了一个少女的故事：她出生在深秋时节，在她所住的地方冬天漫长无比，好似没有尽头。她最终上路去找寻春天的领土了。那里就和地球上一样，四季分布在不同的地方。故事的开头是这样写的：

多日以来，她眼睁睁地看着
它们迈向死亡，从老树上凋落，
一片又一片；或在大雨滂沱中
扑向大地化作残花的被絮，

仿佛曾犯下滔天大错，就连太阳，
长久哺育与爱怜它们的施恩者，
也心生烦腻，转身而去，
向南方加快了脚步。
每一片无助皱缩的叶，悬在半空中
带着徒然的悲伤，渐渐褪去生命之色。
秋日发出悲叹，哀风阵阵，
痛心横扫了这群家眷，
用无助的沉吟荒弃了一切
还能算是自己的东西；
就像那个孩子，当爱鸟永逝，
便把笼子丢到了流浪的河里。
参天的大树，如死亡般枯朽，
缓缓臣服于狂风的喘息，
发出低吟，好似为了喝断
小树于风中狂颤的哀号。
在这古老的星球之上，有一片大海
波涛以最平静的姿态翻滚，起伏，
白色的碎末在浪尖颠簸，破碎，
只为平息那海浪的威力。
江河努力向着大海伸手，
涟漪急忙往回奔走，
自然啊，满怀悲伤；
而悲伤，立在少女紧锁的眉头，

正当她半梦半醒地凝视前方，
一片孤单的叶子在高处颤抖，
最终从孤单的枝头掉落，
呵，多么悲伤！冬天已经到来。
少女泪如雨下，虽是只为一片落叶。
因那悲伤之泉蓄势待发：
当悲伤划向唇角，只一滴泪
便将其释放，顷刻泛滥成灾。

噢！那些沉闷的一年又一年
在种子发芽前必先逝去：
许多个黯然神伤的夜晚，
向乏味的清晨交出主权。
再一次，鸟儿飞上皑皑的树梢之前，
歌声将挂满整个枝头。
她将梦见牧场与不眠的溪流，
阳光下如波浪般起伏的青草；
梦见隐没的水井无声地涌出泉水，
将它们的快乐积聚成神圣之物；
梦见终日叮咚诉说那神圣的泉井，
树林在聆听它们欢快的歌声。
她将梦见，傍晚逐渐披上夜色。
每一种感觉将充满自己的喜乐，
她的灵魂如天穹一般安宁，

一切躁动止于内心的静谧。

所有的花儿在露水涔涔的夜晚绽放，
采集的光线化作芬芳；
黑暗渗透到百花主人的身上，
直到旭日在东岸溯流而上——
她会醒来，眼前是光秃的树枝
在寒空中结成一张网。

故事往下讲述了少女最终如何厌倦了冬天，为了在春天慢慢前往北方的路途上遇见它，于是踏上了向南的征程；她如何历经一次又一次伤心的探险、破灭的希望、许多眼泪与痛苦，徒劳未果，最后，在一个暴风雨的午后，在一片光秃秃的森林里，她发现了一朵雪莲花盛开在冬天和春天的交界线上。在雪莲花的身旁，她躺下，然后死去。我几乎可以认定，在下一个季节到来之前的地球上，一个如雪莲花般安静、洁白的孩子诞生了。

# 第十三章

“我看见一艘船航行在海上
负重沉沉，竭其所能；
但仍不如我的爱那样深沉，
因我并不在意为爱浮沉。”

——旧时民谣

“可爱情是何等奥秘
我无法将它寻觅；
当我决计投入爱火，
转而又陷入犹疑。”

——约翰 · 萨克林[①]

我打算试着再现某一个故事。但是，天啊，这个过程就如同想方设法从一堆残枝败叶中重建一座森林。在童话书中，一

① 约翰 · 萨克林（1609—1642）：英国查理一世时代的保王党骑士诗人、剧作家和廷臣，以写抒情诗著称。（译注）

切事物都呈现出它最本真的样子，尽管我也不清楚，究竟是通过语言还是使用了其他方式。灵魂中点燃了思想的火花，力量之大使其载体从意识中退却，唯留下事物本身。我对这个故事的陈述，应当同翻译某种强劲丰沛的语言的过程接近，能够体现出一个极度发达的民族的思想，并转入一个未开化部族的贫乏和不善表达的言语中。当然，当我读到它的时候，我就是那个科兹莫，他的故事就是我自己的故事。然而，在所有的时间里，我似乎拥有某种双重意识，因此这个故事也蕴含着双重的含义。有时，它看似只代表着一个平凡生命的简单故事，或许是一个放诸四海皆准的故事；故事里有两个灵魂，他们爱着彼此并渴望不断靠近对方，但是最终只能犹如隔着一层玻璃，忧伤地注视着彼此。



仿佛是透过坚硬的岩石向四周延伸的白银矿脉，仿佛是从躁动不安的大海奔腾穿过溪流和海湾淌入坚实大地，仿佛是上方世界的光亮和感化悄无声息地浸入地球的大气中，仿佛就是如此这般，精灵仙子闯入了人类世界，有时，当这两者之间没有连接的纽带可以追溯时，因果关系的联结便显得惊世骇俗。

科兹莫·冯·威尔斯达尔是布拉格大学的一名学生。①虽然出身于一个贵族家庭，但是他很穷，并为贫穷赋予他的那份独立自主而颇感自豪。当一个人无法摆脱贫困时，他还能自豪些什么呢？他是一个深受同学们喜欢的人，可是他没有伙伴

① 布拉格是捷克共和国的首都，以神秘学为著称。罗马帝国皇帝鲁道夫二世曾经迁居于此，在城中安排众多占星家、天文学家、学者、炼金术士及各种神秘主义者。（译注）

儿；同学中没有一个人曾经跨进他住所的门槛，而他的住所就位于这座老镇子里最高的一栋房子的顶层。实际上，他对同学们如此彬彬有礼，这背后的秘密就是他知道自己还有这个不为人知的幽居之地，到了晚上他可以躲在这儿，心无旁骛地沉溺于自己的研究和空想中。除了研究那些大学课程的必修科目以外，他还研究一些鲜为人知、尚未证实的东西——在一个秘密的抽屉里，摆放着艾伯塔斯·马格努斯①和科尼利厄斯·阿格里帕②的著作，还有其他更为深奥、鲜有人问津的著作。然而，迄今为止，他从事这些研究，仅仅是出于好奇心，并非出于现实的目的。

他的住所只有一间低顶棚的大房间，家具少得出奇；因为除了几把木头椅子外，还有一张他白天和晚上都能躺在上面发呆做梦的长沙发椅，一个高大的黑橡木碗橱，房间里几乎没有什么可以称之为家具的东西。

不过，房间的角落里可以看到些稀奇古怪的仪器；某个屋角边上，还立着一具人体骨架，一半倚着墙，一半被脖颈上的绳子吊着。其中一只手的手指都支撑在一柄立在一旁的巨剑那沉重的剑柄上。

各种各样的武器散落在地板上。墙壁完全裸露着，没有什么装饰；因为一些奇怪的东西几乎算不上是装饰，比如一只摊着翅膀的风干的大蝙蝠，一头豪猪的外皮和一只肚子被填满的

---

① 艾伯塔斯·马格努斯（约1200—1280）：德国天主教多明我会主教和哲学家。（译注）
② 科尼利厄斯·阿格里帕（1486—1535）：文艺复兴时期秘教中最有影响的作家。（译注）

海毛虫。不过，尽管他嗜好这类怪异的东西，他的想象力却满足于完全不同的精神食粮。他的头脑从未被某种专注的热情占据，但它像一个寂静的黄昏，能够迎接任何一种风，无论是飘送着臭气的微风，还是把大树吹得嘎吱作响的狂风。他如同透过一片玫瑰色的玻璃看待一切事物。当他透过自家的窗户观望下面的街道时，不是一个经过的姑娘，而是她走动的方式仿佛像在故事中一样，会吸引他的思绪跟随着她，直到姑娘消失在狭长的街景之中。当他行走在街道上时，他总感觉像是在读一个故事，试图把遇到的每一张有趣的面容都编排进他的故事中，把掠过灵魂的每一个甜美的声音都当作是一位路过的天使在拍打翅膀。事实上，他就是一个无言的诗人，被灌回他灵魂的源泉之水越是全神贯注、濒于灭绝，就越是在那里找不到恰当的语言，它们生长、膨胀，随后被逐渐侵蚀。他习惯于躺在那张硬硬的长沙发上，阅读故事或诗歌，直到这本书从他的手中掉落；可是，他依然继续做梦，不知是醒是睡，直至他意识到对面的屋顶逐渐变大，在日出时分变成金黄色。然后，他会站起身来；无论是在学习还是运动的状态，青春的冲动让他充满朝气，直到又一个白昼的结束让他闲下来；夜晚的世界已经淹没了白日的激流，夜在他的灵魂深处升起，那里有闪闪的繁星和隐约可见的魅影。但这种情况几乎不会延续很长时间。某一种形象必然迟早会步入这个迷人的循环之中，进入这个生命之家，强迫这个不知所措的魔术师下跪和膜拜。

一天下午，接近黄昏时分，他正在一条主街道上迷迷糊糊地晃荡，这时他的一名同学在他的肩膀上拍了一下，将他唤醒。

他的同学邀请他一道去某条后巷，去看一眼某件他同学幻想着拥有的古董盔甲。在每一个与武器、古代或现代的问题上，科兹莫都被认为是专家。在使用武器方面，没有一个同学能够与他比肩；他在某些领域的实践知识，为他在所有相近的方面确立个人权威做出了主要贡献。他心甘情愿地陪同学一道前往。

他们走进一条狭窄的巷子，随后进入一个肮脏的小院。那里有一道低矮的拱门，引他们走近一堆乱七八糟的堆积物；杂货堆里的每一物件都透着陈腐，沾满灰尘和散发老气，这些都可以很好地想象出来。他对那件盔甲的判断分析很是令人满意，他的同伴立刻决定买下。正当他们要离开这个地方时，科兹莫的目光被一面椭圆形的老式镜子吸引，这面镜子靠在墙边，上面布满了灰尘。借着店主手里那盏光亮昏暗的灯，他能够看得见，但非常模糊，镜子的周边是一些奇妙的雕刻。正是这雕刻吸引了他的注意力，至少在他看来是如此。可是，他还是陪着他的朋友离开了这个地方，不再去注意它。他们一起走到主街道上，在那里他们分道扬镳，各自走了相反的方向。

科兹莫一回到独自一人的状态，脑子里又浮现出那面奇妙的古董镜子。一种想要好好琢磨它的强烈欲望在他的心中燃起，他指挥着自己的脚步又一次朝那个店铺走去。当他敲门时，店主把门打开了，仿佛早就料到他会出现。店主是一个身材矮小、上了年纪的、憔悴的人，长着一个鹰钩鼻子和一双炽烈的眼睛。这双眼睛始终处在一种缓慢不安的运动中，它们不停地四处观望，仿佛在追踪着某种令它们迷惑的东西。科兹莫假装察看其他几样物件，最后才接近了那面镜子，他请求店主把它从墙上拿下来。

“你自己拿吧，先生。我够不到它。”老人说道。

科兹莫小心翼翼地把它取了下来，这时他看出雕刻的确精美和价格不菲，因为镜子的设计和制作都堪称极佳；而且上面还容纳了许多的图案，这些图案似乎蕴含着某种含义，对此他没有头绪。不用说，这符合他的品位和气质，增添了他对这面古董镜子的兴趣；确实，他非常渴望拥有它，以便在他的闲暇时间里研究它的边框。然而，他装作仅仅是为了它的用途而想要得到它。他一边说恐怕那个金属板没有什么用处，因为它相当陈旧；一边从它的表面拂去一点儿灰尘，心想应该会从中看见模糊的倒影。当他发现镜子中的影像如此明亮时，他大大地吃了一惊，因为这面镜子（如果整体和他所见的部分一致）不仅没有受到岁月的磨损，甚至比制造商新出手的镜子显示出更令人惊讶的清晰与完美。他漫不经心地询问店主这个镜子要价多少。老人回应了一个数，这个数可是远远地超出了科兹莫可怜的承受范围，于是他把镜子挂回了原处。

“你认为这个价格太高吗？”老人说道。

“我不知道对你来说这个要价是否算很高，”科兹莫回答说，“但反正，对我来说太高了。”

这位老人把手里的灯举到了科兹莫的脸旁。“我喜欢你的模样。”他说道。

科兹莫无法回应这句恭维。事实上，现在才是他第一次近距离地看着店主，他产生了一种抵触情绪，夹杂着一种奇怪的疑惑。无论男女站在他面前时，他都会有这样一种感觉。

“你叫什么名字？”店主继续说道。

“科兹莫·冯·威尔斯达尔。”

“啊哈！果然不出我所料。我在你的身上看到了你的父亲。我很了解你的父亲，年轻人。我敢说，在我这座房子的一些古怪角落里，你可能会找到一些旧东西，那上面还有你父亲的纹章和花押字呢。好吧，我喜欢你，所以你可以以我刚才要价的四分之一买下那面镜子；但是，有一个条件。”

“什么条件？”科兹莫说道。因为虽然这个价格对他来说仍然是要支付一大笔钱，但他还是能够承受的；而且要拥有这面镜子的欲望已经膨胀到完全难以解释的地步，因为这种欲望似乎超出了他所能控制的范围。

“那就是，如果你想要再卖掉它的时候，你要让我第一个报价购买。”

“当然，”科兹莫微微一笑，回答道，然后补充说，“的确是个合理的条件。”

“你说话算话吗？”卖主坚持问道。

“我说话算话，以我的名誉发誓。”买主说道，于是他们成交。

“我会把它送到你家去。”当科兹莫把镜子拿在手里的时候，这位老人说道。

“不，不用，我可以自己带回去。”他说道。因为他有个奇怪的习惯，不愿意让任何人看到他的住处，尤其是对这个人，当他面对此人的每一刻，他都怀着极大的反感。

“悉听尊便。”这位老人说道，当他举着灯站在门口为科兹莫照亮走出院子的路时，他自言自语地嘟哝着，“这是第六次卖出了！我就奇了怪了，这一次它会是什么结果。我应该认为，我的小姐到目前为止已经为它烦透了。”

科兹莫小心谨慎地拿着他的战利品回家。但是，一路上他有一种不安的感觉，他被人监视和尾随了。他反复地回头查看，但是看不到任何异常现象来证实他的怀疑。的确，这些街道都太过拥挤，光线也不够，一个谨慎的密探是不太可能轻而易举地暴露身影的，如果是这样，就应该有密探紧随其后。他安然无恙地到达住所，把买来的东西靠在墙上，尽管他体格强壮，摆脱了它的重量，他还是稍稍松了口气；然后，他点燃自己的烟斗，把自己扔在长沙发上，很快就坠入了一个萦绕心头的梦境深处。

第二天，他比往常要早地回到家中，把那面镜子固定在墙上，就在壁炉的上方，在他那长房间的一头。

然后，他小心翼翼地擦拭掉镜子表面的灰尘，接着，镜子变得像阳光下的泉水一样清澈，满心妒忌的灰尘也遮掩不住它放射的光芒。但是，他主要还是被框架上奇妙的雕刻吸引着。他用一把刷子尽其所能地清理它；然后，他持续了一分钟，检查镜子的不同部分，试图找出某种象征着雕刻者意图的标志。不过，他的尝试没有成功；最后，他满怀失望和一丝厌倦，暂时停了下来，有好一会儿，他都茫然地凝望着镜中的房间深处。但是没多久，他几乎是喊着说出这番话来：“镜子是一个多么奇怪的东西！在它和一个人的想象之间存在着多么奇妙的关系！因为我的这个房间，就像我在镜子里面看到它一样，虽然是同一个房间，却又不尽相同。它不仅仅是我的居所的再现，俨然是我喜欢的故事里读到的场景。一切共性皆已消失。镜子将其从现实提升为艺术，罩上了兴趣的外衣向我再现，不然将多么冷酷而赤裸！正如一个人将满怀欣喜地看到，在舞台上演绎的某个角色逃脱了现实生活，如同逃离令人无法忍受的平庸事务。不正是艺术拯救了自然的天性吗？把我们从疲惫和令人厌腻的理性的问候中拯救出来，把我们从焦虑的日常生活里让人羞愧的不公正以及对想象力的渴求中拯救出来。它与我们栖息在不同的地方，在某种程度上揭示了自然的本来面目，就像在孩子的眼中它代表着它自己，孩子们的日常生活，无所畏惧也没有野心，展示了这个围绕着他的充满奇迹的世界之本义，而且不加质疑地在其中感受喜悦？此时，那具骨架——这几乎让我畏惧的东西，它静静地站在那里，没有视觉的眼睛像是座瞭望塔，看着那些看不到的东西，目光越过这个纷扰世界的所有废物，望向远处安宁世界的清净之地。但我清楚它身上的每一块儿骨头和每一个关节，就像我知道自己的拳头一样。还有那古老的战斧，好像随时可能会被披着盔甲的手握起，被有力的臂膀挥舞向前，劈向头盔、颅骨和脑袋，和另一个被迷惑的幽灵一起侵入那未知的领地。如果我能进到里面，我一定会喜欢住在那个房间。”

当他站着凝视镜子的时候，那些只言片语还没有从他的口中飘出，他便被雷电击中一般惊得僵住了。一个飘逸优美的女子身影，全身白色衣装，悄无声息并毫无预兆地，蓦然轻飘飘地穿过镜中的房门，进入现实中的房间，她的动作优雅，脚步中带有些许不情愿和蹒跚。当她慢慢地走向房间另一端的长沙发时，只是以后背示人。随后，她疲倦地躺在沙发上，把一张美得无与伦比的面庞扭过来朝向他；在她的脸上，痛苦、厌憎和一种强烈的欲望与美丽奇怪地混合在一起。好一会儿工夫，他站在那里，没有力气移动，他无法把视线从她身上挪开；甚至在他意识到自己有力气移动之后，他都不能鼓起勇气转身直视她，他就站在现实中的房间里看着她，两人面对着面。最终，他不知哪儿来的勇气，这股力量中的意志运作是如此单纯，似乎是无意识的产物，驱使他把脸转向那张长沙发。沙发上空无一人。他既困惑又恐惧，再次转身朝向那面镜子：镜中，在那长沙发的影像里，躺着那个精致优雅的女人的身影。她闭着双眼，面纱之下滚动着两大滴泪珠；她安静得好像死去了一样，只有胸脯不能自控地起伏着。

科兹莫无法用语言来描述自己的感觉。他的情绪仿佛是某种覆灭了的意识，并且永远都无法清晰地回忆起来。他无法从镜子旁挪开脚步，视线一直牢牢地锁在那个女人的身上，虽然他痛苦地意识到自己的无礼，并且每一刻都在担心她会睁开眼睛，与他那凝固的目光相遇。但很快他就觉得有些许释然了，因为过了一会儿，她的眼皮慢慢地抬起，睁开了眼睛，不过有一阵子视力尚未恢复。当那双眼睛终于开始在房间里游移时，它们仿佛在懒洋洋地熟悉环境，但一直没有看向他：似乎没有什么能够影响她的视觉，除非是镜子里的东西；因此，如果她能够看到他，那也只是他的后背；不可忽略的是，镜子里的他是背对她的。镜子里的那两个人是不可能面对面相遇的，除非此刻他在自己的房间里转过身去看着她。由于她不在那里，他得出结论：如果他要转向房间里与她所躺的地方相对应的位置，他的影像对于她而言，若不是完全看不见的，在她眼中就必定是一副茫然凝视的样子，这样的眼神接触不会产生灵魂相近的印象。她的目光很快就落到了那副骨架上，他看到她颤抖着靠近它们。她没有再睁开眼睛，但是厌恶的表情持续地流露在她的脸上。科兹莫本该立刻移开那副令人讨厌的东西，但是他担心这种行为会暴露他的存在，从而令她对他更为厌恶。所以，他只是站在那里，注视着她。她的眼帘再次覆上了那双眼睛，如同一只昂贵的盒子里面盛着宝石；困扰的表情渐渐地从那张脸上褪去，只留下淡淡的忧伤；这些特征逐渐变成一种不变的宁静表情；根据这些现象和她那有规律的缓慢呼吸，科兹莫知道她睡着了。此时此刻，他可以心无窘迫地看着她了。他看到，她身穿最素雅的白色长袍，这与她的脸庞十分相称；她是如此优美协调，无论是那精致的美足，还是同样精致的纤手的每一根手指，都是和谐一体的标志。她静卧之时，整个躯体显露出一种完美的放松姿态。他一直凝视着，直到疲倦，最后让自己坐到这新发现的圣地旁；他机械地拿起一本书，那模样像是一位病床边的守护者。可是，他根本看不进书里的任何东西。他的神智被这种经历中巨大的反差震慑了，滞留在意识表层，此时此刻，他的大脑消极无助，没有主张、推断乃至神志清醒的吃惊。与此同时，他的想象力制造出一个又一个疯狂的幸福梦想，奔跑着穿过他的灵魂。他不知道自己坐了多久，但最后他唤醒自己，站起身来，然后又一次向这面镜子望去，他的身体的每一个部位都在颤抖。她不见了。这面镜子忠实地反射出他房间里的一切，除此之外再无旁物。它立在那里，像一座金色的摆设，而中央的宝石已经被偷走——就好像夜空没有了星光闪耀。她的消失带走了镜中房间里所有的怪异之处。它已经沉沦到平淡无奇的水平。

但当最初的失望的苦闷退去之时，科兹莫开始怀着希望安慰自己,她可能还会回来,也许是在下一个夜晚,在同一个时间。他做出决定，如果她再来，至少不该让她受到那副可恶的骷髅架的惊吓，于是他把骷髅架与其他几件外观可疑的物件都移到了壁炉旁边的一个隐蔽处，它们待在那个位置，就不可能出现在镜子的影像中。他把自己那可怜的房间收拾得尽可能整洁后，便去那敞亮天空底下向轻拂的夜风寻求些慰藉，他无法在自己的房间里休息。当他返回时已经镇静了不少，他几乎不能说服自己躺在床上；因为他情不自禁地感觉到，她好像已经躺在了上面；现在他躺上去会像是一种亵渎。然而，最终困倦打败了他。他躺了下去，和衣而睡，直到天明。

他的心怦怦乱跳，让他透不过气来，怀揣无言的希望，第二天晚上，他再次站在那面镜子前。在渐深的暮色中，像透着一层紫色的雾气，镜中的房间又一次闪亮起来。似乎和他一样，所有的事物都在等待，等待某种即将来临的光辉，以天堂般的喜悦出现，美化那贫乏的俗气。当教堂的钟声刚刚响起，报时六点钟，房间在钟声里微微颤动。正当此时，那位面色苍白的美人飘然而至，并且再一次躺到那张长沙发上。可怜的科兹莫高兴得几乎失去理智。她又在那里啦！她的眼睛搜寻着那个骷骼架站立过的屋角，一丝淡淡的满意的神情掠过她的脸庞，显然是因为那个屋角空了。她看上去依然痛苦，但脸上流露出来的不安，比前一个晚上要少了些许。她更多地关注周围的事物，而且似乎带着某种好奇凝视着身处的房间四周站立的那些奇怪的仪器。不知什么缘故，睡意似乎突然降临在她的身上，她又睡着了。这一次，科兹莫下定决心不让她离开自己的视线，他目不转睛地看着这个熟睡的身形。她的熟睡如此深沉和吸引人，当他注视她的时候，一种令人神魂颠倒的宁静似乎从她的身上蔓延到他的身上；他猛然惊醒，仿佛从梦中醒来，此时美人的身体在移动，她没有睁开双眼，站起身来，迈着梦游者的步子走过了房间。

科兹莫此时处在一种狂喜的状态。大多数男人在某个地方都藏着宝贝。守财奴有自己的黄金密窖，收藏家有自己宠爱的指环，学生有自己珍藏的书籍，诗人有自己钟爱的梦中情人，情人有自己的秘密抽屉；可是，科兹莫有一面镜子，镜子里面有一位可爱的女人。既然他通过骷髅架的事儿，知道了她能够受到周围事物的影响，那么他的生活中就有了一个新的目标：他会把镜子中光秃秃的房间变成一个这样的房间，所有的女人都会骄傲地把它称作自己的闺房。他只能通过布置和装饰房间达到这种效果。可是，科兹莫很穷。然而，他拥有可以转化变现的技能。虽然迄今为止他宁愿靠自己微薄的津贴生活，也不愿靠另一些手段来增加他的财富，因为他的清高自傲让他相信，这些谋生手段与他的阶层并不相符。在大学里，他是最好的剑客；现在，他提出要在击剑和类似的练习中授课，如此的选择应该可以为他带来不错的报酬。学生们对他的提议感到吃惊；但是，许多学生热切地接受了这个提议；很快他的授课对象就不局限于那些富人学生了，连布拉格和附近地区的许多年轻贵族也趋之若鹜。所以很快，他就有了一大笔可以自由支配的钱。他做的第一件事就是移走他的那些仪器和稀奇古怪之物，把它们搬到了房间里的贮藏室中。然后，他把自己的床和几件其他的必需品摆放到壁炉的两边，用印度丝绸的屏风把它们和房间的剩余部分分隔开来。接着，他在原本摆放床的屋角，放置了一张精美的长沙发，好让那名女子睡卧；逐渐地，他每天增加一些奢华的装饰，最后他终于把这个房间转变成一间华美的闺房。

每天夜晚，大约同一时间，那个女人就会进来。她第一次看到那张新沙发时，她露出了一丝微笑；但没一会儿，她的面容又变得非常忧伤，泪水涌上她的眼睛，她躺倒在长沙发上，把脸埋入柔软的丝垫，好像要避开一切。随着布置工作的进行，她注意到每一次的物品的增添与每一点变化；她带着一副确认的神情，好像知道有人在服侍她，并且心存感激，但她的神情中依然夹杂着那种永恒的痛苦表情。终于，某个晚上，她像往常一样睡下之后，她的目光落到几幅油画上，那是科兹莫刚刚完成用来装饰墙壁的。令他十分高兴的是，她站起身来，走过房间，然后继续仔细端详这些画作。当她这样做时，她的目光中流露出许多的愉悦。然而，那悲伤含泪的表情又浮现了，随后她又把脸埋入沙发的靠枕中。不知什么缘故，她的面容渐渐地变得更加安详；脸上最初的那种明显的痛苦神情突然消失了，一种平静抱有希望的表情取而代之；但这种表情屡屡让位于一种焦虑担忧的神情，其中夹杂着某种同情与怜悯。



同时，科兹莫该如何表现呢？性格使然，他对这名女子的兴趣已经演变成爱情，而爱情又变成了激情——我应该称此过程为成熟或枯萎。但是，哀哉呜呼！他爱上了一个影子。他不能够走近她，不能够与她交谈，不能够听到从那些香唇中发出的声音，他充满渴望的目光紧紧地依恋着它们，就像蜜蜂依恋着它们的蜜源。他不时地对自己歌唱：

我愿为爱此女子而献身。

然而每当他又看向她，死亡并没有发生，虽然他心中带着生命和渴求本身的强烈色彩，似乎随时要碎掉。他为她做得越多，他就越爱恋她；而且他希望，她一想到有一个陌生人愿意为她献出生命便会感到快乐，虽然她似乎从来看不到他。当他与她分离，他便试图安慰自己，想着也许有一天她会看到他，想到这一点就会让他感到满足。“因为，”他想，“这难道不是一个充满爱的灵魂与另一个灵魂进行交流所能做的一切吗？不，有多少爱恋的人们从未像在镜子里看着彼此那样如此靠近；他们看起来懂得却其实从来不懂内在的生命；他们永远不能进入对方的心灵；他们最终分手，只在徘徊多年的意识边缘留下了宇宙间最模糊的意识痕迹？如果我只能和她说话，那么知道她听到了我的声音，我就应该满足啦。”一次他打算在墙上画一幅画，这幅画应该（毫无疑问地）向那名女子传达他的一个想法；然而，虽然他拿画笔有一定的技巧，但是当他开始尝试时，他发现自己的手颤抖得如此厉害，他只好被迫放弃了这个念头……



“他活着，却死了；他死了，却活着。”

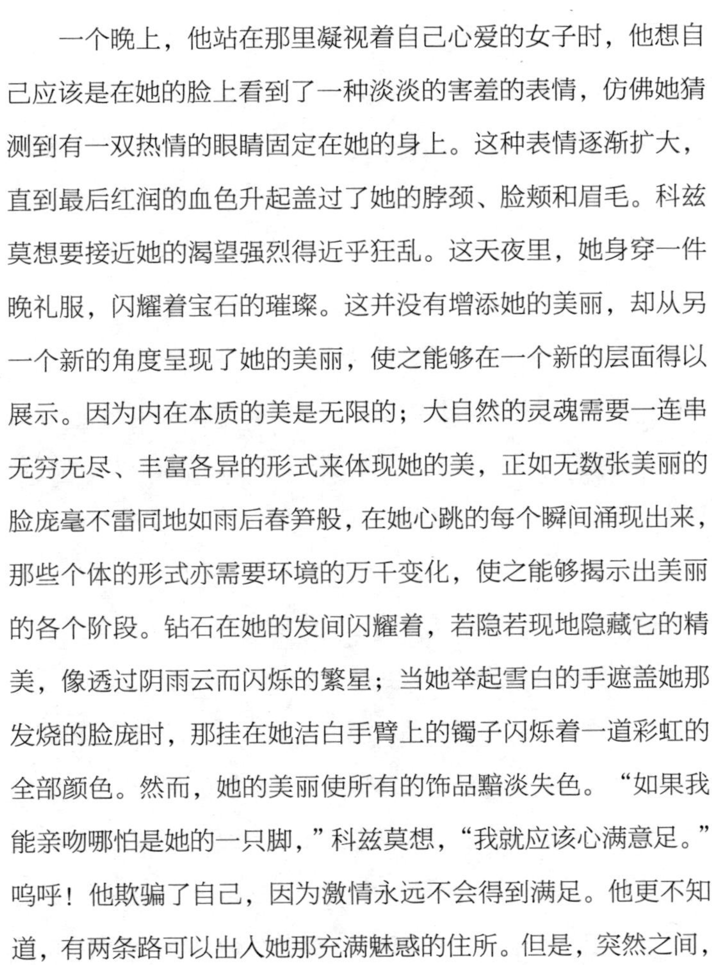

一个晚上，他站在那里凝视着自己心爱的女子时，他想自己应该是在她的脸上看到了一种淡淡的害羞的表情，仿佛她猜测到有一双热情的眼睛固定在她的身上。这种表情逐渐扩大，直到最后红润的血色升起盖过了她的脖颈、脸颊和眉毛。科兹莫想要接近她的渴望强烈得近乎狂乱。这天夜里，她身穿一件晚礼服，闪耀着宝石的璀璨。这并没有增添她的美丽，却从另一个新的角度呈现了她的美丽，使之能够在一个新的层面得以展示。因为内在本质的美是无限的；大自然的灵魂需要一连串无穷无尽、丰富各异的形式来体现她的美，正如无数张美丽的脸庞毫不雷同地如雨后春笋般，在她心跳的每个瞬间涌现出来，那些个体的形式亦需要环境的万千变化，使之能够揭示出美丽的各个阶段。钻石在她的发间闪耀着，若隐若现地隐藏它的精美，像透过阴雨云而闪烁的繁星；当她举起雪白的手遮盖她那发烧的脸庞时，那挂在她洁白手臂上的镯子闪烁着一道彩虹的全部颜色。然而，她的美丽使所有的饰品黯淡失色。“如果我能亲吻哪怕是她的一只脚，”科兹莫想，“我就应该心满意足。”呜呼！他欺骗了自己，因为激情永远不会得到满足。他更不知道，有两条路可以出入她那充满魅惑的住所。但是，突然之间，如同精神上的痛苦从虚空中被驱赶进他的心房，某个念头闯入了他的心里，先以痛苦的方式呈现，随后开始成形："她在某个地方有一个爱人。想到他的话语便使她脸上生出光彩。对于她，我不存在。日日夜夜，她离开我之后，整天都生活在另一个世界。她为什么出现，让我爱上她，直到像我这般坚强的男人变得如此软弱，甚至不敢多看她一眼？"他又看了看，她的脸苍白如百合花。一种悲伤的恻隐之心似乎在指责那些浮躁宝石的华丽，她眼中的泪水缓缓升起。今晚，她离开房间的时间早于她过往的习惯。科兹莫独自留在那里，心中被一种感觉攫住，好像他的心突然空虚了，整个世界的重量都压在他的胸膛上。第二天晚上，她没有来这儿，这是她出现后第一次消失。

此时的科兹莫身处悲惨的困境之中。自从存在着一个情敌的念头在他心底产生以后，他就片刻都不得安宁。他比以往任何时候都更渴望面对面地看着那位女子。他说服自己，一旦他知道最糟糕的结果，他就会满足了；因为那时他就可以离开布拉格，在不断的漂泊中找到宽慰，这便是他活跃的思维在悲痛之余生出的唯一希望。同时，他怀着无法形容的焦虑等待着第二个晚上的来临，可是她没有出现。现在，他真的病倒了。看到他那悲惨的神情，他的学生们都善意地打趣他。他不再上课，忽略一切约会，对任何事情都漠不关心。那挂着一轮巨日的天空对于他而言，不过是一片薄情寡义的炙热荒漠。街道上的男男女女对于他，不过是受人操纵的木偶，没心没肺没头脑，或是对他也心不在焉。他看他们就如同站在投影仪暗箱那不断变化的场景里。而她是他的全世界，他的生命之源，他的一切善行的化身——无论她是作为个体还是整体来说。有六个晚上，她都没有来。他已经决定，就让那消耗他大脑的痴狂激情与低烧成为他下定决心的理由，在最后一刻到来之前开始行动。

他自己推理，他一定是中了与那个镜子有关的魔法，在镜子里面才能看到那个女人的形象，他决定尝试，利用他出于好奇心并迄今为止一直在研究的那些知识。“因为如果一个符咒能迫使她出现在镜子里（况且最初她的到来并不情愿），”他对自己说，“不就可能存在另一个更强大的符咒——如我所知，尤其是借助于她在镜中的存在——一旦她再次出现，就可以迫使她本人来到我这儿来吗？如果我错待了她，就让爱成为我的借口。我只想从她的唇中得知我的命运。”他始终没有怀疑，她就是一个尘世间的女人；或者说，他宁愿相信有这样一个女人，用这样或那样的方法，在这面魔镜里留下了自己的身影。

他打开自己的秘密抽屉，拿出魔法书，点亮灯，阅读做笔记，从午夜直到凌晨三点，这样连续三个晚上。然后，他把那些书放回到原处；在接下来的晚上外出寻找魔咒所必需的材料。这些东西可不容易找到；因为在爱的符咒和类似的所有符咒中，成分的使用并不宜被提及，而一旦想到是与她相关的事物，他都只能为了自己痛苦的需求而原谅自己。最后，他成功地凑齐了他需要的一切；在她消失的第七个晚上，他觉得自己已经为行使非法而专横的力量做好了准备。

他清扫了房间的中央，弯下腰，在地板上围绕着自己站的地方画了一个红色的圈，然后在四个方位写下神秘的符号和数字，那些数字全都具备了“7”或“9”的全部能量。他仔细地检查了整个圆圈，以便看清楚这个圈的结界中没有出现一丁点儿的裂隙，这才直起身来。当他站直身体的时候，教堂的钟敲了七下；正如她第一次出现时一样，她有些勉强、动作缓慢、仪态端庄，她飘然而至。科兹莫浑身颤抖；当她转过身来时，她的面容憔悴，好像是生病了，或正遭受内心烦恼的折磨。他感到虚弱头晕，觉得自己好像不敢继续。但是，当他凝视着那张面容与那具躯体的时候，那份想要和她说话、想要确认她能听见他、想要听见她回应的每一个字的渴望是如此强烈，此时已经占据了他的整个灵魂，容不下所有其他的欢乐和悲伤。于是他又突然又匆忙地继续准备工作。他小心谨慎地从圆圈中走出来，在圆圈的中心放了一只小火盆。然后，他把火盆中的木炭点着。当火燃烧起来时，他打开他房间的窗户，在火盆的旁边坐下，等待着。

这是一个湿热难耐的晚上。空气中弥漫着隆隆的雷声。一种放纵肆意的颓靡充斥在脑中。天空似乎变得沉重起来，挤压着它下面的空气。一种淡紫的色彩渗透了大气层，透过敞开的窗户飘来了远处田野的各种芬芳，城市所有的蒸汽都压抑不住它们。很快，木炭发红。科兹莫把香和他自己调配的其他物质撒在上面，随后在圆圈内踏着脚，把他的脸从火盆转向那面镜子。然后，他将自己的眼神盯在那个女人的脸上，开始用一种颤抖的声音重复一个功力强大的咒语。他念的时间并不长，而那个女人的脸色很快就变得苍白了；血液像是一个回头潮，深红色的浪潮冲刷了它全部的堤岸，她用双手捂住了自己的脸。接着，他转而念读一个功力更加强大的咒语。

那个女人站起身来，在房间里心神不安地来回走动。又是一段咒语；她似乎用自己的眼睛在寻找某个能够留住自己目光的目标物。最后，她似乎好像突然看到了他；因为她的目光固定在他的身上，她渐渐地走近，稍微有点儿不情愿地靠近她那边的镜子，就好像他的眼睛已经迷住了她。科兹莫从来没有这么近地看过她。至少在此时此刻，他们四目对视；但是，他不能完全理解她的表情。这双眼睛充满了温柔的哀求，但还有更多的东西，他无法解释。虽然他的心似乎提到了嗓子眼，但是他不愿意让兴奋或激动的情绪使他的任务半途而废。他仍然盯住她的脸，传递着自己所知道的最强大的魔力。突然之间，那个女人转过身去，走出她那镜中卧室的房门。片刻之后，她进入了他的房间，以一种真实存在的形态出现。接着，他忘掉了自己所有的预防措施，跳出了那个施了魔法的圆圈，跪倒在她的面前。她，存在于他激情幻觉中的活生生的女子，就站在那里，独自站在他的身边，在一个雷雨交加的黄昏，在一堆有魔法火焰的光辉中。

"哎呀，"那个女人用颤抖的声音说道，"是你召唤一个可怜的少女独自穿过下雨的街道而来吗？"

"因为我爱你爱得快要死去了；不过，我只是把你从镜子那里带了出来。"

"啊，那面镜子！"她抬起头看着它，浑身发抖，"天啊！因为那面镜子存在着，我就只是一个奴隶而已。可是，不要以为是你的咒语把我吸引过来；是你渴望见到我的欲望敲打着我的心扉，直到我被迫屈服。"

“那么，你能爱我吗？”科兹莫说道，用一种平静近如死亡的声音，但是近乎笨口拙舌，却也充满情感。

“我不知道，”她悲哀地说道，“我说不清楚，我只是因为那些魔法而不知所措。将我的头依偎在你的怀里哭泣而亡，的确是一种太大的喜悦；因为我认为你非常爱我，虽然我不知道；但是——”

科兹莫站了起来。

“我爱你如——不，我不知道什么——因为一直爱你，没有别的。”

他抓住她的手，她把手抽了回来。

“不，最好不要；我在你的掌控之中，因此我最好不要。”

她突然哭了起来，泪如雨下，然后轮到她在他的面前跪下来，说道：

“科兹莫，如果你爱我，让我自由，甚至从你这里得到解脱，那就打碎那面镜子吧。”

“那样，我还可以看到你吗？”

“我说不清楚，我也不会欺骗你，我们可能永远不会再见面了。”

一种猛烈的挣扎在科兹莫的心中油然升起。此刻，她在他的控制之中。至少，她不是不喜欢他；而且他想见她时，他就能够看到她。但打碎这面镜子就是毁掉他的人生，把他唯一可夸耀的东西从他的世界中抹除。如果他毁灭了观望爱之天堂的一扇窗子，整个世界都将是一座监狱。他的爱还不够纯粹，因此他犹豫不决。

那个女人伤心地痛哭起来，她站起身：“啊！他不爱我；他不像我一样地爱他；哎呀！我关心他的爱甚于关心我要求的自由。”

“我连乐意都来不及！”科兹莫大声地喊道，他跳到那把大剑矗立的屋角。

在那个时候，天色变得非常黑暗；只有灰烬投射出一道红光穿过房间。他抓住剑的钢鞘，站到镜子的前面；但当他用沉重的圆头猛击镜子的时候，剑身从剑鞘中滑出一半，剑柄的圆头打在镜子上方的墙上。就在那一刻，一道可怕的雷劈声似乎就在这个房间里，他们的周围炸响；科兹莫还没有来得及重复击打，他就昏倒在壁炉边。当他苏醒的时候，他发现那个女人和那面镜子都消失不见了。他感到头脑发热，这种病状让他在长沙发上躺了好几个星期。

当他恢复理智时，他开始思考镜子可能会有什么样的结果。对于那个女人，他希望她已经找到了回去的路；可是，由于这面镜子把她的命运与它自己的命运连到了一起，他感到了更为迫切的焦虑。他认为她不可能把它带走。哪怕镜子没有被牢固地固定在墙上，但对她来说，镜子也是太重，搬不动。还有，他回想起那雷声；这让他相信，那不是闪电，而是某种其他的打击将他击倒。他得出结论，或者是由于超自然的力量，他离开那个安全圈遭到了恶魔的报复，或者是以某种方式，那面镜子可能已经发现了回到它以前主人身边的路。而且，想起来就害怕，这一次它可能又会被处理掉，把那个女人交到了另一个男人的手中；如果此人运用自己的力量不比他做得更糟，可能会给科兹莫足够的理由去诅咒那自私的优柔寡断，这种犹豫不决阻止了他立刻把镜子打碎。的确，想一想，他所爱的她，曾向他祈求过自由的她，在某种程度上应该还在任镜子的拥有者摆布，而且至少暴露在那人持续不断的观察之下，这事本身就足以令一个细心呵护她的情人发狂。

焦虑使他恢复得很慢；但是，他终于能够蹒跚着走到外面了。首先，他来到那个老店主的铺子里，假装寻找其他的物件。此人脸上那种嘲笑的神情让他确信，这老头知道所有的事情；但是，在老头的那堆家具中，他看不到镜子的踪影，或者从老头的身上，他打听不到任何有关镜子的下落。听说镜子被偷走，老头表现出极大的吃惊，科兹莫马上看出这种吃惊是装出来的；而同时，他料想，这个老混蛋根本就不急于把这件事情当真。他尽可能地掩饰起来自己满怀悲伤，他进行了许多的搜索，但是无济于事。当然，他不能问任何问题；可是，他竖起耳朵听，试图捕捉任何一个细微的暗示，能为他带来新的搜寻方向。无论他走到哪儿，一把沉重的短钢锤都不离身。如果那幸福的时刻真的会到来，当他看到那失去的宝贝，他会在欣喜若狂的那一刻敲碎那面镜子。现在，他是否能够再次见到那个女人，相比起让她获得自由，就完全是一个次要的念头了。他到处游荡，像一个忧虑的幽灵，面色苍白，容貌枯槁；一想到她可能会遭受的苦难，他就撕心裂肺地痛苦——这都归咎于他的过错。

一天夜里，他混迹于一群人中，这群人聚集在这座城市中最出名的某座公馆的房间里；因为他接受了每一份邀请，无论多么无趣，这样他就不会失去任何机会，获得一些信息，使他能够更快地完成他的发现。在这里，他四处闲逛，倾听着他所能听到的每一段零散的流言，希望能够获得一点启示。当他走近正在一个角落里悄悄说话的一些女人时，一个女人对另一个女人说道：

“你听说过冯·赫恩维斯公主的怪病吗？”

“听说过，现在她已经病了一年多了。这样一个好人得了这样可怕的疾病，真是太糟糕了。不久前她好了几个星期，可是最近几天里同样的病症又发作了，显然比以往更遭罪。这完全是一个莫名其妙无法解释的故事。”

“她的病是跟什么故事有关吗？”

“我只是听说了一部分；也就是说，十八个月以前她冒犯了一位老夫人，这位老夫人担任着家族的一个信托职位；而且在受到一些不相干的威胁之后，老夫人消失了。不久之后，这种古怪的疫病就跟着出现了。可是，这个故事最奇怪的部分是与一面古董镜子的丢失有关，这面镜子就立在她的更衣室里，而且她一直在使用这面镜子。”

说到这里，讲话的人把声音压低成耳语；虽然科兹莫心神专注地听着，但是他再也听不到了。尽管把自己暴露，满足她们的好奇心也许是明智的，但是他颤抖得太厉害，也不敢去同这些女人说话。对他而言，这位公主的名字众所周知，可是他从来没有见过她，除非的确是她在那个可怕的夜晚跪在了他的面前，这一点现在他毫不怀疑。他担心引起别人的注意，因为他现在很虚弱，也无法恢复冷静的仪态。他走到外边，回到自己的住所；他还是为此而感到高兴，他至少知道她住在哪里了，虽然他绝对没有梦想能公开地接近她，即使他应该足够乐于把她从那可恶的束缚中解脱出来。他也希望，由于他意外地知道了这么多，那么不久，其他更重要的内容也自然会出现。



★ ★ ★

“你最近见过斯坦沃尔德吗？”

“没有，我有一段时间没有看到过他啦。在轻剑方面，他差不多是我的一个对手，而且我推测，他认为自己不再需要更多的课程了。”

“我很想知道他现在怎么样了。我非常想见到他。让我看看，上次我看到他的时候，他正从那个老旧货商的店铺走出来，如果你记得，你还陪着我去过那里一次，一起去瞧那个盔甲。那是足足三个星期以前。”

这点暗示对科兹莫就足够了。冯·斯坦沃尔德在宫廷里是位有影响的人物，他以随心所欲的习性和狂热的激情而为众人所知。那面镜子应该归他所有的这种可能性，对于科兹莫来说，本身就是令人痛苦的事情。但是，任何形式的暴力或草率的办法都是最不可能成功的。他想要的就是一个打碎这块致命玻璃的机会；为了达到这个目的，他必须等待时机。在他的头脑中，他反复地考虑许多计划，但没有能够敲定任何计划。终于，一天晚上，当他路过冯·斯坦沃尔德的住宅时，他看到那些窗户比平时更加明亮。他注视了一会儿，看到客人们开始络绎不绝地到达，他赶紧返回家中，打扮得尽可能的华丽，希望混迹在宾客之中不被人询问：要达到这样的效果，对于一个像他这样举止的人是不存在困难的。

★ ★ ★

在这座城市的另一个地方，在一间屋顶高耸的寂静卧室里，平卧着一具躯体，她像一尊大理石雕像，而不是一个鲜活的女人。美丽的死亡似乎凝固在她的脸上，因为她的唇是僵硬的，她的眼皮是合拢的。她白皙的长手交叠在胸口，没有呼吸打扰到它们的安眠。在这具没有生气的躯体旁，人们在低声地说话，仿佛一个活人的声音就能够打破一切最深的宁静。此时此刻便是这样的情况，尽管灵魂显然超越了所有感官所触及的范围；两位坐在她身边的女士说着话，最温和优雅的声调中透着难以抑制的悲痛："她这样躺着已经一小时了。"

"我担心，这样不会持续很久。"

"在过去的这几周里，她瘦了这么多！她只要是能说话，解释她遭了什么罪，对她来说会更好。我觉得她在恍惚之中看到了幻觉，可是没有什么能够引导她在清醒的时候把它们说出来。"

"在这些昏睡中，她曾经说过话吗？"

"我从来没有听她说过话；但是他们说，她有时起身行走，而且有一次她让全家人都吓了一跳，她消失了整整一小时，回来时全身淋雨湿透，疲惫和恐惧得几乎死去。可是尽管那样，她对发生的事情也是只字不提。"

躺在这里的女人，她那仍然没有动静的嘴唇发出一声勉强听得见的咕哝声，这让她的仆人们大吃一惊。经过几次徒劳无益的尝试发音，“科兹莫”这个词从她的口中迸发出来。然后，她仍然像以前一样地躺着。但是，只是片刻而已，她发出一声疯狂的呐喊，从长沙发上跳了起来，直立在地板上，双臂举过头顶，紧握双手，她大睁闪亮的双眼，她大声地呼喊，声音中充满狂喜，这声音好像是一个灵魂从坟墓里爆发出的那种狂喜之声。“我自由了！我自由了！我感谢你！”然后，她扑倒在长沙发上，呜咽起来；随后，她站起身来，神经质地在房间里走来走去，喜忧参半地做着手势。接下来，她转身面对她的那些呆若木鸡的仆人们——“快，丽萨，我的披风和兜帽！”然后，她压低声音说——“我必须去找他。赶快，丽萨！如果你愿意，你可以跟我来。”

一会儿工夫，她们就在街道上了，朝着莫尔道河上一座桥匆匆行去。月亮升上了中天，街道上几乎空无一人。公主很快超过了她的仆人，在桥上刚走了一半儿，另外一个人就出现了。

“你自由了吗，女士？镜子被打破，你自由了吗？”

当她匆忙赶路时，就在她的身旁，有人说了这些话。她转过身；在那里，在桥的一个隐蔽处，依靠着一堵矮墙，站着科兹莫；他身穿豪华礼服，但面色苍白，浑身哆嗦。

“科兹莫！——我自由了——我是你永远的仆人。我这会儿正去找你。”

“因为死让我勇敢，我是你的仆人；可是，我不能继续向前。我赎罪了吗？我的爱更真挚一些了吗？”

“啊，我现在知道你爱我，我的科兹莫；可是，你为什么说‘死’呢？”

他没有回答。他的一只手被紧压在他的身上。她更加接近地一看：鲜血正从手指间涌出。她一把搂住他，嘴里发出微弱而苦涩的哀嚎。

当丽萨出现时，她发现自己的女主人跪在一张完全苍白的脸上方，这张脸在迷离的月光下微笑着。

至此，我将不再赘述这些奇妙的书卷；虽然我能讲述它们中的许多故事，而且，或许我能模糊地转述，我在这些书卷中发现的一些更为深刻的令人着迷的思想。在许多闷热的天气里，从中午直到黄昏，我坐在那个大厅里，在这些古老的书籍之间时而埋头阅读，时而抬头沉思。我相信，在我的灵魂中，我已经带走了这些不朽书页中的一些精髓。在随后应当和必要惋惜的数小时中，我在那里读到过的部分又会经常浮现在我的脑海中，带来意想不到的慰藉；即使这种安慰本身可能似乎是毫无根据或是徒劳的，但它并非没有收获。

# 第十四章

“你的收藏品，我已尽数浏览，
果然琳琅满目，应有尽有；
然而有一件东西尚未见到：
我女儿特来瞻仰的对象，
她母亲的雕像。”

——冬天的故事[①]

这些天以来我在精灵宫殿没有听到过一支半曲的音乐，这的的确确是一件怪事。我确信音乐一定存在于精灵殿堂，只是我那愚钝的感知完全免疫了，无法接收到那些神秘运动所传递的影响。我有时可以肯定有几个人正和着音乐之律翩然而动，因为就在一眨眼的工夫，我曾看到他们在我身边擦身而过，或者说滑行到我面前消失不见了。事实上有几次我甚至产生了片刻幻觉，仿佛听见了不知从何处飘来的奇妙乐声。不过那声音

① 莎士比亚《冬天的故事》第五幕。（译注）

还不够持久到可以说服我自己是用身上的感官听到它们的。即便是这样一种声音，它们却奇怪地左右着我的一举一动。我因这声音瞬间潸然泪下，这泪水一点都不使我羞愧；或是突然被掷入了一种恍惚的喜悦之中，一时无以言表，随即是一阵晕厥，渴望更多的喜悦。

一天傍晚，我正在一个又一个灯火辉煌的拱廊和过道中穿行，那时我在精灵宫殿里还没有住满一周。终于，我穿过一扇门，来到了另一座宏伟的大厅，门在我身后阖上了。幽暗的红色灯光充斥在整个大厅里，透过灯光，我看见一根又一根细长的黑柱，在白色大理石墙面的映衬下高高耸立，其顶部化作无数分岔在墙垣上结起一张如同叶脉纷繁的大网，将白色大理石屋顶支撑起来，地面漆黑一片。

在其中几对柱子背后，紧贴着四壁，各自悬挂着一块深红色的丝绸帘幕，层层叠叠地垂到地上。每一块帘幕背后都有强光闪耀，正是照亮这座大厅的光源所在。一种独特的迷人香气在大厅弥漫开来。我刚一走近那香气，旧日的灵感便仿佛重现：我感到一种想要唱歌的冲动，或者，仿佛有一个人正在我的灵魂中歌唱，歌声想要冲到我的唇边，化作我呼吸的一部分。但我还是默然不语，我感到自己好像被那红光和香气征服了，也被内在的情感俘获，我看到在大厅的一头有一把巨大的红色椅子，与其说是椅子更像是王座，旁边是一张白色的大理石桌子。我向着椅子走去，把自己丢到了座位上，然后我缴械投降了，我的脑海中滑过一连串眼花缭乱的美丽画面，在一列长长的间或拥挤的火车里。我想，我在那儿一坐就是好几小时，直到回过神来，看见红光已经褪去，感到一股轻柔的凉气正在额头上方飘荡。我起身，踉跄地离开大厅，费力地找寻自己的房间。一路上我隐约地记起，只有在大理石山洞里，在我找到那座沉睡的雕像前，我的身上才发生过相似的经历。

从那以后，我每天早晨都会前往这个大厅；我会不时地坐在椅子上美美地做上一梦，或在黑色地板上四处走动。有时在这巡查之余，我会在心中上演一出舞台剧；有时则在某个鸿篇巨制中自由穿行；有时我会冒昧地唱上一首歌，尽管心里怀揣着一种犹豫不决的害怕，连我自己也不清楚在怕什么。当歌声响彻宫殿时，我惊异于自己的声音竟会在这个地方变得如此美妙，更确切地说，它波动起伏，犹如一条声浪之蛇，在这座宏伟的音乐厅的墙垣与屋顶上沿路攀爬。激动人心的诗行在我的内心响起，它们自发地和着它们的旋律吟唱起来，无须多余的音乐去取悦它们内在的感受。然而，当这吟唱稍作停顿，而我还意犹未尽的时候，我好像听到了远处有一群人跳舞的声音。我有种感觉，这是一种我闻所未闻的音乐，伴随它自己的韵律舞动，在我的心中绽放出诗行与歌声。我还感到，只要我能看见这支舞，便能从那纷繁动作的和谐一致中明白——不仅仅从舞者与舞者之间的关系，而是从使其协调一致的明显的塑造之力中明白——在他们翩然起舞的脚下犹如浪花般翻滚的音乐的一切。

终于在一天晚上，这种舞动之感突然降临我身上的时候，我想象着自己掀起其中一块深红色帘幕，观察幕布背后是否藏有其他的秘密，或许这些秘密至少能够替我化解一部分迷惑。

希望没有落空。我走向其中一块华丽的幕布，掀起帘幕的一角，偷偷向里张望。一团巨大的红光像火球一般，高高悬在另一个大厅的中央，那个大厅也许比我现在所处的厅堂更大，又或者更小，因为它的地面、屋顶和墙壁全都是用黑色大理石砌成的，难以辨清面积和高度。

它的屋顶和也是由同样结构的拱柱支撑而起。唯一不同的是，那儿的拱柱通体都呈暗红色。但我的目光此时却欣喜地停留在大厅中所陈列的许许多多白色大理石雕像上，它们形态各异，姿态万千地布满了整个厅堂。雕像的脚下是乌黑发亮的基座，也在那巨灯的红色光辉笼罩之下。灯盏周围有几个金光璀璨的大字，从我所在的地方可以清楚地辨认出这四个字——

**禁止触摸！**[①]

然而这些一并都无法解释舞步声带给我的困惑。此刻我意识到，那声音已经停止对我心神的影响。这天晚上，我因为头昏体乏没有踏进大厅，但我仍然期待着再次前往，就像是期待着一种即将到来的喜悦。

第二天晚上，我和之前一样在大厅里四处走动。我深深陶醉在满心的画面和歌声中，没有起念想要看看昨晚被我掀开的帘幕里藏着什么。然而正当这个念头在我的脑海中初次闪现时，

---

① 此处与第一章中祖母对安诺德的所说的话相呼应。安诺德在本书中最根深蒂固的过错就是去触碰和占有的欲望。（译注）

我恰巧走到了那帘幕之外几码远的地方；我这才意识过来，那舞步声已经在我耳畔存续了一段时间。于是我加快脚步走向它，掀开帘布，步入黑色大厅。一切事物都沉浸在死一般的寂静里。我本该得出这样一个结论，那声音来自某个更遥远的地方；通常情况下，单凭那微弱之声便可将这个结论画上句号，可我还是因为一件事百思不得其解。正如之前所述，每个雕像都静静伫立在黑色的基座上，然而，使它们协调一致的并非是那动作，而是周围凝聚的一种气氛：从运动中戛然而止，仿佛其余的事物全都不似大理石那般亘古不变。每个雕像都好像被一种特殊的气氛包围了，一种无形的战栗，如同激荡的水波尚未平息。我怀疑它们曾经翘首以待我的出现，而且就在我踏入大厅的那一刻，每一个个体都刚刚从手舞足蹈的喜悦中跌入死亡般的寂静，站立于那本非一体的黑色基座之上。我穿过中央大厅，走到一块帘布之前，背朝之前那款幕布的方向走了进去。眼前的景象和刚才大厅里的非常接近，只有雕像的形态和排列方式有所不同。它们并没有使我产生那种运动中戛然而止的印象。随后我发现，在每块深红色的帘幕背后都有一个类似的厅堂，被相似的光照亮，有着相似的格局。

次日夜晚，我不再任由思绪沉浸在脑海中的幻象里，而是悄然无声地向大厅最远处的帘幕走去，就好像过去我耳中的舞蹈声就是从这背后传来似的。当我将帘布猛地拉到一边，朝里望去，只见无上的静谧弥漫在这片空旷之地。我来到其中，穿过大厅走到它的另一端。

我发现隔着两排绯红色的立柱，有一条环形走廊与之相连。

一个个陈列雕像的红色壁龛装点着这条黑色走廊，整个儿将那些雕像大厅包围起来，在更远之处形成联结——以白色中央大厅为圆心，那些大厅就像半径向外岔开，在环形走廊上形成更远处的圆周。

现在我正迈开步伐沿着环形走廊行走，进入一间间雕像大厅。此处一共有十二座雕像大厅，厅与厅的结构几乎相同，但是布满了截然不同的雕像，既古老又摩登。当我将它们全都看过一遍之后，我累得直想休息，然后我走向了自己的房间。

晚上我做了一场梦，梦见我走近其中一块帘幕，突然，一种想要进去的渴望攫住了我，于是我飞奔向前。这一次我快得超乎它们的预期。雕像们全都在舞动，它们不再是雕像了，而是男人和女人，还没有从雕刻家头脑中生出来的俊男美女的模样，他们跳着一种纷繁的舞蹈，一边来回穿插于彼此之间，一边绕着圈儿。我穿过他们来到了远处的尽头，几乎是从睡梦中惊异于此情此景，而不是作为和他们一同跳舞的一分子或被赋予了像他们一样的生命那般，我看见了，站在最左边角落的一个黑色基座上，冷酷僵硬得如同大理石一般——我的那位岩洞美人；伴随我的歌声，从她的墓穴或摇篮中一跃而起的大理石姑娘。当我凝视她，激动和爱慕无以言表，这时一个黑影从天而降落，仿佛一块舞台的幕布渐渐遮住她，直至完全消失在我的视线中。一阵震颤侵袭了我。这个影子很可能就是我那失踪的恶魔，我已经好几天没有见过它了。我醒来的时候一阵啜泣。

当然，第二天傍晚，我又一次踏上了穿梭于厅堂之间的旅程，并不知道我的梦境将把我带往哪个厅堂。我满心地希望能在她的黑色基座上找到大理石姑娘，证明昨天的梦境是真实的。终于，我来到了第十大厅。我想我认出了几个梦中见过的舞者，可我不解的是，当我来到最左边的那个角落，只看到一个空荡荡的基座。它就在同一个位置，在我的梦里，白姑娘伫立在那黑色基座之上。我的心怀希望，怦怦直跳。

“现在，”我对自己说，“但愿那余下的梦境成真，夜晚的舞者将会受惊四散，当人流涌动，我就能看见基座上的我的大理石皇后了。既然当她被石膏束缚，我的歌声曾使她获得生命，那么当她站在一群大理石雕像当中，冰冷而又僵硬，我的歌声更会使她获得动力和意志。”

可是难就难在出其不意。我曾发现若想预谋一桩惊吓事件，哪怕执行得再周密再迅速，结果都将是徒劳无益的。梦中起作用的是我将那突如其来的想法突然付之行动。因此提前计划并不会提高成功的可能性，除非当我环行在中央大厅时，头脑中充斥着其他意念在等待，直到当我靠近一块深红色帘幕，想要进到新的大厅的冲动来临。因为我寄希望于这样一种情形：在合适的时机进入十二个大厅中的任意一个，这就好像是进入了抵达所有大厅的正确入口，随后看见它们彼此相通。我满心盼望着这一时机的到来，尽管前提是，当我快要抵达第十厅的帘幕时，心中必须燃起一种进去的渴望。

一开始，我的脑海中不停地上演着一幅幅几乎连续的画面，满心希望其中任何一幅成功转变为惊吓；与此同时，想要一窥究竟的冲动也接二连三地在我头脑中循环往复。但是，由于我坚持不懈的抵制，它们不再那么频繁地出现了。经过两三次间隔尚可的冲动，当时我恰好来到了合适的地点，我所盼望的念想——时机很快就要来临——变得更加强烈了；换句话说，当我绕着大厅行走时，我应该已经离其中一块幕布很近了。

最后，时机来临了，伺机的冲动也随之而生。我飞一般走进第九大厅。到处都是最优美华丽的舞者身姿，整个大厅正伴随着一场纷繁复杂的舞蹈摇晃波动。仿佛就在我进入的那一刻，一切戛然而止；向着它们的基座，雕像全体跳动了一下或是两下。但是当它们很明显地发现自己的位置被别人占据了，于是又各自回到之前的岗位（雕像们认真的样子足以称其为岗位），没有多看我一眼。涌动的人潮将我推搡，我用最快的速度往大厅尽头走去。在那里，我进入了之前的环形走廊，走向第十大厅。由于走廊相对空旷，我很快就来到了我想抵达的角落。然而，尽管大厅里的舞者们诧异片刻后马上又都无视起我的存在，我的目光仍然错愕地注视着，一个空荡荡的基座。但是我确信她一定近在咫尺。当我看着那基座时，我想我仿佛是透过了一块布上重重叠叠的褶皱看见了，一双洁白的玉足在石板上若隐若现。但是并没有迹象表明那儿有什么布料，或是什么藏匿的影子之类。我还记得那天梦中从天而降的黑影。可我依然对自己的歌声怀有希望，心想，那能够将石膏驱除的力量，同样也能驱走将我的美人隐藏起来的东西，甚至是那将我的一生蒙上了黑暗的恶魔。

# 第十五章

“亚历山大，‘你何时停止宠爱康巴斯白？’

阿佩里斯，‘这永远没有完结：因为在绝世的美中，

总有些超越艺术的存在’。”

——利利[①]著《康巴斯白》[②]

那么，如果我的女神伊西斯[③]确实存在着，却无法被肉眼看见，我应该歌唱哪一首歌来揭开她的面纱？我匆匆忙忙地朝幻境的白色大厅赶去，对那些挡在面前的数不清的美丽人影视若无睹。或许他们从我的眼前掠过了，但那看不见的女神却占据了我的脑海。我徘徊了许久，在这寂静的空间里四处走动，却没有一首歌曲浮现在脑中。大概是我的灵魂还不够沉静，歌

① 约翰·利利（约 1554—1606）：英国剧作家、散文作家。

② 《亚历山大和康巴斯白》是 1584—1585 年间上演的一出舞台剧，讲述了亚历山大大帝、康巴斯白（年轻的底比斯俘虏）以及画家阿佩里斯之间的一出三角恋喜剧。亚历山大大帝曾让宫廷画家阿佩里斯来画他的情人康巴斯白，后来阿佩里斯和康巴斯白坠入爱河，亚历山大遂将注意力转向了征服波斯等各邦。（译注）

③ 伊西斯：古埃及司生育和繁殖的女神，其名字的含义是王座，她被敬奉为理想的母亲和妻子、自然和魔法的守护神。（译注）

曲才无法涌现。只在灵魂暗夜的寂静和黑暗中，那属于我内在的天空之星辰才从遥远的音乐国度中姗姗来迟，垂挂在低空之中，照耀着那清醒澄明的心灵。在这里，所有的努力都是徒劳的。如果那些灵感没有自动地涌现，它们便无处可寻。

次夜，情况照旧。我穿行在寂静大厅红色的微光之中；但是我的灵魂在我脑海的厅堂中游荡时有多寂寞，我在那儿独自行走时就有多寂寞。终于，我步入了一间雕像大厅。舞会才刚刚开始，我高兴地意识到这群人并不会对我产生什么影响。于是我继续前行，一直走到那神圣的角落。在那里，我发现那个基座还和我离开它时一样，发着微光，仿佛那双洁白的玉足仍然静静地停留在那漆黑的石板上。我一看到它，似乎就感受到了某种东西的存在以及它对现身的渴望；并且，在某种程度上，它在召唤我赋予它现身的力量，使它能够照耀我。此时，歌唱的能力回到了我的身上。虽然我唱得低沉而又轻柔，但这声音立刻就撩动了厅里的气氛，舞者们惊愕失色；快速交织在一起的人群摇晃起来，队形涣散分离；每个人影都跳上属于自己的基座，站立着，再无半点动作和生机，不过是一个个僵硬而栩栩如生的大理石人像，全身上下仅演绎着某种单一的状态或是行为。寂静像一阵心灵的雷鸣，从这片壮丽气派的空间里翻滚而过。我停止了歌唱，害怕自己所造成的影响。可是，我看见自己身边的一个雕像手中的竖琴琴弦还在微微颤动。我记起来，当她从我的身边跳过去时，手中的竖琴扫了一下我的胳膊；可见竖琴并没有被大理石的符咒所影响。我跑到她的身旁，把手放到竖琴上，做出一个恳求的手势。那只大理石手，或许是因为和不被符咒附身的竖琴有所接触，所以拥有了足够的力量把手掌松开，将竖琴让给了我。接着她又恢复了僵直的状态，不再显示出任何生命迹象。我本能地拨起琴弦，吟唱起来。为了不打断整首歌的再现，我必须先说明，当我唱出前四句歌词的时候，那双可爱的脚开始清晰地出现在黑色的基座上；伴随着我的歌声，仿佛有一袭看不见的面纱从某个身影上慢慢掀起，因此这座雕像似乎是在我的面前一点点生长起来的，这个过程并不是一种渐进式的演化，而是一种极其精微的增长。而且，当我歌唱时，我并不觉得自己身旁的是一座雕像，而更像是一个女人的灵魂，正一步一步地展现自己的身形，以及随之而来的自我和表情。



那绯色华履啊，
裹着安静美好的玉足。
生命源泉在此欢涌，
喷射蓬勃的生机。
世间至美之灵尚未被孤傲侵染，
她的玉足轻吻大地：
就是这静眠中的善女子呵，
缓缓起身，惊为天人，
她抬起玉臂，姿态静好，
刚中带柔，丰满轻逸；
她宽阔坚实的膝头，仿佛怀着
某种希冀，柔和轻缓地向我靠近。

起身，张口说话！如同玫瑰
渴望着叶到花的生命转变，
每种交融的变化都彰显着，
更接近于表达的力量。

看吧！生命河的水多美好，白浪翩跹，
无惧无畏地喷薄四射，
神殿的石柱紧紧相连，
托起一个神圣的秘密。
啊，我的心！登上如此雄伟的阶梯，
是怎样的惊喜！
壮丽的景观在眼前冉冉启幕，
看那交织着、飘飞的美好。

衣带飘飘，山峦起伏，
吸引我的目光沉迷其中。
某种大灾难将紧随，
神祇的新天地来临。
女王陛下预言如是：
新思想与奇迹泛滥，
看那生命的栖所在壮大，
边界不明，扩张向四面八方。

变故突来，不可遏止，
叹息永恒，依旧如故——
雪山之峰，隐藏在那
口中之火的迷雾中。
但当黎明迫近，心灵却发现
无从诉说最炽热的疼痛，
唯有无声地叹息——
修好栈梯，再次攀行。

女王的心藏着隐晦的希冀，
伸出她那等候已久的双手，
那盲目的双手，
一只四处摸索着，
一只拥抱着罕见的美景，
一双宽宏臂膀环向心灵；
以美之力量指引归家路途，
千回百转，再度交错，
徜徉在爱的根源之地。

修筑您光照耀人的灵魂之坡，
女子气质美好使然！
攀越您闪耀白光的崖壁，
升入那良辰好时光。
沉默的空间将碎落一地，

此时发光的石柱根根耸立，
准备着接受建造者欢乐的双手，
为它加冕神迹。

她身上的轮廓都在向我显现，
如同喷泉急落的水流。
瞧，那率先显露的下巴，
像踩着轻快的步点，为拉开面容的柔和帷幕而铺垫。
她即将能够开口说话，呵，看她脸上的红晕！
那甜美的唇在显现，她吐纳的气息亦在眼前！
唇边栖落着一圈黯淡的静默，嘘，
她等待着一场让人狂喜的死亡。

浮现的轮廓勾勒出弯弯的弧线，
柔美的上唇像在诉说誓言！
请忘记那誓言罢，优雅地离去，
让那严正之辞都随波逝去。
你是否哑然无言？啊，爱是多么不朽，
你的诉说一定超越了言语，
尽管温馨美好的家门之中尚无儿女承欢，
但那里依然回旋着美妙的音乐。

此时她鼻翼翕张，
在平静的梦中高傲耸立。

毫无疑问，这就是某种举世无双的美，
连潘神亦会惊叹！
轮廓渐深，勾画出某种柔美的意境，
哦，就在那纯洁可爱的女子的面容上。
瞧，迸发的光辉让人瞬间失明！——
“这就是自由之魂散发的优雅。”

两片沉静的光湖彼此光芒交融，
湖中满是莫测的深邃！
闪电稍纵即逝，
跨过黑暗沉眠的海湾。
就是这儿！我终于抵达这喜悦之门，
牵引着我走向那外面的世界：
在夹杂着光明与悲伤的大雨中，
爱与渴望突围而出！

你的存在使我神魂颠倒，
我已预知此刻的惊愕；
文字难以将你的美形容，
于澄澈明眸中亦不可胜收。
透过那些漩涡，我向内里凝视
也许我会张望直至迷失；
漫游在那心灵的迷宫深处，
徜徉于不着边际的汪洋中。

一扇扇窗口朝着光辉的事物敞开！
哦！时空如此遥远！
啊，美人啊，你是最后的赢家，
而我在对你狂热的爱慕之中老去死去。
我因狂热的恋慕而消亡于那前方无尽的优雅中，
未经言说的话语高高喷涌，
充满了不被打破的寂静；
是她神色平淡而宽容无垠的面庞。

奇峰险岭，穹顶在上，
起伏的山峦被夜色包裹着，
藏身于洞穴里的女儿国，
长年受它们的庇佑。
过客匆匆，
那最尊贵的人们，
消失在无名的圣地之中，
无论男女，皆可为那最圣洁的光芒揭幕。

边廊上铭刻着的文字，
只有游走而过的目光能瞥见，
那里矗立着一扇沉默、孤独的无门之门，
通向旋律的世界。
每一串飞舞而入的声音似乎都引人注目，

在它们的游廊之间飘浮着，
夹杂着叹息、歌声、亲吻与哀泣，
在天与地之间，阴冷而幽暗。

美人呵，你累了，你懂的，
所以，带着寡淡无味的绝望色彩，
你那如瀑的秀发，
从那顶峰缓缓垂落；
在那半透明的面纱之下，
藏着你所创造的一切：
那散发着柔软光亮的月亮，如是这般
在模糊的云层后照耀着大地。

# 第十六章

“冥河环绕九圈，也阻拦不了
五谷女神的女儿重返阳世；
她拿了果实，所以永远割不断
她跟阴曹地府的关系。”

——席勒《理想和生活》[1]

当我歌唱的时候，美人的面纱正在掀起；当我歌唱的时候，生命的迹象正在出现；直至我渐渐读懂了那双眼睛，那双我曾试图用无力的歌声，使它伴随黎明之光得以看见的眼睛。

令人惊奇的是，我并没完完全全地被征服，随着那无形的面纱继续升起，我停止了我的歌唱。使我具备这种能力的唯一来源是一种位于心灵之巅的感受，我在我的身上找到了它。只有当我因为歌声获得鼓舞，才能承受黎明的盛大光辉。[2]但是

① 席勒（1759—1805）：德国戏剧家、诗人。译文参考钱春绮版译作。（译注）
② 对应第七章开头，安诺德由于无视警告，受到了桤木女的愚弄和白蜡树恶灵的攻击，丧失了山毛榉树的护身腰带，后在骑士的救助下死里逃生；他痛苦懊悔不已，无法忍受日出的光照。（译注）

我看不清楚她现在更像是一座雕像还是一个女人。她似乎迁进了一个虚幻之境，那儿的一切栩栩如生，然而没有一件东西有着清晰的轮廓。终于，当我吟唱着她那垂落的秀发时，灵魂之光宛如落日余晖渐渐消逝了。其中的一盏小灯已经熄灭，生命小屋的光辉在一个冬日的早晨黯然失色。她又一次变回了雕像，这一次我能看见她，算是一种宽慰吧。可我还是因为理想和现实之间的差距克制不住，纵身一跃来到她面前。当我无视精灵国度的法则，张开双臂拥她入怀，仿佛就要从看得见的死神之手中将她夺走，把她从基座上抬起，放置在我的心坎上了。然而，那白皙的玉足还没有脱离黑色基座，大理石姑娘就浑身颤抖起来。接着，她挣脱了我的双臂，在我还没能将她抱得更紧一点的时候冲进了环廊，她的泪水夺眶而出，口中哭喊道："你不该碰我的！"随后跑到环廊外围的一根柱子后面，消失不见了。我全力以赴地追赶她，但是当我还没有抵达廊柱的时候，耳边传来了一扇门阖上的声音。全世界最令人伤心的声音有时莫过于此。当我来到她遁形的那根柱子背后，只见一扇厚重粗糙的木门出现在一盏幽黄的小灯下。它完全不像我在这座宫殿里所见到过的任何一扇门。那些门不是整块的黑檀木门、象牙门，就是有着镀银的门面，或是某种香木料制成的门板，极尽华丽；而这扇门看起来像是扇老橡木门，门板上钉着许多沉重的钉子和铁质的螺柱。尽管有些冒冒失失，我还是情不自禁地念出了灯下银光闪闪的文字："不得进入，除非女王有令。"但是，当我追寻白姑娘时，精灵女王对我来说算什么呢？我猛地撞向墙上那扇门，冲了进去。看啊！我正站在一座狂风凛冽的荒芜山丘上。硕大的石块在我的四周耸立如同墓碑。周围看不见一扇门，也看不到一座宫殿。一个白色的人形从我身边一闪而过，她绞动着双手，哭喊道：“啊！你本该对我歌唱！你本该对我歌唱！”然后消失在一块巨石之后。我跟过去。一阵冷风从那巨石背后吹打到我的身上；当我将目光送去，只见地上有个巨大无比的空洞，我找不到任何方式可以下到洞中。她是不是掉进去了？我无法判断。只好等待天明。我坐在地上任凭泪水冲刷脸颊，没有人能帮助我。

# 第十七章

“最初，我近乎绝望地想着，
这必定会压垮我此刻的信念；
但我隐忍着，且承受着这一切——
只要莫有人问我是否尚好。”

——海涅[①]

当曙光来临，行动便开始有了可能，虽然成功的可能微乎其微。当我看见第一缕渐渐明亮起来的光辉，我把视线投向那个深洞，凝视足足有一个多小时，但我看得不太清楚，无法将洞里的环境看得真切。最终，我发现它几乎是一个垂直的洞，看上去大致像一个被凿开的井，只不过还要再大一些。我无法感知它有多深，直到太阳完全升起，我才发现里面还有一个天然的阶梯，许多台阶比想象的还要窄小，这道阶梯沿着崖壁一圈又一圈地、呈螺旋状向下，通往深渊。我立刻明白这就是我

① 海因里希·海涅（1797—1856）：德国诗人。（译注）

要走的路，于是我没有片刻的犹豫，便欣然抛弃那极度无情灼烧着我的阳光，独自一人开始沿着弯弯曲曲的道路下行。如此行进是非常困难的。经过某些地方，我不得不像只蝙蝠一样紧紧地贴在岩壁上。我还从某条小路上摔了下来，跌落到阶梯的下一个回旋的路上——这个特殊的路段刚好比较宽敞，以一个合适的角度从崖壁上延伸出来，安全地接住了我的双脚；虽然我受到惊吓有点儿木然，不过我还是站起来了。往下边延伸了很长一段路之后，这道阶梯便终止在一道狭窄的、横楔入岩石的缺口前。我爬进去，发现刚好还有能够转身的位置。我又把头探回刚刚离开的竖井，回望那条来时的路。我抬头看着天空，虽然此时肯定已经日上三竿，我却看到了星星。我把视线投向下方，看到竖井的侧壁像镜面一样光滑，直插深渊；在那遥远的深渊里，我看到了天上星星的倒影。我又转回身，向里面爬了一些距离，当通道变宽时，我终于能够站起身来，直立行走。我一直朝前，这条通道变得越来越宽，越来越高，一条条岔路向两边分道扬镳，一个巨大宽敞的大厅出现了，最后我发现自己正漫步在一个地下王国之中。在这里，天空是岩石，没有树木和鲜花，只有奇岩怪石。当我行走时，情绪变得越来越忧郁，直到最后我不再抱有找到白姑娘的任何希望。我也不在心中把她唤作我的白姑娘了。每次出现岔路口时，我总是选择那条看似通往深渊的路。

最后，我开始意识到这片区域有人居住。在一个岩石的后面传来一阵粗粝刺耳的笑声，充满了邪恶的幽默。我转过身回望，看到一个古怪的丑精灵，长着一个大脑袋，带着可笑的面容，就像德国的传说和游记中被描述的那些小鬼。“你想要对我做什么？！”我问。他用一根长长的食指指着我，食指的根部非常粗大，指尖极细，他回答说：“呵呵呵！你又在这里做什么呢？”然后他改变腔调，带着一种虚伪的谦逊，继续说，“尊敬的先生，请你开恩，在你的奴仆面前放下你尊贵的威严，因为你的奴仆无法衬托这份光芒呢。”第二个丑精灵也出现了，插话道：“你这样高大，挡住了我们的阳光。因为你，我们什么也看不到，这样让我们觉得很冷。”于是乎，四周爆发出悚然至极的笑声，发自那些身形如同儿童的丑精灵，但音质却像风烛残年的老人的声音一样刺耳粗鄙，只可惜缺少了那种虚弱感。这一切——从里到外、从头到脚都显露出各种荒诞丑陋的矮精灵们发出的嘈杂喧闹声——似乎突然之间把我围困其中。他们用一种我听不懂的语言互相唧唧歪歪了一通之后，相互之间不住地打手势、商讨、推肘抖臂，伴随着一波接一波的笑声，这一切看似永无休止。随后，他们绕着其中一只丑精灵围成一个圈子，那个家伙爬到了一块石头上。令我惊讶又有些沮丧的是，他开始唱那首歌——我曾经唤醒白姑娘，将光明带到她眼中的那首歌——从始至终都用一种类似念经的声调歌唱着。[①]他摆出那种相同的架势唱着，一直都保持着一种虚假的乞求和崇拜的表情，给他伴奏的是一阵拙劣滑稽的鲁特琴声。整个集

① 丑妖精会唱这首歌暗示他们代表着安诺德的一部分，是他心中的恶魔。只有当安诺德承认了自己的失败和恐惧（唯恐有人抢走他的白姑娘），恶魔的嘲笑才会停止下来。与第十章中遭遇高扁怪精灵相似，安诺德都是在干燥的岩石地上碰到这些丑妖精的，一个在地上，一个在地下，之后他都会乘上一艘神奇的小船，前往治愈之地。（译注）

会都保持肃静，除了在每一节的结尾，他们会喧闹起来，手舞足蹈，大声欢笑，扑倒在地，真实或假装兴奋着。当结束歌唱时，演唱者就从石头顶上扑了下来，在下降的过程中，做了好几次过头顶的高抬腿；当他快要触地时，他又用脚尖在自己的头顶上临空做出一个最怪诞的姿势。紧接着爆发的大笑声无法用语言描述，随之而来的还有一阵小石雨，来自那些数不清的手。虽然这些石子打在我的头上和脸上，但实际上，它们伤不到我。我尝试逃跑，可是矮精灵们都扑到我的身上，逮住一切空隙，紧紧地抓住我不放。他们像蜜蜂一般包围住我，冲我嚷嚷，声音像蜂鸣一样让人心烦，重复最多的一句话是——“你不应该拥有她，你不应该拥有她，呵呵呵！她是为了一个更好的男人而存在的；他怎么会亲吻她！他怎么会亲吻她！”

这一连串恶毒的话语如电流一般刺痛了我，唤醒了我心中尚存的那一丝高风亮节，于是我大声说道：“好吧好吧，如果那人真的比我好，就让他拥有她吧！”

他们立刻放开了抓住我的手，向后退了一两步，带着某种意料之外又失望透顶的默许，发着牢骚，哼哼唧唧地咒骂着。我向前走了一两步，他们便立刻为我让开一条小道，当我从笑嘻嘻的古怪小精灵中间穿过，他们在我的周围向我致以最礼貌的鞠躬。在我已经走出几码之后，回身张望时，我看到他们都静静地站在那里，在我的身后凝望着，像一大群男孩子，直到其中一个小精灵突然之间转过身，发出一声大叫，冲进其他丑精灵的中间。一瞬之间，整个精灵群变成一堆扭动和翻跟头的小鬼。这使我想起那些旅行者们的描述，一堆堆蠕动纠缠的蛇堆起的移动"金字塔"。一旦其中一个从精灵群中摆脱出来之后，就跳到一边，离开几步远，然后他翻了一个跟头和奔跑了几步，旋转着翻入空中，随后全力下降，落到那支古怪队伍的最高峰，他们抛举、挣扎，乱成一团，仍然沉湎于这场疯狂和显然漫无目的的娱乐之中，于是我离开了他们。我边走边唱道：



若一位贵族为你守候，
我会在旁哭泣；
或许你真的注定要成为，
贵族的新娘。

若爱能为心灵筑巢，
一个自由的爱巢，
我无家可归的心，
必定要流浪四方。

我，为了她，必须忍受
放弃我对她的职责
带她走吧，你比我更值得拥有她——
如同止水，是我的心！

我痛失了一份上天恩赐的礼物，
此刻万念俱灰！
但怀着深情，把她放弃

亦是一份温柔之礼。

那时，我的灵魂深处又浮现出一首小歌，而这一刻，当它在我心中悲伤地沉落下去时，我感觉自己又一次在精灵宫殿里的白色幻境大厅来回踱步。但这种心境持续的时间并不比这首歌长多少，它是这样唱的：

莫要惹恼你的紫罗兰
所散发的香气，
因你不会在他处
再寻得它身上藏的幽微气息。

莫要长久地凝望，
情人亲切的双眸
不让其中的光彩飞逝，
你将铸成大错。

不要靠近那少女，
温柔地拥抱她就好，
若不然那光彩褪去，
你的心将一落千万丈。

一阵大笑突然爆发，灌入我耳中，这种声音比我曾经听到过的任何声音都更加不谐调，更带有侮蔑性。我转过头朝声音的方向观望，只见到一个小老太太。她坐在小路边的一块石头上，但她的身材比我刚刚离开的那些丑精灵要高许多。当我走近她时，她站起身迎了上来。



她相貌平平，外表普通，也并非丑陋得让人讨厌。但此时她面带愚蠢的冷笑，抬头看着我的脸，说道："你独自一人，没有一个漂亮姑娘陪你走过这个甜蜜的国家，难道不可惜吗？如果有这么一个姑娘，一切看上去会非常不同，对不对？奇怪的是，一个人永远不会拥有他最喜欢的东西！即使是在这个地狱般的洞穴，玫瑰不也会绽放吗？其他美好的东西不也是吗？它们不会吗，安诺德？她的眼睛会照亮这个古老的洞穴，是不是？"

"这取决于这个漂亮姑娘会是谁。"我回答说。

"那没有太大的关系，"她回答道，"来这儿瞧瞧。"

当时我已转身准备离开以示回应，但是此时，我停下脚步，向她望去。这时，我就像看见了一朵粗糙难看的蓓蕾突然绽放成最美丽的鲜花，或者说，就像一缕阳光突然穿透一片无形的云彩，把大地映照得美妙绝伦——就是这样，老太太的脸上突然出现一张美艳夺目的面容，仿佛是掀开了她那并不美观的面纱一样。当那张脸渐渐显露清晰时，她的光芒将丑脸摧毁了。我的头顶升起了一片夏日的天空，因为热度显得有些发灰。它穿过发着光的沉闷景色，从远处眺望那些白雪覆盖的山峰；从我身旁的一块大岩石上降下一帘欢快奔腾着的水花。

"跟着我。"她说道，一面抬起她那精致细腻的脸庞，直视着我的眼睛。

我向后退缩。地狱的刺耳笑声又一次碾压我的耳朵。又一次，岩石在我的周围靠拢过来，那个丑陋的女人看着我，淡褐色的眼睛中带着邪恶与嘲弄。

“你应得到奖赏，”她说道，“你将再次见到你的白姑娘。”

“这不是你说了算的。”我回答说，然后转身，离开她。

当我走自己的路时，她跟在我的身后，发出阵阵尖声的大笑。

在此值得一提的是，尽管里有足够的光照亮我的路径，照亮周围几码远的地方，但我一直没发现这个阴森森的光源是从哪儿来的。

# 第十八章

“在风的喧嚣、海的怒吼中，

还有他心头的叹息里。”

——海涅[①]

“人会从狂喜的梦里醒来，

某一天，但这并不是为了哭泣，

梦依然都在，只是它们打碎了

睡眠之镜。”

——让·保罗《赫斯珀洛斯》[②]

我不知道这枯燥乏味的路途是怎样走过来的。我想，支撑我走下去的信念并不是“光随时都可能穿透进来照在我身上”，我很少会寄希望在这一点上。我怀着一种了无生趣的忍耐继续

① 出自海涅的《告白》一诗，此处转译自作者德译英的译文。（译注）

② 让·保罗（1763—1825）：德国浪漫主义作家。《赫斯珀洛斯》原文中本来并没有“镜子”，是作者自己加上去的。（译注）

前进，不可控制的悲伤又使这忍耐生出许多样式；因为“再也见不到白姑娘”的这种想法变得越来越根深蒂固了。这似乎有些不可思议，一个和我鲜少有交集的人居然在我脑海中烙下了如此深的印记；然而对于一些人来说，正是因为付出唤醒了他们心中的爱，而从别处的受益也同样将这爱唤醒。我对这件事情感到既快乐又自豪，因为曾经在我的歌声中美人苏醒了，此外，它还使我怀有一种不可言说的柔情蜜意，我随之有了一种自己整个儿属于她的感觉；“自我”这种小怪物是会这样用“爱”报答心上人的。当所有人都被赋予了对那种美毫不抗拒的感知，毋庸置疑地相信这就是指向内在之美的真正方向，或许这个问题就迎刃而解了：我的整个灵魂是如何被想象力用一场它的绚丽色彩与和谐乐声的演出填满了——这些和谐之音就在它那白色幻境大厅的迷雾中，环绕在岿然矗立的一束雅致的大理石光辉周围。时间不经意地在流逝，因为我的脑海中不停地有新的念头在更替。或许还有一部分原因是我不需要食物，也从未思考过该在这段地下之旅中如何获取食物。我不知道这趟旅程持续了多久，因为我没有测量时间的工具；当我回顾过往，关于那已悄然逝去的时间有多长，靠着想象力所作出的决定和我的判断之间相差得如此之悬殊；我于是感到迷惑，放弃了一时半刻想要得出任何结论的努力。

一团灰蒙蒙的雾气在我的背后不断积聚。当我回头望去，这团迷雾正挡在我和过去的中间。为了看清那里真真切切发生了什么，我不得不用力把眼睛眯成一道缝：白姑娘的形象已经退至一片陌生的领地。终于，岩石之国开始向我包围过来，逐渐逼仄收拢，直到我发现自己又一次穿行在一条岩石隧道中，双手都可以够到两边的岩壁。过道变得越发狭窄，直到我不得不小心翼翼地行走，以免碰上两侧突出的岩石。岩石顶越沉越低，直到我不得不弯下腰，手脚并用地匍匐前进。我想起了小时候的噩梦，但这次我不再害怕得像个孩子了，因为我有种肯定的预感，这将是我的道路、我离开精灵国唯一的希望，现在我几乎要厌倦这个国度了。

最后，为了通过这条走廊里的一个大转弯，我不得不把自己硬塞了进去，这才看见在前方几码远的地方，那久违的日光正透过一道小小的缝隙照射在这条引领我的道路上，如果它确实能被称之为路。我用尽浑身解数爬完最后几码路程，来到白昼之下。当我站在一片寒冷的海边，与我做伴的是一轮冬日，就在距离海平线边缘几英尺的地方。海上空无一物，阴郁暗沉，满目苍茫。成百上千绝望的波涛不停冲向岸边，然后精疲力竭地瘫倒在一个巨石耸立的沙滩上，沙滩向两边绵延而去。此处没有什么可以悦人耳目，我的眼中只看见深浅不一的灰暗之色掺杂在一起；耳边只听到来潮的急奔、碎浪的咆哮、退潮的低吟。在这片凄凉之上，没有一个岩石搭成的庇护之所，连那道缝隙顶上的岩石都没有超出一英尺高。正是经由那道缝隙，我来到了这凄凉的白昼，而这白昼甚至比我曾离开的坟地更加荒凉。一股死气沉沉的寒风横扫岸边，似乎是从海平线上那惨白云朵的罅缝中吹出来的。没有一处可以看到生命的迹象。我在凌乱的巨石上漫步，沿着这个人类用自然拼凑出来的沙滩四处行走。风吹得更猛烈了，强烈的风浪穿透我的灵魂流动着；

泡沫在石头上方被冲得更高了；几颗没有生命的星辰开始在东方闪烁；只听那风浪声愈来愈大，愈发绝望。云层中一块昏暗的帘幕被掀起，一道灰蓝色的裂口在幕布之下和大海边缘之间发出光芒。一股暴风雪从里面冲出来，它经过之处，海水被扯成了泡沫，巨浪翻滚，对着遥远的岸边咆哮。此刻，我再也无法忍受。

“我不会被折磨一辈子的！”我喊道，“我要在中途和死亡相遇。我的生命足以使我面对死亡，并且死而不屈。”

在天色变得这般阴沉以前，我曾经注意到岸边有座低矮的石台向大海延伸而去，好像直要插入那翻滚的浪潮里面。

现在我向它走去，在光滑的没有半棵海草攀附的岩石上爬行。当我找到那座石台，翻身而上，便一路沿着它的方向，凭着猜测越走越近，进入了那翻滚的混沌之中。我几乎无法在风和海中立足。浪花不断袭来，险些就要将我从道路上横扫下去，但我仍然一路前行，直至抵达那低矮的海岬尽头，那海岬在落潮时高于海平面数英尺，涨潮时则被海水覆盖。我在礁石上站立片刻，凝视着脚下起伏的深渊，猛地跳入汹涌的波涛中。似乎有一种祝福，如同母亲的亲吻一样，将我的灵魂照亮；有一种平静，比希望迟迟未被实现时的平静更加深邃，将我的心神洗礼。我在大海中深深地沉沦，不去寻找归途。我感到似乎有一双巨大的手臂，如同山毛榉树的手臂一般，又一次将我包围，安抚着历经苦难的我，像是对一个生病的孩童说话一样，告诉我，明天我就会好起来。海水将我举到水面上，好似生了一双充满怜爱的手臂。我重新开始呼吸，但我的双眼紧闭。我不愿看见冰凉的大海，也不愿见到那阴暗无情的天空。我就这样漂流，直到自己被什么东西轻轻地触碰。那是一艘在我身旁漂浮的小船。它是怎样到来的，我说不出来。但是它在海水中起起伏伏，不断地自上而下轻触着我，就好像拥有人类的意志，希望我知道它随时愿意帮助我。那是一艘银色的小船，好像披着鱼鳞一般，每一片都闪烁着彩虹的颜色。我爬进小船，躺在船底，它给我的感觉是一个很精致的休憩之所。

然后我将身边一块华丽厚重的紫色布匹盖在身上，一动不动地躺在那里，我听到周围的水声哗哗作响，我知道我的小船正在飞速前行。但我并没有发现之前在岸上看到的狂风巨浪。我睁开了眼睛，起初我先是看着上方的天空，那是温暖的南方所独有的一片深紫色夜空；当我抬起头时，我看见自己正在一片夏日的海洋里，快速行驶在南方黄昏的最后一道边界线上。太阳的光晕还在把它最长的光线投射在海平面上，毫无收敛之意。那是一个永恒不变的黄昏。巨大而又真诚的星星像孩子们的眼睛，俯身瞧向大海，而水中倒映着的星星好似要漂浮出海面，渴望着迎上它们的拥抱。然而当我低下头去，我看见了一种前所未见的惊奇景象。船下的波涛模糊地向我显现出，我正在我所有的“过去”之上飘荡。我童年的田野轻快地掠过了，然后是我年轻时劳作过的宅院，我居住过的大城市的街道，还有一大群男人女人，我曾在他们中间寻求栖息的港湾，最终却落得筋疲力尽。然而这些景象实在太模糊不清了，有时候我甚至认为自己正在一片浅海上航行，是那些奇岩怪石与海生植物所组成的森林欺骗了我的眼睛，通过幻想的魔法，它们足以被转化成我所熟悉的场景和事物。不过，偶尔在我睡觉的时候，似乎会有一个我所心爱的人形躺在我的身边；我的眼皮因此跳动起来，好像是为了拒绝有意识地观看；我的双臂会向上举起，它们仿佛在梦中寻找着一种令自己满意的存在。然而这些动作可能仅仅是由于海水的波动起伏造成的——那横亘在我和那些形象之间的海水。我很快就睡着了，我被疲倦和快乐征服。梦里满是不可言说的喜悦：破镜重圆的友情；重新燃起的信念；据说从未熄灭过的爱情；很久以前消失的面孔，仍然微笑着说他们对墓床一无所知；被恳求获得的宽恕，因为遇到了如此充盈的爱之洪流倒使我几乎要为自己曾经的过错而感到高兴了。就这样，我度过了这个奇妙的黄昏。我醒来的时候，感到自己心满意足地被人亲吻过爱过，然后我发现我的小船在一个小岛的岸边停止了飘荡，那里长满了青草。

# 第十九章

“我安静休息，在不变的愚妄中，
承受人类不曾间断的意识。”

——施莱尔马赫《独白录》[①]

“……这样的甜蜜，这样的恩典，
彰显在您的言语中，
美貌之于众人的眼睛，
就好似您的舌头之于众人的耳朵。”

——考利[②]

海面距离水底并不算远，于是我纵身一跃，从小船来到了一块柔软的草皮上。这是一个看起来物产颇为富饶的岛屿，上面长满了各种各样的花草，其中最多的要数那些雅致而又低微的植物了。这里没有一棵拔地而起的大树，甚至也没有一片灌

① 弗里德希里·施莱尔马赫（1768—1843）：德国哲学家、新教神学家。（译注）
② 亚伯拉罕·考利（1618—1667）：英国作家，诗人和散文家。（译注）

木丛能长过高茎草的个儿。除了一个地方，离我等会儿要交代的小屋很近，在那里只有几棵岩蔷薇，它们每天早上开出来的花儿在晚上都会凋谢，于是形成了一个天然的藤架。整座岛屿上没有遮挡，向大海和天空敞开胸怀。岸上所有的土地只是略高于水平面几英尺，海水将这座岛屿深深环绕。似乎这里既没有浪潮也不见风暴。只要一看见岸边那像脉搏一样缓缓起伏的水面，深而清澈，水波不兴，一种持久的平静感和充盈感就会出现在头脑中。不过，那岸几乎不能称得上是海岸，它看上去更像是一条涨满了水的河的边缘。我穿过草地走向小屋，小屋就在离河岸很近的地方，这时候，所有的花蕾都在用一种像孩子一样的目光隔着草丛向我张望。一种怜爱之情在我心中油然而生，之前所经过的梦境使我的心也变得温柔了许多。在我看来，它们就像是孩子们在一种无助的自信中坚定地鼓足勇气。太阳在西天的半空中照射出柔和的金色光芒，在这花花草草的世界中，便又诞生了一个它们的影子的世界。

小屋是一座四方形的建筑，四周砌着低矮的围墙，顶上耸立着像金字塔一样的屋顶，上面铺着长长的芦草，屋檐上到处挂满了枯萎的花朵。值得注意的是，我在精灵国里看到的大多数建筑都是乡间村舍。这里没有一条门前小道，也没有任何曾有人在岛上经过的足迹。小屋就矗立在光滑的草皮上面，看不见一扇窗，不过，我所正对的一侧墙壁中间有一扇门，于是我便向它走去。我敲了敲门，听到了一个前所未闻的甜美声音。“请进。”我走了进去。一团明亮的火焰正在泥地中央的壁炉里燃烧，一缕青烟缓缓上升，从锥形屋顶的烟囱口升入天空。炉火的上方悬着一只小壶，壶上映射出一个女人的面孔。这是我所见过最令人惊叹的一张脸，因为它比我所见过的任何面容都更加苍老，每一处皱纹可以藏身的地方全都布满了褶皱。她的皮肤像羊皮纸一样古老而又暗沉。她身材高挑而又瘦削，起身欢迎我的时候笔挺得就像一支箭。那甜美之声会是从如此苍老的唇中发出的吗？它也流淌出了那温和的乐声吗？然而，当我看见她的眼睛时，我便不再好奇她的声音了：那是一双完全年轻的眼睛，像一个二十五岁女人的眼睛，大而澄澈，瞳孔是烟灰色的。鱼尾纹遍布在这双眼睛的四周，她的眼皮苍老而又沉重，充满倦意；而这双眼睛则是柔和之光的化身。她伸出手来，继续用之前那美好的声音向我打招呼，说道："欢迎。"然后，她替我将一张木椅子安置在炉火旁，接着继续做饭。我突然有了一种受到庇护的奇妙感觉。我感觉自己像一个穿过绵延的群山，经过沉重的暴风雪，从学校回到家里的男孩。当我凝视她的时候，我几乎是从座位上一跃而起，亲吻了她年迈的嘴唇。然后她做完了饭，将饭菜端到我身旁一张铺着白色桌布的小餐桌上，摆放整齐。我情不自禁地将头枕在她的心口，眼中泛出幸福的泪花。她用双臂环绕着我，说道："可怜的孩子，可怜的孩子！"我继续哭泣，她松开了双臂，然后拿来一把勺子，盛着我所不知道的食物，送到了我的嘴边。她用最亲切的样子恳请我吃上一口。我为了使她高兴，努力地尝试了一下。我做到了。她像喂婴孩一样地继续喂我，一只胳膊护着我，直到我抬头看见她的脸，微笑着。然后她将勺子递给我，对我说要自己吃，因为这对我有好处。我按照她的吩咐做了，发现自己神清气爽、焕然一新。她又拉来屋里的一张老式沙发，摆在炉火边，让我躺在上面。然后她坐在我的脚边，开始唱歌。古老而又神奇的歌谣从她的唇中倾泻出来，颤动的旋律在周遭的空气中激起阵阵涟漪。歌声甜美宛如童女从心中迸发的天籁之音。这些歌好像都是悲伤之歌，气息中却暗含着抚慰。我还隐约记得，其中一首好像是这样唱的：

阿戈洛韦尔爵士骑马穿过，教堂的墓地，
我独自一人躺着。（歌声）
无论去往何方，与他毫不相干，
独自一人，高高在天上。（歌声）

他的骏马突然转弯，惊惶失色；
我独自一人躺着。（歌声）
他的叫声，或已唤醒近处的亡灵，
独自一人，高高在天上。（歌声）

就是那位躺在他脚边的亡者，
被卷在一块发霉的裹尸布里。

但是他勒住马儿，踢了一脚马刺，
直到它乖乖站在原地，呆若木鸡。

它的鼻孔朝天，大眼黯淡无光。

盈盈的汗水在距毛丛里像小溪流淌。

一个幽灵，从黑暗里出现，
坐在她月色般的发辫上。

在闪烁的发丝里，她端坐着哀泣；
在梦幻的月光里，它们躺下沉眠——

影子在上，身躯在下，
在月光里，躺下沉眠。

她开始歌唱，像秋风在低吟，
拂过收割后的残茎：

啊，错事多易铸就！
不是叹息太长，就是亲吻太久，
随即袭来一阵迷雾，夹杂凄风苦雨，
于是人生从此改写。

啊，好事如此多磨！
就连在夏夜好好看上一眼都困难重重，
因叹息终将飘至，亲吻终将凝结，
于是夏夜和冬昼竟无二致。

“噢，亲爱的幽灵，看见你哭泣，
我的心中装满了哀愁。”

“噢，亲爱的幽灵，”无畏的骑士说，
“一把勇士的剑能否将它消除？

或是祈祷者的祷告，像给发热的孩子
温柔地祈求一杯水，

终于用无梦的心绪将你抚慰，
安享一个已故者应得的睡眠？

你的眼睛使我充满了渴望的痛苦，
仿佛我们似曾相识。”

“噢，亲爱的幽灵，我可以离开白昼，
与你一起坐在遥远的月球上。

若是你愿相信我，将你的额头
枕在一片尚未死去的心胸之上。”

那位女子泣如魑魅，一跃而起，
她幽灵般的纤纤玉臂在高处晃动。

她发出一阵笑声：这笑声没有快意，
逐渐消逝，直至鸦雀无声。

地下的亡者翻过身去，开始低吟，
榆树在头顶上方颤抖、嘎吱作响。

“当爱已成枉然，他是否会再次爱我？
是否那可怜的鬼魂，还会在他手中丧命？”

我想你是个好人，然而我边说边要掉泪：
“我是否有可能，曾梦见那失眠之人？

我知道，啊！或许是有可能，
不论答案是与否，或许你都是个好人。

孩子死去时，我心如同野马在荒场上奔跑。
当我醒过来，发现自己和她在一起。”

“如若你是——我的阿德莱德的鬼魂，
它怎样了？你不过是个村里的姑娘，

现在你看起来像是个洁白的天使，
尽管又瘦又苍白，快乐已离开了你。”

女人的脸上挤出一个微笑，
她将太阳穴用力按压。

“你看，死亡对于一个女人意味深长
比骑士身份对于一个男人，还要更甚。”

“但是请叫我看看，你所说的‘我的孩子’，
今晚她是否在外边，幽灵世界的阳光之中？”

“在圣彼得教堂里，她还在玩耍，
和使徒约翰一同捉着迷藏。

当月光穿过教堂的窗户，
十二位圣徒正矗立在光辉之中。

她说，只能有一个人下来陪她玩耍，
但是其他人都不要动。

我可以前往那呼唤之地了，洒下泪水，
因为善良的圣约翰将我的孩子保护。”

“你的美弥漫在空气中，
从未有一个女人叫我如此心旷神怡。”

“来吧，如果你敢来，并坐在我身旁；
但是不要触碰我，以免悲伤降临。

哎，我意志不坚定；我应该清楚得很
这种快乐，预示着更深的哀伤。

然而来吧，它会到来。我能将它承受。
因为你还爱着我——尽管你只是作为一个男人。”

骑士用最诚挚的速度翩然下马。
骏马在墓地中一路飞驰而去。

在外墙边，它倒下然后死去。
但是骑士，他跪在女子的身旁。

在奇妙的狂喜中跪在她身旁。
全神贯注，陷入一场永恒之吻；

尽管他们的唇从未相印，
他孤单的目光始终注视妩媚的她。

整整一个夜晚过去，直到公鸡打鸣，
他跪在她身旁，她的素缟将他缠绕。

他们说了些什么，恕我无可奉告。
亡者的夜晚比生者的白天更加甜蜜。

她如何使他充满喜乐，又是谁
将她化做如鬼魅般幽怨，

我无从知晓；但肌肤之亲是多余的，
若天佑将赐予，如此相爱的一对璧人。

“每天晚上，请你到我这里来，我的魂儿，
之后某个夜晚，我会前往你那里。

有一个幽灵妻子是件好事：
夫妻磕绊时她不会气得发抖；

她只会倾听那丁零当啷的声响，
躲在门背后，假如她丈夫肯进来。”

这便是为何，阿戈洛韦尔爵士
常在惨白的月光里四处走动。

有多少次，月牙儿将黑暗冲淡，
当满月照亮他的房间，

穿过他的房门，有一道亮光
如魂魄般落到地上。

经过的人们都唯恐预言成真
耳畔常常响起那句低语：

当东边的新月透过
教堂的彩绘玻璃闪耀，

善良的圣约翰和鬼孩子整夜玩耍，
那位母亲得了自由，直到第二天晨光来临，

她在黎明前的夜晚快步穿行，
为了和阿戈洛韦尔爵士在破晓前相守。

他们的爱是一场孤寂又崇高的欢愉，
如同穹顶上的月亮，哑然无言。

一天晚上，阿戈洛韦尔爵士疲倦入睡，
他做了一个梦，梦中泪水涔涔。

勇士的热泪从不轻弹，
但这一夜他情难自禁。

他醒来的时候，身边是那幽灵女子
暗夜中发出微光：这一天是圣约翰节前夜。

他的梦里有一片寂静的黑暗森林，
一位从前的少女在他身旁伫立；

突然间迷雾降临将她带走，
从早到晚却无路可寻，

直到他束手无策，悲伤哭泣，
想起曾梦见这一场梦境。

泪水满溢在他撕裂的心上，
瞧！在他身旁，幽灵女子闪现。

好像灯塔在海港闪烁，
在他晃动着的梦海之上。

好像奇妙、难以名状的福祉在闪耀
被一颗心寻觅着，不分晨昏。

警告在最需要的时候，却被抛诸脑后，
他紧紧抱住身前发光的幽灵。

她恸哭着发出哀嚎，脸庞冰凉而又煞白，
逐渐消逝，沉进土中。

骑士的臂膀中躺着她惨白的身体，
从此两人再见已无期。

唯留下一个声音，当狂风大作
它啜泣嚎啕，好似被责怪的孩子。

啊，错事多易铸就！
不是叹息太长，就是亲吻太久，
随即袭来一阵迷雾，夹杂凄风苦雨，
于是人生从此改写。①

这是其中最简单的一首歌，或许这是它比大多数歌更能让我记住的原因。当她歌唱时，我就在天国，我感到一个丰沛的灵魂正悬于我的灵魂上方，与我的灵魂拥抱，所有的慷慨和富足都充盈着我。我感到她似乎能够给予我所想要的一切；似乎我永远都不会生出想要离开她的念头；在岁月的流逝中，只要听到她的歌声，受到她的哺育我就会心满意足。最后，我在她

① 这首“阿戈洛韦尔爵士之歌”正是安诺德自己的写照。正如第十四章中科兹莫的故事映射了安诺德初遇白姑娘并企图占有她的故事，这个故事映射了安诺德二度遇见白姑娘并希望保护她。（译注）

的歌声中睡着了。

当我醒来的时候，我不知道屋外是白天还是黑夜。那团火焰已经变成几簇小小的火苗了，但也足够使我看清那位妇人站在离我几尺远的地方，她背对着我，面朝我进来的那扇门。此时她正在哭泣，尽管她泪眼婆娑，哭声却非常轻柔，泪水好像是从她心中自由地流淌出来似的。就这样，她在那儿伫立了几分钟，然后慢慢地向她的直角方向转身，停在之前的位置，此时她正对着小屋四面墙的另一面墙。我第一次观察到，那里也有一扇类似的门。的的确确，小屋每一面墙的正中间都有一扇门。

当她看到第二扇门的时候，她的眼泪不再流淌，取而代之的是一声声的叹息。她站在那里，一次次地合上眼睛。当她每一次闭上眼，就好像有一声轻柔的叹息从她心里生出来，在她唇中找寻到出路。但是当她睁开眼睛，那叹息既深沉又悲伤，使她的整个身子也为之颤动。然后她转向第三扇门。这时她突然哭出声来，像是受到了惊吓或是在压抑痛苦；然而她好像在心里鼓舞着自己同沮丧抗争，稳妥地面对它，因为虽然有好几次我听到她轻微的哭泣声，有时伴随着一种沉吟，她仍然不动地站在那儿，保持着正视前方的姿势，给人一种眼睛都没有眨过一下的感觉。之后，她转向了第四扇门，我看见她浑身战栗，如同雕塑一般僵直地站在那儿，直到最后她终于转向我，朝着炉火走来。只见她脸色如同死人一样煞白。但是她朝着屋顶的方向看了一眼，随后露出一个最灿烂、最天真无邪的微笑；她把新鲜的柴火加到火炉中，就着升起的火焰入座。她又拉来纺车，着手转动起车轮。她一边纺着纱，一边低声哼唱着一支奇怪的歌，伴随着车轮声形成了一种无比和谐的声音。最后，她停下了手里的活儿，也停止了歌唱。她看着我，就好像一个母亲在查看她的孩子有没有醒来。她微笑着看到我的眼睛是睁开的。我问她现在还是不是白天。她说："这儿总是白天，只要我让炉火燃烧着。"

我感到精神为之一振，想要去岛上更多的地方瞧一瞧的渴望从我心底升起。我起身说，自己想要去周围游览一番，于是朝着当初进来的那扇门走去。

"等一下，"我的女主人说，她的嗓音中带有几分颤动，"听我说，你走出门去，不会看到你所期待的东西。但是你只要记住：无论何时何地，只要你想回到这里，就跟着这个记号走。"

她把左手放在我和炉火中间的位置。我看到，在她几乎透明的掌心里面有一个暗红色的记号，就像是这样的符号↘，于是我努力把它记在心中。

然后她亲吻了我，道别的时候她的神情庄重，令人敬畏。我感到有些困惑，我以为自己只是外出到一个岛上稍作漫游，至多花几小时就能绕行一圈。我走的时候，她又继续转动起纺车。

我打开门，走了出去。当我刚一踏上光滑的草坪，就感到仿佛是从父亲庄园里的一个旧谷仓打开了一扇门出来似的。许多个闷热的下午，我常常会跑到那个谷仓，爬到干草垛上，躺在那里读书。现在，我仿佛已经在那里睡着了。在田间稍远的地方，我看见我的两个兄弟正在玩耍。他们一看见我，便呼唤我前去加入他们。我照办了。我们就像许多年前那样一同嬉耍，直到天边红日西沉，河流上升起了灰色的雾气。伴随着一种陌生的幸福感，我们一同回家。正当我们行路的时候，长草里传出了一阵警钟长鸣般的持续叫声——那是秧鸡正在啼叫。我和其中一位兄弟兵分两路，朝着声音发出的方向开始奔跑，希望能够接近那只鸟儿。如果我们没有办法抓住这个小家伙，至少也要看上它一眼。我父亲的声音呼唤着正在草丛间穿行的我们，很快这些茂盛的长草就要为了过冬而被收割储存。我已经把精灵国的事情全都抛诸脑后，连同那位美丽的老妇人，以及她奇怪的红色符号。

我最爱的那位兄弟和我同睡一张床。我们之间起了一些孩子气的争执。尽管白天过得相当愉快，我们在临睡前的最后几句话却并非出于好意。当我在清晨醒来，我想念他。他已经早早地起床，到河边去洗澡了。又过了一小时，他溺亡的身体被带回了家。啊！假如昨夜我们和往常一样，互相牵挽着彼此入睡，该有多好！此刻在这恐惧之中，一个奇怪的念头飞驰过我的脑海，我也曾一度有过相同的体会。①

我冲出家门，伤心欲绝地哭泣。我像一只无头苍蝇在原野上来回奔跑，来回奔跑，直到我经过那个陈旧的谷仓，瞥见一个红色记号。有时，不值一提的事情也能使人盯住最深的痛苦不放，而对于悲伤，理智所能做的实在太少！我上前看着这个



① 乔治·麦克唐纳写此书的时候（1857—1858），他的六个兄弟中已经有三位逝去：他六岁时约翰夭折，十岁时詹姆斯死了，亚历克死于1853年。（译注）

记号，我已经忘记曾经看见过它。我想我可以走到里面躺在稻草上休息，刚才田间的奔走和哭泣使我筋疲力尽。我打开了门，屋子里那位老妇人和我离开时一样，正坐在她的纺车边上。

“我没想到你这么快就回来了。”她说话的时候，我关上了身后的门。我走向长沙发，将自己整个人丢在上面，带着一身从满是绝望和痛苦的梦中惊醒的疲倦。

老妇人唱道：

太阳，若被黑暗包围，
会从天上失去光彩。
但是爱一旦被照亮，
便不再枯萎。

形象，协同它的光辉，
将从眼目中离开，
行走在那白色里——
心灵的殿堂。

她的歌声还未停歇，勇气便已经回到我的身上。我从沙发上一跃而起，来不及和老妇人道别就打开叹息之门，迫不及待地想要一探究竟。此时，我站在一座富丽堂皇的大厅里，炙热的火焰正在壁炉中燃烧，火边端坐着一名女子，我知道她正在等候一位她长久渴慕的人儿。在我的边上是一面镜子，不过镜子里并没有照出我的形象，所以在这里我恐怕不会被人看见。

眼前的这位女子像极了我的大理石姑娘，但她从头到脚都是人类女子的样子，我一时无法分辨出她是不是我的心上人。

她所等待的人并不是我。从外边的庭院里传来一阵踢踏的马蹄声。那匹翩然的骏马停下脚步，随后是铠甲叮当作响的声音，表明它的主人已经下马。鞋跟敲击地面的声音朝着大厅越来越近。门打开了。可是女子仍然在等待，她想独自一人去迎接她的主人。他迈着阔步走进了大厅。于是她像小鸽子一样飞入他的怀抱，舒服地依偎在坚硬的铠甲上。他就是那位身穿锈迹铠甲的骑士，而如今他的铠甲却像打磨过的玻璃一般闪烁着光芒。令人颇为费解的是，虽然我的样貌并没有出现在镜中，却看见那闪闪发光的钢甲上照出了我模糊的影子。

“噢，我的心上人，老天保佑，你回来了。”

她轻巧的手指将他头盔上的扣锁迅速解开。接着，他沉重的铠甲也被她一件件地松开了环扣；她在铠甲的重压下吃力地侍奉他，因为她心甘情愿替心上人搬运它们。然后她帮他脱下护胫、取下马刺，再一次跃入了他的臂弯。她将头枕在能够听到他心跳的地方，之后又把自己从拥抱中解放开来，往后挪动了一两步凝视着他。骑士英武有力地站在那里，抬着他高贵的头。他的一切悲伤都已消散，或者说他庄严的意志已使悲伤消融。在我看来，这个骑士似乎比女子所期待的更为深沉，因为尽管他的脸上绽放出爱的光芒，他的只言片语充满了男子汉气概，他却没有和她有更多的亲近之举。她将骑士领到炉火旁，让他在一张古老的椅子上就座，为他斟好酒，然后在他脚边席地而坐。

“每当我想起一位青年，我的心就会悲伤，”他说，“我曾在精灵国里遇见他两次。你告诉我，他曾两次用歌声将你从被施邪术的沉睡中唤醒。他身上有些高贵的东西，但仅限于一种高贵的思想而并非行动。卑鄙的懦弱仍有可能将他毁灭。”

“啊！”女子回答，“你救过他一次，我是要谢谢你的，因为，或许我不应该说的，我可能有几分爱上了他？但是请告诉我，当你的战斧劈砍在白蜡树身上，当他找到你的时候，你们二人的遭遇如何。因为关于那乞丐孩子领你去了另一个地方，这其中的故事你已经告知我不少。”

“我一看见他，”骑士说，“我就知道，尘世的臂力必不敌他这般的存在，我的灵魂必须毫无牵绊同他待一会。因此我解开头盔，丢在地上，手中仍旧握着我的战斧，我目光坚毅看着他。那树精的面貌确实可怖，但我绝无退意。力量若不及，决心应胜之。只见他越来越逼近，面目可憎，同我近在咫尺。死到临头的震颤侵袭我的全身，但我想我当时岿然不动，因为他貌似又惊又怕，直往后退。就在他撤退之时，我朝他的树身上结实地再来了一击，他发出嘶吼，响彻森林。当我再向他望去，他抽搐着露齿而笑，笑里面含着愠怒和痛苦，然后再次接近我，但这一次他反而撤得更快了。我不再留意他，全神贯注朝那树身砍去，直到树干嘎吱作响，树冠朝下，轰然倒地。然后我放下手中的活儿猛然抬头。瞧！那幽灵已经消散，不见踪影。自此以后，哪怕我四处闲逛的时候也再没听说过他。”

“打得漂亮！挡得精妙！我的英雄！”女子说。

“话说回来，”骑士的言语中带着几分不安，“你现在还爱着那个年轻人吗？”

“啊！”她说，“如何才能叫我克制自己？他将我从死荫的幽谷甚至更糟的境地唤醒，他爱我。假如起初他没有寻到我，我便不会站在你这一边。但是我爱他与我爱你不同。他只是我夜里的那个月亮，而你是我白天的太阳，噢，我的爱人。”

“你是对的，”这位高贵的男子回答，“他给予了你如此贵重的礼物，若不用某种爱回报他确实很难。对于他，我所亏欠的亦难以言表。带着一颗痛苦苍凉的心，我在日月面前谦卑下来，依然无法制止自己对你说：

“‘就让我，成为你夜晚的月亮吧，我的女士！当你的白天被荫蔽，让我的歌声就像最美的日子一样来安慰你，正如一件苍老、枯败的、几乎被人遗忘的东西，它属于一个古老又令人痛心的时辰，那时辰尚未完成诞生，但它在自己的时代中仍然是美好的。’”

他们安静地坐着，我几乎都以为他们正在聆听什么。女子的眼睛变得愈发越深邃，泪水慢慢涌现，然后四溢。他们起身，彼此牵着对方的手，离开时朝我的方向投来了目光。他们穿过身后的一扇门消失了。在门关上以前，我看见它通往一个富丽堂皇的房间，里面挂着华丽的挂毯。我站在那儿，叹息的汪洋已经在我心中冻结成冰。我无法再停留了。她就在我附近，而我看不见她；她在另一个人的怀抱中，她爱他更甚于爱我，而我将不会看见她、无法出现在她身旁。如何才能逃脱对至爱之人的接近？这一次我没有忘记那个红色标记。因为无法进入他们的世界的事实使我意识到，当他们二人在生命中走动时，我却只是在幻象中行走。我到处寻找着那个记号，但是我找不到它，因为我一直在避免朝它所在的位置看去。暗红色的密码发出了灼热的光芒，此刻就在他们秘密房间的门上。我被痛苦击中，冲进门去，跌倒在了一位老妇人脚边。她仍旧在纺织，叹息所化作的汪洋在我自己身上又变成了一场哽咽的风暴。我不知道自己是昏过去还是睡着了。但是当再次恢复意识，有了动弹的气力之前，我听到了妇人在歌唱，下面是所能分辨出来的几句：

啊，逝去的日子、亡灵之光！
啊，爱！在你的光辉中行走
于玫瑰色的雾、恍惚的迷宫之中，
越过座座人迹罕至的雪峰。

还剩下些什么，那灰色冰冷的灵魂，
像一只受伤的鸽子咕咕叫唤？
破碎的碗里还残留一杯酒！——
为了爱干杯，为了爱而爱。

现在我能够哭泣了。她看见我落下眼泪，于是唱道：

坐在众水的诞生地边上，
好过决胜的波浪之海；
住在那向前奔流的爱中，

好过主动前来的爱里。

使你的心化作爱的一口井，我的孩子
涓涓流淌，自由并无疑；
因为爱的水槽即使洁净，
却无法保持精神之纯洁。

我从地上站了起来，我爱着白姑娘，仿佛我之前不曾爱过她一样。

然后我径直走向沮丧之门，打开它走了出去。瞧！现在我来到了一条拥挤的街道，街上男男女女穿梭如织。我对这条路了然于心，于是我转了个方向，沿着路面悲伤地前行。突然，我看见在不远处，那些年来我所熟稔的一个形象正在向我靠近。（熟稔！啊，多么无力的用词！）在那些年里，我认为自己的童年已经过去，就在我踏入精灵国那天的不久之前。错误与悲哀早已纠缠在一起，形影不离仿佛好事成双。

那张面孔依然那么亲切。它在我心中就好像孩子躺在自己的白色摇篮里。但我不可以迎面碰上她。

“唯独这件事不行。”我口中念道，随即转向一旁，跃上通向某扇门的台阶。我想我看见了那神秘的符号。我走了进去，但这并不是之前的神秘小屋，而是她的家。我鲁莽地往前冲，直到我站在她的房间门口。

“她出去了，”我说，“让我再看看这旧日的房间。”

我轻轻将门打开，站在一座庄严肃穆的大教堂里。教堂里有一口钟，它深沉的声音时常在这空荡荡的建筑里震颤并回响，现在那午夜的钟声敲响了。月光透过天窗照射进来，惨白的月光散布在教堂里，亮得足以叫我看见，一个身穿白色长袍的人迈着庄严、略带几分拖沓的步伐，沿着对面的走廊正在行走，此时我正站在教堂横厅中的一侧。我看不出来这身装扮是为了今晚而特地挑选的，还是为了那隐于白昼中的更漫长的夜晚？那是她吗？这是她的房间吗？我在教堂里一路穿行，跟在她身后，只见人影停了下来，好像爬上了一张高床并且躺下。我来到她所躺下的位置，那儿泛着白光。这是一张墓床。诡异的幽光使人无法看清，我用手摸索着越过她的脸和赤裸的手脚。没有一丝温度，但是我知道，它们都是大理石做的。此时月亮收回了它的光芒，我转身打算原路返回。但是没有多久，我就发现自己来到了一处像是小礼拜堂的地方。我开始四处摸索之前那扇门。我所触及的全都属于亡灵。我的双手落在一座冰冷的雕像上面，那是一位双腿交叉躺卧在地的骑士，身旁是一柄折断的宝剑。他在崇高的休憩中长眠，而我却在卑微的纷扰中度日。我摸索着他的左手和某个手指，认出了一枚戒指。他是我的一位祖先，这个礼拜堂的下面正是埋葬我的祖辈的家族墓穴。我大声喊道：“倘若有亡灵正在此处游走，就让他们可怜可怜我！因为我，啊，我还活着，请让某个逝去的女子将我抚慰。请可怜我这个亡灵之地的陌生人，看不见一丝光明。”黑暗中，一个温热的亲吻落在了我的嘴唇上。我又开口道：“亡者的吻抚慰了我，我将不害怕了。”黑暗中伸出一只巨手，温柔又有力地将我的手抓住。我心中有一个声音在对自己说：“那生与死之间的屏障，虽然幽黑却不过是层薄纱。”

我继续摸索着出路，墓穴入口挡着一块沉重的石板将我绊倒。当我跌倒的时候我看见那巨石上有个记号，正在一片火红的焰色中发光。我重重地叩响了它。之前任凭我怎样努力都无法移走的这块石板，此刻却打开了小屋的门。我再一次坐到老妇人身旁的沙发上，面色煞白，说不出话来。她的歌声再次响起：

你梦见，自己在岩石上，
身下是破碎的浪花翻滚。
你怀揣惊恐，开始坠落，
但墓床并非你归宿，
因为你走在晨光里，
向着消逝的夜晚微笑。

终将沉于这昏黑阴暗，
你脸色苍白，哑口无言。
当恐惧到来之前，
你行走——坟茔在何方？
你行走——亡者洒下微笑
双臂挥舞，永不停息之爱。

她停了一下，然后又唱道：

我们欢乐，我们悲伤
洒下同样的泪水。
我们渴望，我们解脱，
呼出两样的叹息。

当纷争走向平静
沉吟不再展露悲伤，
当死亡如生命悸动
有时痛苦也饱含喜悦。

脸庞啊，多么奇怪苍白，
地球上只这一个地方，
在光背后摇曳不定，
在世的人看它不清。

我睡着了，我的睡眠深沉而无梦，因为我也不知道自己睡了多久。当我醒来的时候，我发现，我的女主人已经从她先前所坐的地方挪到了我和第四扇门中间。

我猜她这样做是想故意阻止我走到那扇门背后去。我从沙发上跃起，经过她身边，飞快来到了第四扇门前。我立刻打开门然后走了出去。我能记起的就只剩那个妇人绝望的哭喊了："别进去，我的孩子，不要去！"但是，我消失了。之后发生了什么事情，我完全不知道。或者说，就算我知道的话，在我恢复意识之前，它也已经彻底从我的记忆中消失了。我躺在小屋的地板上，我的头枕在那位妇人的膝盖上。她正在我的上方哭泣，两只手轻抚着我的头发，她对我说话的时候，就像是一个母亲和她生病的，或是睡着的或是死去的孩子那样说话。我一抬头向她看去，她就立刻从泪花中挤出一个微笑，她的脸上布满皱纹，却有一双年轻的眼睛，她这样微笑着，直到微笑将她的面容照亮。然后她用一种冰凉无色的液体帮我梳洗，它闻起来有点像湿润的泥土的味道。现在，我的脸和手都洗净了，我立刻就能够坐起来了。她起身帮我拿来食物放在我面前。我吃完之后，她对我说："听着，我的孩子，你必须马上离开！"

"离开你！"我说，"我和你在一起多快乐，我从来都没有这么快乐过。"

"但是你必须得走，"她悲伤地回答，"听！你听见了什么？"

"我听到了水花在往外冒。"

"啊！你听到它了吗？我不得不走进那扇门去找你——永恒之门里，"她指着第四扇门哆嗦了一下，"如果我不去的话，你就永远也回不来了；一旦我离开，这四周的水就会不停地涨啊涨，蜂拥而至，直到把我的屋子完全淹没。但是只要我的炉火还在燃烧，水流就无法进来。我的柴火够烧好几年，一年以后，这些水又会退去，就和你之前来的时候一模一样。我已经有一百年的时间没有被困住了。"她微笑着说，眼中含着泪花。

"啊！啊！"我哭道，"我把这样的不幸带给了我最好最善良的一位朋友，她用最好的礼物将我的心填满。"

“不要那样想，”她说，“我可以很好地承受这件事。有一天你会回到我的身边，我知道。但是我请求你，我亲爱的孩子，请你为我做一件事。无论你会遇到怎样的悲伤，无论多么伤心欲绝、无法挽回，请你相信我，那个小屋里的老妇人，那个有着一双年轻的眼睛的老妇人，知道一些即使在你最痛苦的时候也能使你满意的答案，尽管她不能总是把答案告诉你。现在，你必须得走了。”

“但是，我怎样才能离开呢？如果水漫得到处都是，每一扇门都通往其他的地方、其他的世界？”

“这里并不是一个岛，”她回答，“但它由一条狭窄的通道和陆地连接。我会领你从正确的那扇门离开的。”

她牵起我的手，领着我穿过第三扇门。我发现自己正站在一块厚厚的草皮上，之前我就是从小船上踏着这片草地着陆的，但这是小屋的另一头。她给我指明了方向，我必须顺着那个方向才能找到地岬，离开上涨的海水。

她张开双臂，把我抱在她胸口。我亲吻她的时候，有种感觉就好像是第一次离开我的母亲，于是忍不住地痛哭起来。最后，她温柔地将我推开，说道：“去吧，我的儿子，做一些值得放手一做的事情。”她转过身去，踏进了小屋，把门关上。我离开时感到孤单极了。

# 第二十章

“你尚不曾有过名望，你所喜欢的虽好，
却只是你的欲望，它统领着你的血液，
正如穿透屋堂的一阵疾风，
总将秩序打乱，偶尔也替人
将东西送去合适的地方。
同样的是你的欲望，而非热情
偶然支使你替人做件好事。”

——弗莱彻[①]《忠诚的牧羊女》

“高贵的心灵装着忠贞意向，
还有赤子的远大光荣理想。
这一颗心永远不会停歇，
直到将至上的荣耀，

① 约翰·弗莱彻（1584—1616）：英国剧作家。《忠诚的牧羊女》是弗莱彻独自创作的有关田园的戏剧，不少段落极富诗意。（译注）

带给它永恒的同伴。”

——斯宾塞[①]《仙后》



我还没有走出多远，就已经感到脚下的草皮被漫延而来的海水浸没了，但我抵达的时候平安无恙。地岬遍地都是岩石，地平线要比之前的小岛高出许多，因此我花去了不少时间在岩石间穿行。我看见，海水在我的周围迅猛上涨，四下里一片风平浪静，也没有任何剧烈的声响，然而却仿佛有一团嚣张的火焰于水底悠悠地发出灼热。我攀上一座陡峭的斜坡，发现自己终于来到一个空旷的岩石之国。我尽可能地保持直行，经过数小时的路程来到一座孤单的塔楼前。它建在一座小山顶上，从山上可以将整个邻国尽收眼底。我靠近塔楼，耳边传来铁砧叮当作响的声音，敲打得如此迅猛，我想我只有等它停下才有可能会被听见。就这样持续了好几分钟，那声音才停下来。我立刻用力敲门，没过多久，就有一个面貌俊朗、上身赤裸的年轻人替我将门打开。他身上冒着热气，黏着锅炉上的黑色污迹，手中握一把刚从熔炉中取出的剑，剑身上还带着火星子。他一看见我，就把半开的门整个儿敞开，站到一旁，真诚地邀请我进去。我踏进门里，他小心翼翼地拴上门，引我朝里走去。他把我带进了一个简陋的大厅，小塔楼底楼的整个空间似乎都被

---

① 埃德蒙·斯宾塞（1552—1599）：英国文艺复兴时期的伟大诗人。其代表作有长篇史诗《仙后》，田园诗集《牧人月历》，组诗《情诗小唱十四行诗集》《婚前曲》《祝婚曲》等。（译注）

这座大厅占据了，现在它正像个工场一样为人所用。一团巨大的火焰在火炉上熊熊燃烧，火炉的边上是一个铁砧。铁砧旁边站着一位同样赤裸上身的青年，他和之前那个年轻人一般身高，不过他瘦削多了，手里拿着锤子，似乎在守候什么。我对他俩的认知和对平常人恰恰相反：两人给我的第一印象并不相同，但是第二眼的时候我知道了这是一对兄弟。前者是明显年长的那一位，又黑又壮，头发蜷曲，有一双深褐色的大眼睛，眼睛里偶然会流露出异常柔软的眼神。后者瘦而白净，面如鹰隼，他的一只眼睛是淡蓝色的，却流溢出几近凶猛的神色。他身材笔挺地站在地上，如同从高耸的峭壁俯瞰身下绵延的广袤平原。等我们一走进大厅，那个兄长就转过来面对着我，我看见他们两人脸上都流露出了赞许之光。让我喜出望外的是，他居然这样对我说：

“兄弟，你愿意坐在火边稍事休息，直到我们完成这道工序吗？”

我颔首赞同，打定主意安静地坐在火炉边上，等待他们可能会做出的任何指示。

然后那位兄长将剑置入火中，用火舌完全盖住它，当剑身达到了足够的热量，就抽出来放在铁砧上小心翼翼地来回移动。与此同时，那位弟弟身手矫健地不停锤打起它，看上去像是在使剑身致密或是锻造成型。完成以后，他们又将那剑小心地置入火中，等到温度足够炙热，就把它投入装满液体的容器中；发光的热铁一进入那液体便蹿出一团蓝色火焰。

他们把剑留在容器里，拖了两把凳子，在火边就座，一人坐在我的一边。

“很高兴见到你，兄弟。我们期盼你来已经好几天了。”黑头发的年轻人说道。



“你喊我兄弟，我非常荣幸，”我答道，“若我想知道这份荣幸的来由，你该不会认为我想拒绝它吧？”



“啊！原来他并不知道这事儿，”更年轻的那一位说道，“我们以为，你知道我们之间的约定，和你我三人必须协力促成之事。你得告诉他，王兄，就从头开始讲起。”

于是那个兄长开始讲道：

“我们的父王是这个国家的国王。早在我们出生之前，国家里来了三个巨人兄弟。没有人知道他们何时从何方而来。他们拥有一座废弃的城堡，根据这国家里所有人的记忆，这城堡总是一成不变且无人居住。时间从未侵袭过城堡的地下室，我想，起初他们曾经使用过这些地下室。他们很少被人看见，也从未对任何人做出过哪怕是一丁点的伤害；所以附近的人认为，他们就算不乐善好施，至少也会与人相安无事。然而有人开始留意到，古老的城堡莫名其妙地逐渐显现出和以往不同的面貌，没有人知道这变化从何时开始又是如何发生。不仅城墙低处的几个缺口被填上了，事实上，有几座仍然屹立不倒的城垛也得到了修复，显然是要防止它们进一步颓落；与此同时，城堡的几个更险要的部位也在复原之中。当然，所有人都认为一定是巨人在插手此事，但却从未有人看见他们参与其中。农民们变得越来越人心惶惶，因为有一个农民在城堡附近埋伏起来，张望了一整个晚上，向大家报告说，他看见在皎洁的月光下，三个巨人正在全力以赴地彻夜工作，将一些巨石恢复到它们之前的模样（它们原本是一座恢宏的税收关卡旋梯前的台阶，大部分早已坍塌，除此之外还有圆塔上部分以巨石修筑的城墙）；沿着旋梯而上，他们正在一步一个脚印地修复这座石墙。但是人们说，他们并无冠冕堂皇的托词可以对此进行干预，虽然放任巨人们自流的真正原因恐怕是，所有人都惧怕巨人而不愿去打扰他们。

“多亏附近的一个采石场，他们终于将城堡的整个外墙修复完毕。于是村民们每一天都处在更深的恐惧中了。但是头几年巨人们一直与人相安无事，后来事实证明，那是因为他们有几个远亲是这个国家的品行端正的公民——只要这些人活着，巨人们就保持安静，然而一旦这些人全都死去，巨人身上的天性就爆发了。修复完自己城堡的外墙以后，他们毁掉了周围的乡间小墅，以便自己可以住得更加清静舒适。终于有一天，事情发展到了这般田地：他们的强盗行径传到了我父王耳中；然而我的父王，啊，他为了和邻国的王侯作战导致军资如此匮乏，只得分出一小部分人马直抵巨人的本营企图俘获他们。巨人见状于是在夜里出动，将国王的军队一举歼灭。他们因为反击成功，也并未受到惩罚，现在他们变得越来越胆大妄为。他们不再局限于掠夺财物，而开始了抓人的勾当。巨人把他们声名显赫的邻居——骑士们和夫人们掳走并且囚禁起来，用尽各种凌辱的手段增添他们的痛苦，直到他们的朋友交来高昂的赎金。许多骑士负隅顽抗却遭到了镇压，这些人的下场不是丢了性命、沦为阶下囚，就是被迫仓皇出逃。为了彰显自己的恶行，如果有任何人企图捣毁他们，一有风吹草动，巨人们就会抓来数名俘虏将其羞辱致死，处置地点是一座路人皆能看见的塔楼。因此巨人们近来所受的搅扰也就越来越少了，而我们，尽管数年来怒火中烧地想要攻击这些魔鬼，摧毁他们，出于对俘虏的考虑却不敢斗胆冒险一试，最初的男子汉气概早已荡然无存。现在，尽管我们正预备着奋力一搏，其理由也无非是上述这些。带着仅有的决心，也缺乏胜利的经验，我们前去拜访了一位智慧非凡的妇人，她独居在离此地不远的地方，就在你所前来的方向。她亲切地招待了我们，并向我们提供了似乎是最佳的忠告。起初，她询问我们在军备上有何经验。我们告诉她自己从小习武，考虑到这是一种必需，我们多年来从没间断过训练。

“‘但实际上你们从未为了生死而战？’她问道。

“我们不得不承认从来没有过。

“‘在某些方面这样再好不过了。’她回答，‘现在听我说。你们先去和一位军械师一同工作，你们发现自己从他那里获得手艺需要多久，就工作多久；鉴于你们会全身心地投入工作，这个时间不会很长。然后你们要前往某个孤塔，只有你们两人。不要见任何男人或女人。在那里，你们要为自己铸造每一件装备和武器，在即将到来的交锋中你们会用到它们。不要停止训练。然而，因为你们二人之力不可能敌得过三个巨人，所以我会为你们找来第三个兄弟——如果我能办到的话，他将与你们共同预备、并肩作战。确实，我已经看见有一个人会前来，我想他正是与你们结盟的那一位；但是他到我这儿来之前还需要花上一段时间。现在他正在漫无目的地游荡。[1]我会在玻璃镜上展示给你们看他的模样，他来时你们马上就会认出他。如果他愿意和你们共同全力以赴，你们必须把自己的学识倾囊相授。他将好好回报你们，用现在的歌和将来的事。’

“她打开了房间里一只奇怪又古旧的柜子。柜门上有一面椭圆形的凸面镜。我们往里看去，看了一会儿时间，终于看见镜子里照出了我们站立的地方，还有坐在椅子上的老妇人。我们的形象并没有被映射出来。但是老妇人的脚下却躺着一个年轻人，就是你，正在哭泣。

“‘这个年轻人一定不会和我们同仇敌忾，’我发话说，‘他竟然掉眼泪。’

“老妇人笑了。‘过去的眼泪成就了现在的坚强。’她说。

“‘噢，’我的兄弟说，‘我看见有一次你对着一只被你射中的鹰哭泣。’

“‘弟弟，因为它和你是如此相像。’我答道，‘然而这位年轻人落泪，可能的确有更好的理由。我收回之前的话。’

“‘等一下，’妇人说，‘如果我没有弄错的话，他将会令你们哭泣，直到你们把眼泪哭干。悲痛的唯一解药便是眼泪。在你们前往同巨人作战之前，可能需要这个药方。你们必须待在塔楼等着他来。’

“如果你加入我们，我们很快会教你铸造你的装备，我们

① 安诺德（Anodos）有走投无路、漫无目的的意思，见第一章注释。（译注）

会并肩作战，共同工作，从来不会有人像我们三人这般相亲相爱。而你会为我们歌唱，对吗？”

“‘我可以的时候自然会唱，’我回答，“不过必须得等歌唱的力量降临在我身上。我必须等待那一刻。不过我有一种感觉，如果我做得好，鼓舞士气的歌谣也不远了！”

这就是我们之间订立的全部契约：这对兄弟不再要求任何东西了，而我也不再想还要付出什么。我起身，扔掉我的上衣。

“我知道这把剑的用途，”我说，“我为自己白净的双手感到羞愧，你们的双手虽被玷污却坚实崇高，不过这种羞愧马上就会从我的身上被抹去。”

“不，不，我们今天休息。休息如同做工一样必要。兄弟，把酒拿来，今天轮到你来招待了。”

很快那个弟弟就铺好了桌席，摆上粗茶淡饭和上好的酒，我们痛快地畅饮，旁边就是铸造的地方。在这顿饭吃完以前，我已经听完了整个故事。他们心中或多或少都有些东西使他们确信，在接下来的斗争中他们每个人都要成功地走向死亡，这真是一件伤心事。若并非这个结局，他们认为活着便已知足。他们各自的麻烦是这样的：

当他们在一座以铸钢和铸银著称的城市和一位军械师一同工作时，那位兄长爱上了一名女子。那个女子的出身虽然远远比不上他，但同样也比一个军械师学徒的地位高出许多。他并没有通过揭开自己的身份去促成这桩姻缘，不过单凭他充满了男子汉气概，和他共事的时候从来没有一个人想过身份地位这件事，他的弟弟是这样说的。那名女子也情不自禁地爱上了哥哥。在他离开的时候他告诉她，他要去完成一趟危险的冒险，等一切结束以后，如果她没有看见自己归来向她求婚，便只会收到他光荣战死的噩耗。而弟弟的悲伤从这个事实而来：如果兄弟二人不幸战死，他的老父亲，也就是国王，将膝下无子。他对父亲的爱超越了一切，若有人无法对这份爱表示理解，那它看上去就太过深情了。两个兄弟同样真心地爱着他们的父亲，而弟弟的爱尤为深沉，他的思想和渴望没有被其他事物占据。当他在家时，总是陪伴在父王身边，随着父亲年事已高也时常侍奉左右。这个年轻人从未厌倦听国王讲他年轻时的历险故事；也从未对他父亲是世上最伟大的人这一信念丧失过哪怕一丝信心。这种想法可能带来的最大胜利就是，带着其中某个可恶巨人的赃物满载而归，回到父亲身边。但是最需要痛下决心的时刻，他们都有些害怕，唯恐相依为命的孤独感降临到他们身上；在某种程度上他们也有些不安和恼怒，恼怒自己还不具备成功所必需的沉着和冷静。因为，正如我所说的，他们还没有在真正的战场上经历过考验。“现在”，我这样想，“就让我发挥才干，担起应尽的责任吧。”对于我来说，我并不惧怕死亡，因为我没有什么在意或期盼的，但是我害怕相遇，因为相遇连带着责任。无论如何，我决心好好工作并因此变得冷静、灵敏而坚强。

我们时而努力工作，时而放声歌唱，时而互诉衷肠，时而闲庭漫步，时而亲切打斗，时而互帮互助，时间就这样在不经意之间流转。我并不打算为自己铸造他们那样沉重的铠甲，因为我并不像他们一样孔武有力，我所仰仗的更多的是任何我可以确保的取胜——目光坚毅、反应迅速、手脚勤快。因此我着手为自己打造一件钢制的锁甲，虽然它更繁琐却能发挥作用，这比起那些更繁重的劳动更适合我。兄弟俩向我提供了许多帮助，经过他们的指点，我甚至可以独自完成某些工序了。而一旦我有任何需要，他们就立刻放下手头的工作过来帮我。正如老妇人所希望的，我试着用歌谣来回报他们，在款款的情歌和挽歌声中，他们落下了许多悲伤的泪水。其中有两首为他们谱写的歌曲是他们最爱听的。这些歌远远逊色于我所知道的许多歌谣，尤其是我在小屋里听过的那位智慧妇人所吟唱的歌；不过此刻我们最喜欢的，也是我们最需要的歌。

（一）

国王坐在他的宝座上，
散发金色和赤色光芒；
他右手中执着闪耀的王冠，
白发是他额头上新的冠冕。
王的独子走了进来，
他站在铜墙铁壁之间：
哦，父亲，您带着必胜之心，
请用神圣的双手给我祝福。

他在王的面前屈膝跪下，
王用无力的微笑祝福儿子。
他的眼里闪耀着高贵之火，

年迈的嘴唇此刻却在颤抖。

“去作战吧，我的儿，
带回那颗巨人的头颅；
我眉眼上的那顶王冠，
将会赐予你，在你头上闪耀。”

“父亲，我所求的并非冠冕，
而是您那未言的赞许。
为了您的威名，子民之福，
我将誓死，还他们自由。”

国王坐下，等候在那里，
不再起身，不论晨昏；
直到天空传来一声巨响，
还有那沮丧的恸哭之声。

他又如王一般正襟危坐，
头上戴着那闪亮的冠冕，
子民来到他的宝座之前，
抬着巨人庞大的尸体。

子民们又来到他的宝座面前，
抬着死去的苍白的少年。

国王像从前的先知一般起立，
面带崇高的、死神般的喜悦。

王把冠冕置于他冰霜般的眉眼上
口中说：“你本不该弃我而去，
但死亡却是你我二人之主，
如今我将顺随你而去。

“而一些良善将必与我永存，
为了成全那位高贵之人。”
老人微笑如冬天的白昼
跌倒在爱子身旁。

（二）

“哦，夫人，您的爱人已逝，”人们哭道，
“他虽死却歼灭了仇敌。
他将彰显他的名并获称颂，
在一曲奇迹与敬畏的歌中。”

“啊！我已然获得补偿，”她说，
“痛苦如喜悦般蜇人，
因为我曾害怕，他对我的温柔
代表他只是个无力的男孩。

“现在我应该昂首抬头，
像那些皇后一样，
若声音传到你们耳中，那只是一声叹息，
因为荣耀就在它背后。”



头三次当我唱这些歌的时候，兄弟二人激动得泪如雨下。但唱过第三次以后，他们便收住了哭声。他们的眼睛放射出光芒，他们的脸庞变得苍白，自此以后，他们听到我的歌再也不会哭泣。

# 第二十一章

"我把自己的生命掌握在自己手中。"[1]

——旧约全书《士师记》

终于，在费尽了九牛二虎之力，也收获了同等的欣慰喜悦之后，我们打造出了盔甲。我们互相把对方武装了一番，充满爱意地给了对方几拳，相互检验盔甲的防御力度。在力量方面，我比我的两个兄长都逊色了一些，但比他们俩更灵活敏捷一些。凭借着这点灵活，加上精准的击杀能力，我建立起了在即将到来的战斗中胜利的希望。我还努力锻炼自己的视力，让它更加敏锐，在这方面我生来就有天赋。从同伴们的话语中，我很快就得知自己的努力并非徒劳。

我们下定决心在这天上午进行一番尝试，结局可能成功，也可能失败——也许兼而有之。我们决定进行步战，因为知晓如此尝试过的许多骑士之所以都不幸遭遇事故，皆因巨人出现

---

① 原文为"I put my life in my hands."出自旧约圣经《士师记》。和合本译文："我见你们不来救我，我就拼命前去攻击亚扪人，耶和华将他们交在我手中。你们今日为什么上我这里来攻打我呢？"（译注）

时惊扰了他们的马匹。我们相信高文骑士所言，纵使马驹子可能会背叛我们，但大地却永远不会。[①]可我们大多数的准备工作都有些令人沮丧，至少没对我们的直接目标有什么帮助。



在那个至关重要的早上，我们一到破晓就起床了。前一天我们休息了整整一日，养精蓄锐，现在就像云雀一样活力四射。我们在清凉的泉水中沐浴，穿上整洁的衣服，心中有种一切就绪的感觉，好像要去参加一个隆重的节日。当我们破除斋戒时，我拿起自己在塔中找到并修好的一把里拉琴，最后一次唱起那两首我多次提及的歌谣。之后我又唱起另一首，作为谢幕：

啊，挥舞拳头结束这冲突
这对梦儿破碎的他来说也挺好
在醒来的时候
已有宁静抚慰生命的伤口。

兄弟，我们将要死去！像副盔甲一样，
让我们的躯体把灵魂紧紧拥抱。
这是我握着战斧的手，
这是我坚定不移的铁锤。

别怕，兄弟，尽管我们将要死去！

① 托马斯·马洛里所著《亚瑟王之死》第20卷中，高文骑士的战马在他和兰斯洛特的最后一战中被打落在地，四脚朝天。（译注）

我们将不再被吵闹得无法安息，
坟茔的静谧在我们的头顶驻足，
胸膛里的心儿不再跳跃。

我们把生命留给后人，
为生存留下更多贮藏；
我们全部留给他们，
在我们消失的地方不留下一点儿痕迹。

啊，挥舞拳头结束这冲突
这对梦儿破碎的他来说也挺好
在醒来的时候
已有宁静抚慰生命的喧嚣。

随着最后几个音符像一首挽歌——死亡之歌——一般流淌而出，我们跃身而起。因为我边唱边朝那座塔楼张望，透过它的一个小窗户，看到了塔楼矗立的斜坡边上，突然升起了三个巨大的脑袋。兄弟们看到我的神情，便立刻知道是什么引起了我的表情的瞬间变化。我们完全没有武装，更没有时间武装自己。但我们在同一时间做出了相同的决定，每个人都抓起自己趁手的武器，留下自己的防护装备，跳到了门边。我握剑的手急忙抓起一把长的轻剑，有些唐突，但剑尖非常精细，另外一只手抓起一把马刀；哥哥抓起他那把沉重的战斧；弟弟抓起一柄很大的双手剑，他用一只手挥舞着它就像舞动一根羽毛。

在三个巨人兄弟攻击我们之前，我们仅有时间跑出这座塔楼，拥抱和道别，然后相互之间保持一点儿距离，这样我们就可能不会妨碍彼此的活动。他们身材的大小大约是我们的两倍，并且武装到牙齿。透过他们头盔的面罩，能够看见他们丑陋巨大的眼睛里闪烁着可怕的残暴。我身处中间的位置，当中的那个巨人向我逼近而来。我目不转睛地看着他的盔甲，抓紧时间盘算着我的攻击方式。我发现，他的护身甲制作得有些笨拙，下半身的搭接部分甚至有些累赘。因此我期待着出现一个空子，那接缝处将微张，致使他露出破绽。于是我站在原地不动，待他来到足够近的地方，用狼牙棒对准我，从古至今这都是巨人特别喜爱的武器。当然，这时我跳到了一边，躲过狼牙棒，它的攻击落到了我刚刚站过的地方。这个动作预计会进一步地拉紧那盔甲的接缝处。他怒火冲天，再一次向我发起攻击；然而他几乎没有停下来过，因为我不断地躲避他的攻击，想要消耗他的体力。他似乎无惧我的任何攻击，所以我至今尚未发起进攻。当我注视他的动作、避开他的打击时，我同时也注意着他盔甲上的那些接缝处，我希望通过某个接缝可以要了他的命。最后，他好像有点儿累了，停了片刻，稍稍抬起身；我跳上前去，手脚并用，将我的轻剑正好刺进他后背的盔甲，我放开剑柄，从他的右臂下通过，趁他跌倒时我转身，用我的马刀挥向他。我第一刀就幸运地劈开了他头盔的带子，头盔便滚落下来；第二刀切过他的眼睛，使他变成了瞎子；在那之后，我劈开他的脑袋。然后我折返回来，毫发无损，看看我的兄弟们进展如何。那两个巨人都已经倒下，但我的兄弟们也倒下了。我先飞身跑到一对斗士的身边，然后再跑到另外一对斗士身边。两对斗士都死了，可是他们紧紧地纠缠在一起，像在进行殊死的搏斗。哥哥把他的战斧砍进仇敌的身体，当敌人倒下时，他倒在了敌人的身下。巨人在自己临死的挣扎中扼死了他。弟弟几乎砍断了敌人的左腿；在攻击中和敌人扭打在一起，当他们在地上滚动时，他在巨人的护喉甲和胸甲之间为自己的匕首找到了一个缝隙，给了巨人的喉咙致命一击。巨人喉咙流出的鲜血喷涌出来，也流到了他手上，但这只手仍抓着那把插入伤口的匕首柄。此时他们静静地躺着。而我，最不值一提的人，竟是唯一的幸存者。

当我完成了人生的第一件值得称道的任务，筋疲力尽地站在这些尸体中间，我突然回望自己的身后——影子躺在那里，阳光下一片焦黑。我走进那座幽静的塔楼，那里放着高贵青年们没有用过的盔甲，就像他们那样仰卧在地上。啊，眼前的情景多么悲伤！这是光荣的死亡，但毕竟是死亡。此时，我的歌儿不能安慰我的心灵。当两个忠贞的兄弟不复存在，我几乎为自己还活着而感到羞愧。可现在我可以更加自由地呼吸，回想自己经历了这次磨难，而且没有失败。当我低下头看着那被我手刃的庞大身躯时，倘若某种骄傲之情油然而生，也许我也会得到原谅。①

“但毕竟，”我自言自语，情绪低落，“靠的是雕虫小技。

① 影子再次出现可能和安诺德的骄傲有关。（译注）

你这个对手就是一个鲁莽粗心的人。”

我离开了那些朋友和仇敌的身躯，心情因殊死搏斗结束而足够平静。我往下面的田野匆忙赶去，唤醒那些农民。他们叫喊着高兴地走来，带来运货的马车把那些尸体运走。我决定把王子们带回家，带给他们的父亲，因为他们都还躺在祖国敌人的手臂中。但我先对这些巨人进行了搜身，找到了他们城堡的钥匙，然后向城堡走去，身后跟着一大群人。这是一个奇妙力量汇聚的地方。我释放了囚犯——骑士和贵妇们，他们经受了这些巨人的虐待和漠视，状况都很糟糕。当他们挤在我身旁不断表示感谢的时候，我羞愧万分，因为他们真正应该感谢的人是躺在塔楼旁死去的那对光荣兄弟。我所做的只是帮助他们将计划付诸实践，当事态尚在掌控之前，用可以看见的形式向他们呈现。不过我还是感到高兴被选为他们的兄弟，投入到这次的壮举中。我们花了几小时等待那些囚犯恢复体力和换衣服。在那之后，我们一起踏上了朝首都进发的归途。刚开始我们走得有些缓慢，等到囚犯的体力和精力逐渐恢复之后，行进的速度快了许多。第三天，我们到达了国王的宫殿。当我们走进城市的大门时，每辆四轮马车上都躺着一个巨大的身躯，两个巨人的身躯都与他们王子的遗体无法脱离地纠缠在一起。人们高兴地叫喊起来，随即开始哭喊，然后尾随着这支庄严的队伍。

我不打算花费笔墨叙述老国王的反应。他的内心为儿子们感到喜悦和骄傲，这种感受压倒了他的丧子之痛。他给予了我一切能表达或能表示出来的慈爱。日复一日，他坐在我身旁提问，询问与他的儿子有关的所有事情。在我们一起度过的这段时间里，三人共同的生活状态和彼此的关系是一个永恒的主题。他兴致勃勃地探询盔甲制作的过程，连最微小的细节也不放过，甚至询问到一种特殊的铆接方法。我原本打算恳求国王把这个盔甲送给我，作为我参与此次搏斗的唯一纪念物，但当我看到他注视盔甲时的那份快乐和悲伤，他从中感受到的安慰，我便无法开口向他索要了。而我依照他的请求，留下自己的武器和所有一切，与他儿子们的东西汇集在一起，做成一个胜利纪念柱，竖立在宫殿的大广场上。国王举办了华丽的仪式，亲自授予我骑士的称号，他的那柄青春之剑在苍老的手中颤抖着。

在我逗留此处的短暂时间里，与我做伴儿的自然都是那些年轻的贵族。虽然宫廷仍在服丧期内，但我的身边却是欢声笑语，灯红酒绿。因为整个国家的人都对巨人的死亡欢欣雀跃，他们一度失去的朋友中有许多人已经恢复了贵族或富人的身份，快乐胜过了悲伤。“你们确实把自己的生命留给了你们的人民，我伟大的兄弟们！”我心中默默低语。

但是，我却始终为那个影子忧心忡忡，因为当我在塔楼里忙碌时一直没有看到过它。宫廷上流社会的女人们似乎认为，她们有义务把我留下来，尽可能地把我伺候得快活并逗留此地。但即使和她们在一起的时候，我都忍不住会意识到影子的存在，虽然那时它可能不会打扰我。最后，我有点儿厌倦了没完没了的享乐和由此产生的松懈——无论是身体上的，还是精神上的。于是我穿上老国王送给我的一套华丽的镶银钢盔甲，骑上为我牵来的那匹马，离开了宫殿，去拜访那座遥远的城市，那里居住着年长的王子爱恋的那位夫人。我猜测这会是一个使人伤心的任务，向她转达那光荣的噩耗——但奇怪的是，这种考验没有发生在我的身上。这件事情就像我在精灵国这块土地上遭遇的任何事情一样奇怪。

# 第二十二章

"没有人拥有我的形象，除了我自己。"

——索帕，出自让·保罗《泰坦》[1]

"快乐是一个狡猾的精灵。我想人最快乐的时候，是当他忘了他自己。"

——西里尔·图尔纳《报仇者的悲剧》[2]

旅程第三天的时候，我正沿着一条道路缓步骑行，根据一路上草地的长势来看，这是一条少有人走的路。现在我正往一片森林驶去，每一寸精灵国森林上的土地无疑都让人期待着冒险的发生。正当我离森林越来越近的时候，一个面容英俊文雅、手无寸铁的年轻人恰巧从林子边上生长的紫杉树上折下一根树枝，显然他是想用树枝给自己做一把长弓。他见到了我，于是向我搭话：

① 让·保罗（1763—1825）：德国浪漫主义作家，以写作幽默小说和故事著称。《泰坦》是他的主要作品，索帕是《泰坦》一书的主人公之一。（译注）
② 西里尔·图尔纳（1575—1626）：英国戏剧家。写过诗和剧本。（译注）

“骑士阁下，当你在树林里穿行的时候，你要小心，因为据说这个森林被施了诡异的魔法，这种魔法就算有人看见了它的法力都无法形容。”

我答应听从他的劝告，向他表示了感谢，然后继续前行。不过当我踏进林子的一瞬间，我似乎有种感觉，如果森林确实被施了魔法，一定是种助人的魔法，因为自从这趟旅程伊始，影子变得比往常更加黑暗且令人生厌，然而就在这时，它突然消失了。我感到心神焕然一新，开始回想起过去的日子，尤其是和巨人作战的日子。我获得了极大的满足甚至有些得意忘形，于是我开始提醒自己：我只是杀掉了其中一个巨人，若不是那对兄弟，我永远都不会想要去袭击巨人，何谈坚持下去的些微力量。不过我再次庆幸起来，把自己归于古老光荣的骑士之列，甚至还做出难以启齿的推测——想起这些，我的羞愧和自我谴责敦促我只好把它写下来，作为我唯一也是最痛苦的修行——想一下我自己（世人会相信它吗？）居然和加拉哈特爵士并肩而行！当我的脑中不再出现这些想法的时候，我看见一个光彩耀人的骑士穿过树林，从左手边向我走来，他身材魁梧，身上的铠甲仿佛是个发光体一样熠熠生辉。就在他走近的时候，我惊讶地发现：这件铠甲和我身上的那件非常相似，不，它每一道镶银的纹路都和我身上的那件一模一样；他的马儿与我的马儿犹如双生，无论是从颜色、外形还是动作来看；只是，和它的主人一样，这匹马也比它的对手更加高大、凶悍。骑士昂首向我骑行而来，在我的面前勒马停下挡在道路中央。这时我看见他闪亮的胸甲上映出了我的神情，就在那胸甲正中的位置。

胸甲之上是和我同样的面容，只是他的面容如我所述，更高大也更凶悍。我有些困惑，不由自主地对他产生了钦慕之情，但这种情感中掺杂着一种模糊的信念——他是邪恶之人，而我应该同他作战。

“让我过去。”我说。

“如果我愿意。”他答道。

我身体里有个声音在说：“用矛攻击他，骑过去！不然你永远都是个附庸。”

我设法这样做了，但我的手抖得厉害，根本无法抓起矛枪。虽然我杀死了巨人，事实上我在这位骑士面前却像个懦夫一样瑟瑟发抖。他向我投来轻蔑的一笑，笑声回荡在树林里。然后他调转马头，头也不回地说：“跟上我。”

我又窘又呆地遵从了他的命令。他领我走了多久，这段路我又跟了多长时间，我心中都没有答案。“我从来不知道悲惨，”我自言自语道，“但愿至少我能击中他，作为回报我将得到致命的一击！为什么，难道我不应该大喝一声，让他调转方向有所防备吗？唉！不知什么缘故，我办不到。他单是看我一眼就让我心里发怵，如丧家之犬。”我继续跟在他身后，默不作声。

终于，我们来到了一片密林中央的方塔前。那是一座单调的塔楼，四周树丛密布，没有一棵树像是为了预留出空间而遭到过砍伐。在门的对角线上生长着一棵树粗壮的枝干，树干粗得使人只好从枝干的缝隙间勉强钻进去。塔楼的屋顶上有个四方形的小孔是唯一能看见的窗户。炮塔、城垛或是任何突出墙面的石砌建筑物，这儿一概都没有。四面墙垣从基座拔地而起，光滑厚重，壁顶呈一条边缘完整的直线。它们向中心推进成为一个屋顶，在梁椽所汇聚的地方微微隆起。几个小小的柴堆围在基座的周围，看不清是由枯萎剥落的断枝还是半白的骸骨组成。当我靠近的时候，马蹄下的大地听起来就像被掏空了一样。骑士从口袋中拿出一把硕大的钥匙，他来到那棵大树前，费力地将门打开。“下马。”他命令道。我照办了。他将我的马头调转成离开的方向，然后他用剑背狠狠地朝它身上一击，马儿疯狂地冲进了树林中。

“现在，”他说道，“进去吧，然后你自己好自为之。”我回过头去，骑士和他的马已经消失不见，可怖的影子正躺在我的身后。我不由自主地走进塔楼，影子跟在我的身后。我有种恐怖的想法，骑士和我的影子是同一个人。门在我的身后关上了。

现在，我真是处于可怜的境地了。塔楼里除了我和影子之外别无他物。我周围的四面墙拔地而起，直通屋顶，那儿有一个四方的小孔，正如我在塔外所见。现在我知道，这就是塔楼仅有的一扇窗户。我无精打采地坐在地板上，被痛苦包围。我想我一定是睡着了，而且一睡就是好几小时，因为透过屋顶上的洞口我看见月光正在闪耀，这才意识到自己的存在。月亮越升越高，将光芒挥洒在上方的墙垣，直到最后，它直接照射在了我的头顶。顷刻之间，塔楼的墙壁仿佛雾气一般，消失不见了。我坐在树林边缘的一棵山毛榉树下，空旷的田野在月光下于我身边绵延数里，到处都是泛着微光的农舍、尖顶和塔楼。我这样想道：“哦，真好！我只是做了一个梦！恐怖促狭的荒地已经消失，而我在一棵山毛榉树下醒来。或许这就是爱着我的那一位，现在我想去哪儿就能去哪儿了。”我正想着，一边起身，如我所愿地四处走动，但始终保持在山毛榉树附近。因为自从我遇见那位山毛榉树女子后，我就一直爱着她，现在比之前更甚。夜晚正在一点一点地消逝，我等待着朝阳升起，以便鼓起勇气再次上路。然而当第一缕昏暗的晨光出现时，它并没有照在我惺忪的睡眼上，而是像幽灵一样慢慢地从我头顶上方的方孔中倾泻下来；随着光线变得更亮，墙垣也出现了，辉煌的夜晚被可恶的白天吞噬。漫长又枯燥的白天过去了。我的影子躺在地上，漆黑一片。我并不感到饥饿，也不需要食物。夜晚降临。月亮闪耀着光芒。我眼看着那光辉慢慢地沿墙而下，就像我可能已经看到的那样，从天而下，那是一条长长的通往一位援救天使的捷径。她的光轻触着我，我是自由的。一个又一个夜晚就这样过去了。如果没有这些，我早已不复存在了。每一天晚上，这种信念都会再次回来——我是自由的。每个早晨，我又孤独可怜地坐在那里。终于，当月亮的轨迹不再允许它的光辉抚摸我时，夜晚变得和白天一样枯燥起来。

我在睡梦中得到了些许的安抚，然而自始至终我都知道，那不过是夜里的一场梦而已。终于有一天晚上，月亮，那个惨白的碎片，将几许幽灵般的薄光洒到了我的身上。然后我想我睡着了，并且做了一个梦。葡萄收获期到来前的一个秋日夜晚，我坐在山丘上眺望我的城堡，心中充满喜悦。噢，我要再次成为一个天真无畏的孩子了，没有羞耻也没有欲望！我走下山坡来到城堡。当我不在的时候，一切曾使人惊愕万分。我的姐妹正在为我的离去而哭泣。我走进城堡时，她们起身紧紧握住我的手，语无伦次地哭泣。我的老朋友们簇拥在我的周围。一道白光照在大厅的屋顶上。那是从我塔楼的窗口中穿透进来的曙光。这场梦过去以后，我前所未有地、诚挚地渴望着自由，也前所未有、百无聊赖地匍匐在苦恼的白天。透过囚困我的塔楼上的小窗，我用日光测量时间是怎样流逝的，一心等待着夜晚的梦境。



将近中午的时候，好像有什么闻所未闻的东西突然闯到我身边，使我大吃一惊；然而那全然只是一位女子的歌声。我欢喜得浑身战栗，满是惊奇和无法预知的感动。如同一个有灵的活人①、如同大自然拥有了人的形体，这首歌进入了我的囚所。每一个音调都折起了它的翅膀，像充满爱意的鸟儿躺在我的心房。这首歌像大海一样将我洗涤，如香氛般将我包围，它走进我的心灵，如同久旱后的甘霖，如同照耀在我身上最必需的日光，如同母亲的声音和双手将我抚慰。然而，正如森林中最干净的井水有时也带有腐叶的苦涩；对于我这被囚禁的疲惫心灵来说，它的欢欣中亦带有一种寒冷的刺痛，它的温柔亦使我变得怯懦，提醒着我那久经逝去的快乐如今已模糊不清。我一边心痛一边放声哭泣，不过并没有维持多久。我赶紧擦拭眼泪，为自以为早就摒弃掉的软弱而感到羞愧。在认识到这点之前，我已经起身朝大门走去。我倚坐在门边附耳倾听，想要捕捉从那看不见

---

① 有灵的活人：原文为a living soul，在《圣经》中的创世纪里，亚当是上帝创造的第一个有灵的活人。基督教认为人是由灵、魂、体三部分构成。（译注）

的塔外世界传来的每一个启示般的音节。现在，它的每一个字词我都能分辨出来了。那位歌唱者似乎就在塔楼附近，或站立或坐在原地，因为歌声表明她并没有挪动过位置。歌儿是这样唱的：



太阳，像金色绳结高挂，
笼罩住那荣耀来自天空，
将它们织成发光的帐幕，
用苍穹制成世界的顶篷，
无数的风吹过它的帷幔，
无数的水流经它的身边，
鸟儿为欢乐，树为祈祷，
在和煦天空里把头低下，
温柔之泉低语为了思考，
携带秘密，从中心涌出，
合奏出轻柔坚强之乐章，
心儿雀跃谱出甜蜜之歌。
大地母亲就在一切之中，
和亲生子一同席地而坐，
它像雌鸟照料膝下儿女，
环地而坐的有十至十二。
它端坐时将手摆在膝上，
爱意盈盈面对一家儿女。
你从黑暗尘土中走向它，

尽你所需在它身旁哭泣，
如同嗷嗷婴孩哭求休憩。
至少它会把你放在膝上，
讲一个粗浅甜蜜的故事，
直到你脸上神情和目光，
增长你体力鼓起你勇气，
使它们回到你昏厥的心，
再次全力以赴投入工作。
来自荒漠，噢，骄傲之人，
你走进家宅，高远宽阔。

我几乎不知道自己做了什么似的，将门打开。为什么之前没有尝试？我不知道。

起初我看不见任何人。但是我迫使自己越过入口跨门生长的那棵大树，这时我看见一位美人坐在地上，倚靠着那棵树，身后是我的囚所。她的容貌似曾相识，但我已记不大清。当我出现在她面前的时候，她看着我，然后莞尔一笑。

“啊，你就是那个囚犯吗？我很高兴把你骗出来了。”

“你认识我吗？”

“你不认识我吗？但是你伤害了我，我想，正是伤害才容易使人遗忘吧。你打碎了我的水晶球。不过我要谢谢你。也许我该好好谢谢你把它打碎了。我带上了所有那些乌黑碎片，上面沾满了我的泪水，跑去见精灵女王。此刻它们身上不再有音乐，也不再闪烁光芒。她从我的手中将它们拿走，放在别处，她让我在一座宏伟的白色殿堂里休息，那里有黑色的廊柱和许多红色帘幕。早晨当我醒来时，我前去拜见精灵女王，希望我的水晶球能够完好如初。但是她让我空手离开了，从此以后我再也没有见过我的水晶球。现在我也不再看重它，我有了更好的东西。我不需要那球做我的玩伴了，因为我会唱歌。在这之前我不会唱歌，完全不会。而现在我走遍精灵国，每一处都有我的歌声。我歌唱，唱到我的心脏仿佛要迸裂，就像我的水晶球那样；我歌唱，为我自己歌里的每一份喜悦而唱。无论我走到哪里，我的歌儿都给人们带来帮助，使他们从困境中得到释放。现在我已经使你解脱，我真高兴。”

她停了下来，眼睛里闪烁着泪光。

她说话的时候，我始终在注视着她，现在我已经完全认出了那个孩子的脸，她的容颜发出熠熠光彩。

我在她面前感到既羞愧又卑微，但我心里的石头终于落地。我在她面前跪下并感谢她，乞求她原谅我。

“快起来，起来吧，”她说，“我没有什么需要原谅的，谢谢你。但是我现在必须得走了，因为我不知道，穿过幽暗的森林一路上有多少人可能正在等着我，他们无法走出这些森林，直到我前往帮助。”

她起身向我微笑并且告别，然后转身离开了我。我不敢请她留下，事实上我几乎无法同她对话。在我和她之间有一条巨大的鸿沟。悲伤和善举使她高升，抵达某个我可能永远都无法踏入的境地。我看着她离开，就好像观看日落一样。她像一道光一样走进黑暗的树林，从此以后那片树林对我来说就充满了光明，只要知道她这样的一个生命在里面，就足够了。

她将阳光带去了那不见天日的地方。破碎的水晶球里原来的光和乐声现在已经进入了她的脑海、走进了她的心田。她一路行走，一路歌唱。我捕捉到了其中的一些字句，而那些音调仿佛仍在她消失之后的树丛间徘徊。



你走你的路，我走我的，
我们各自走了许多条路；
多少岁月呵，多少道路，
最后通往，同一个地方。
许多不平，有治愈的歌；
有多少路就有多少驿站；
为了徜徉，人寻找居所，
赢了世界，家只有一个。

她的踪影就这样再也不见。我受伤的心灵因为谦卑，也因为她的平安喜乐而得到抚慰，开始思考此刻该做些什么。首先我必须离开身后那座塔楼，以免在某个不幸的时刻被它可怖的塔墙再次幽禁。但是那沉重的铠甲使我几乎寸步难行，而我也无权使用那金质的马刺和那辉煌的盔甲，它们因为长时间无人照看已经光泽不再。我可以穿戴侍从的装束，可是骑士身份对于我来说实在宝贵，否则我就无法自称为兄弟团中的一员了。

我卸下全副武装，将它们堆放在树下，就在那位女子所坐的地方，然后踏上一条前途未卜的道路。我从所有的武器当中，只挑了一柄短斧握在手中。

接下来，我第一次认识到了谦卑的喜悦，以及这般自言自语的喜悦：“我只不过就是我自己。”“我已经失败了，”我说，“我失去了我自己——假如它曾是我的影子。”我环视四周，影子已不知所踪。没过多久，我认识到，它并不是我自己，只是我已经失去的影子。我认识到，让一个自负之人跌倒、变得谦卑，比起让他在骄傲和自以为是的天真无辜中昂首挺胸，要好上一千倍。我认识到，一个想要成为英雄的男人，仅仅只能成为一个男人；而一心埋头苦干的男人，一定会成为一个男子汉。我的理想并未就此陨落，变得黯淡无光、不再珍贵；只是当我和它相形见绌的时候，太过简单地看待它了。的确，我的理想不久便成了我的生命；在此之前，我的生命只是徒劳地试图去看见——我对自己的理想，又或者，至少是我理想中的自己。然而现在，我却头一次尝到了一种自轻自抑的快乐，也许是一种不正确的快乐。我的另一个自己似乎升起了，宛如一个白色的灵魂从死人的身上、从又哑又瘸的我身上升腾。无疑，这个自我必定会再次经历死亡和埋藏，从它的墓穴中，将再一次跃起一个带着羽翼的孩子；不过关于这一点，我的故事中还尚未记录。

自我将会苏醒，即使它正在消亡；然而在未知的灵魂深处，终将显现出某些事物更深刻也更坚强。那所要出现的，会不会如一双悲悯的眼睛，于肃穆中透着忧郁？会不会是雨天过后某个清朗的早晨？会不会是一个欢笑的孩子——无迹可寻却也无所不在？

# 第二十三章

“崇高的思想，根植于谦恭的心灵。”

——菲利普·西德尼爵士

“她的优雅甜美迷人，

神貌淡然从容，

绵绵慰藉见于容颜，

如福音书铺陈展开。”

——马太·罗里登《论菲利普·西德尼爵士》

我没有走得太远，只是走到那惹人厌的塔楼刚好被挡住的位置，就听到了另外一种声音；这声音若远若近，因为在抵达我耳畔之前遇到了树木的阻挡或是让道。这是一种浑厚、深沉、充满男子气概的声音，还带有清晰和悦耳的音质。此时，这声音突然敲击着我的耳朵，逐渐由弱到强，不久之后又突然消逝，仿佛穿越了一个极其广阔的空间才传到我的耳边。尽管如此，这声音还是越来越近，直到我终于可以分辨出这其中的唱词，捕捉到那位歌者在树木间的稍纵即逝的身影。他越走越近，像一缕逐渐清晰起来的思绪。这是一个骑士，从头到脚都披上了盔甲，骑在一匹看着有些奇怪的野兽身上，我无法弄明白这动物到底是个什么模样。我听他唱的歌词是这样的：



我心坚定，
目光切切；
好刀出鞘，
万邪乱颤！

马儿勇猛，
所向披靡！
尔之力量，
契合吾意。

气息灼灼，
迎向仇敌，
仅此一击，
命丧黄泉。

马儿温柔，
无畏前行，
背负其上，
士之亡躯。

日之光华，
正午炽烈，
你我同在，
小憩在即。

新敌将至，
战斗再起，
坚持到底，
畅休欢愉！

此时，马匹和骑士都进入了我的视线。只见一条长长的脖颈上系着一根缰绳，固定在马鞍的后面，拖着一条巨龙的尸体。难怪，带着这样一个“拖油瓶”，这马尽管一百个心不甘情不愿，也只能闷闷不乐地缓速前行。可怖的毒蛇一般的脑袋摇摇晃晃地挂在马的侧背上，伸出一条黑色的舌头，红色的信子探到了下颌底下；它的脖子覆盖着长长的蓝色鬃毛，侧面有绿色和金色的鳞片；它的后背是波纹表皮，呈紫色；腹部也近似这种质地，不过它的颜色是铅灰色，掺着铁青的斑点；而那皮包骨头的蝙蝠一样的翅膀和尾巴，则是沉闷的灰霭色。这么多生动的颜色，蜷曲的线条，美妙非凡的翅膀、鬃毛和鳞片，共同组成了这个可怖而又极其丑陋的动物，真是让人看得叹为观止。

骑士从我的身边走过，向我致意；不过当我走向他的时候，他勒住了缰绳，而我就站在他的马镫旁。我向他靠近，尽管突发而至的疼痛像被点燃的火一样在我心中涌动，我却发现自己虽然诧异同时却又感到高兴：他就是那个身穿锈迹铠甲的骑士。我之前就认得他，看见他和大理石女子在那幻境里。不过我完全可以张开双手臂拥抱他，因为他是她所爱的人。这一发现坚定了我早在认出他以前就下定的决心，要向这位骑士献出我自己，以一个侍从的身份侍奉他，他仿佛缺乏部下的照料。我用尽可能简洁的话语提出了我的要求。骑士犹豫片刻，若有所思地看着我。我看得出，他在怀疑我是谁，可他仍然不能确定自己的怀疑是否正确。毫无疑问，他很快就确信没什么值得怀疑的；然而当我和他在一起的这段时间里，即便我并不打算继续隐瞒，他也只字不提那些显然已经得出结论，我又不希望提及的事情。

“侍从和骑士应该是朋友，”他说道，“你可以和我握手吗？”他伸出戴着金属护手的右手。我心甘情愿地紧紧地握住它，没有再多说一个字。骑士向他的马发出信号，又开始了他缓慢的行程，我走在旁边，略微靠后一些。

没走多远，我们就来到一座小屋前。当我们走近时，一位妇人喊叫着从里面冲了出来：

“我的孩子！我的孩子！你找到我的孩子了吗？”

“我找到她了，”骑士回答说，“可是她受伤严重。返回时，我不得不把她留给了那位隐士。你会在那里找到她，我想她会好起来的。你看，我给你带来一个礼物。这个坏蛋不会再伤害你啦。”然后，他解开那个动物的脖子，把那个令人毛骨悚然的尸体扔到小屋的门旁。

此时，那位妇人在树林里几乎消失不见了，可她的丈夫站在门边，脸上写满难以言表的谢意。

“你必须把这个怪物埋起来，”骑士说，“如果我再迟到一会儿，就来不及了。但现在你不必害怕了，因为这样的一个动物不太可能出现在同一个地方，而且一辈子让我们看到两次。”

“你不能下马休息一会儿吗，骑士大人？”农夫说道，这会儿，他已经平静了一些。

“我会的，非常感谢，”他说道，然后下马，把缰绳递给了我，告诉我卸下马的缰绳，把马牵到阴凉处。“你不必把它拴起来，”骑士补充了一句，“它不会跑掉的。”

在遵从他的命令之后，当我转回进入小屋时，我看到骑士脱下了他的头盔，坐在那儿和朴实单纯的男主人亲密地交谈。我在敞开的门口站了片刻，注视着他，心中明白，白姑娘之所以喜欢他而不喜欢我，是有道理的。我从来没有见过一张拥有如此高贵气质的面孔。他脸上的每根线条都散发着慈爱，仿佛只要沉浸在他温润如玉的心怀里，近日以来的艰苦战斗也能得到犒劳似的。然而，在谈话的间歇之中，他似乎陷入了一种白日梦的冥想。随后，他上嘴唇优美的曲线消失了，嘴唇被拉长，紧紧地抿着。你可以想象到在他唇内的牙齿都紧紧地咬在了一块，他的整个面部表情变得严厉坚定，近乎凶猛，唯有那双眼睛的目光还在燃烧着，像一个圣洁的祭品，供奉在一块花岗岩石上。

一位妇人进来了，手臂中抱着她被砍伤的孩子。她的面色苍白，和她怀中抱着的孩子一样苍白。她盯着那张安静的、丧失了生命力的脸，眼里带着疯狂的爱和绝望的温柔。那张脸由于失血和恐惧白如蜡纸。

骑士站起身，原本藏在双眸中的那抹光亮，此时从他整张面孔中焕发起来。他把那弱小的生命抱在怀里，在母亲的帮助下，为她脱去衣服，然后查看她的伤口。当他这样做时，泪水顺着脸颊流淌下来。他用温柔的双手把伤口包扎起来，亲吻那苍白的脸颊，然后把她还给了她的母亲。当他回家的时候，他的故事都会围绕着孩子父母的悲伤和快乐；而对在一旁观看的我而言，这个全副武装的男人看着死去一般的孩子的面容和蔼仁慈，从甲胄里散发出光芒来，他强有力的手接过并抱起孩子的躯体，为孩子脱去衣物的时候，甚至可以说比母亲还要温柔——是这些构成了故事的中心。

我们享用了农夫农妇给我们提供的最好的饭食，随后骑士准备动身离开，临行前叮嘱了母亲如何照料这个孩子。我为骑士牵来他的坐骑，在他上马之时为他拉住马镫，然后我跟随他穿过树林。这匹马很高兴自己摆脱了那可怕的“拖油瓶”，载着骑士和他一身的盔甲轻快地跃进，勒也勒不住。不过，骑士调整了它的力量以便照顾我的节奏，所以我们继续行走了一两个小时。然后，骑士下马，催促我上马，说道：“骑士和侍从应当互相分担。”

他拉着马镫，走在我的身旁。尽管他身着重装，但显然姿态轻松。我们赶路时，他开启了一个话题，我在交谈中以谦卑的身份参与其中，因为我有自知之明，知晓应如何行动。

“不知怎么的，”他说道，“虽然我们身处的这个精灵国很美，但是这里有许多错误。如果说这儿存在着伟大的辉煌，那么也相应存在着恐怖，正如顶峰与低谷，漂亮的女人与可怕的朋友，高尚的人与软弱的家伙头顶着同一片蓝天。一个男人全部的义务在于尽可能地让自己越来越强大。要是他能自己解决这个问题，就算名誉和成功本身没有价值，他也不因被打败而失落——但若是真那样的话，那也不是他的错；带着冷静的头脑和坚强的意志去完成任务，他就会成功，而且最后一点儿也不差，因为他并不受累于任何的条条框框，也不设防。”

“可他的运气不可能一直那么好。”我大胆地说。

“就个人行为而言，或许不好，但他将不愧此生。”骑士回答。

“所以，毫无疑问，这对你是公平的，但是对于我——”我陷入了思考。

停顿一会儿之后，我大着胆子继续这个话题，有些犹豫不决地说：“我是否可以问你，当那个乞丐小女孩来到你的城堡找你的时候，她希望获得什么帮助呢？”

他沉默地看了我一会儿，然后说道：

“我禁不住想问你，你是如何知道这件事的；但你身上有种东西相当奇怪，奇怪得足以使你拥有这个国家的特权，也就是说，不容置疑。[①]而我作为一个男人，就如你眼中看到的那样，决定解答你所有的问题，尽我所能。那个乞丐小女孩走进那个

① 安诺德知道这件事，他曾在叹息之门里听到过骑士和白姑娘的对话。（译注）

大厅的时候，我正好坐在那里，她告诉了我一个非常奇妙的故事，而我现在只能依稀回忆起它，这故事是如此奇特。我能回想起的是，有人派她来收集翅膀。她说，只要能为自己收集到一对翅膀，她就可以飞走，飞回到她的祖国。至于那个国家在哪，她无法提供任何信息。

“她说，她不得不向蝴蝶或飞蛾乞求翅膀，并且无论她在什么地方乞求，它们从不拒绝她。然而她需要许多蝴蝶和飞蛾的翅膀，才能为她自己做一对翅膀，所以她不得不日复一日，夜复一夜地到处徘徊，寻找蝴蝶和飞蛾，然后乞求得到它们的翅膀。而就在前一天，她走进这座森林里的一个地方，那里有许多极美的蝴蝶四处飞舞，它们的翅膀刚好适合做成她肩上的眼睛；而且她知道，她想要多少，就可以得到多少蝴蝶的翅膀。但当她刚开始乞讨时，有一只巨大的动物朝她走来，把她推倒，从她的身上走了过去。她站起身，看到树林里面尽是这种动物在四处走动，彼此之间似乎也相安无事。每当她开始乞讨，它们其中之一就会朝她走来，直到最后她心情沮丧，越来越恐惧这些毫无感知的动物。所以她跑开了，来找人求助。我问她，它们都是什么样子。她说，像是巨人，是木头做的，没有膝关节或肘关节，而且在它们的脸上没有任何鼻子、嘴巴或眼睛。我嘲笑那个小姑娘，觉得她在跟我玩孩子的游戏，不过，尽管她也忍不住笑了起来，但她断定自己的故事是真实的。

“‘骑士，你只要来看一看就好，我给你带路。’

“所以，我武装好自己，准备应对任何可能发生的事情，然后跟着那个小孩出发了。因为，虽然我对她的故事不以为意，但是可以看得出来，她是一个人类的小孩，需要某种帮助或别的什么。当她在我前面走的时候，我很留意地看着她。我不清楚她是否经常被撞到和踩踏，但她的衣服的确很破，有好几个洞露出了她那白皙的皮肤。我原以为她是驼背，可是定睛一看，我透过她破碎的裙子看到——别笑我——她两边肩膀上都有一个突起的形状，色彩美丽动人。我再仔细一看，发现它们是折叠起来的翅膀，由各种蝴蝶和飞蛾的翅膀制成，就像蝴蝶翅膀上的鳞片一样挤在一起，不过和蝴蝶鳞片一样，排列得极为美妙，还形成了一种完美的色彩与阴翳的和谐搭配。因此我更容易相信她余下的故事了，特别是，当我时不时地看到翅膀的某种起伏时，仿佛它们渴望向上举起和伸展开来。然而，在她那破衣烂衫的下面，无法隐藏起一对完整的翅膀，按照她自己的故事而言，它们也确实尚未完成。

“走了两三个小时之后（我无法想象小女孩儿是如何找到路的），我们来到森林的一个地方，这儿有大片鲜艳夺目的蝴蝶翅膀上下扑棱，连空气都在颤抖。四下里一片绚丽的情景，仿佛孔雀羽毛上的眼睛图案在凌空飞翔，它们形色各异，每一只眼睛在每一只翅膀上张开了眼眸。‘在那里，在那里！’孩子大声喊道，用一种胜利中还夹杂着恐惧的口吻，要不是那种混合着恐惧的情绪，我还以为她指的就是那些蝴蝶，因为除此之外我看不到任何东西。而就在那一刻，仿佛夜晚来临前的雷雨天里，云层中突然裂出了一道灿烂光芒，有只巨大的蝴蝶落到了我们的附近：一双巨大的蓝色眼睛在它的翅膀上张开，周围环绕着层层叠叠的让人迷惑的黯淡色彩。那个孩子马上开始喃喃说道：‘蝴蝶，蝴蝶，请给我你的翅膀’。随后她跪倒在地上，开始哭喊，好像是受了伤。我抽出自己的剑，朝着那孩子倒下的方向狠狠一击，击中了某样东西，一个极其奇怪的人形就地现形。你瞧，在这片精灵国的土地上，充满了稀奇古怪的东西和各种各样难以置信的荒唐事物，置身其中的人们不得不把它们当作实际存在的事物去对待，尽管这样会让人觉得自己很愚蠢。这个家伙，如果它可以被称之为家伙的话，就像是一块木头，大体上被砍成一个男人的轮廓。但它不能算是一个人，因为它只有脑袋、身体、大腿和手臂——脑袋上也没有脸，肢体又完全不成形。当时我已经砍掉它的一条腿，可是被砍断的两个部分就像好腿一样移动，彼此相互独立，可见我砍的不是要害。我追赶着它，然后从头向下把它剁成两半儿。不过我无法使它放弃相信自己的使命就是欺负人，因为当那个小女孩一开始乞求，那三块被砍开的东西就涌了上来，要不是我把它们从小女孩身边奋力挡开，她就会再一次被它们践踏。我看得出还有些什么必须得去完成。如果这片森林尽是这种动物，你就得没完没了地把它们剁成小块儿，小到它们不能造成伤害为止；而且接下来，这些碎块儿会非常多，它们飞舞起来四处飘移，就会伤害到蝴蝶。不过我还是这样处理了这一个，然后让女孩再次发出乞求，指出另一个家伙走来的方向。不管怎么说，我高兴地发现，现在我自己可以看到它了，我很好奇它们之前是怎样隐身的。我不能允许它去踩踏那个孩子，但是当我把它赶开，小女孩儿又开始乞求时，另一个人形便又出现了，可我穿戴着沉重的盔甲只能如此行事，保护她避开那两个家伙愚蠢固执的伤害。突然间我灵光一现，将它们其中一个绊倒，抓住腿，把它头朝下地立起来，让它的脚后跟靠在一棵树上。我高兴地发现，它再也不能动弹了。与此同时，那个可怜的孩子正受到另一个人形的踩踏，但那是最后一次了。每当一个人形出现的时候，我就如法炮制——把它绊倒，让它头朝下倒立。这样一来，小乞丐可以在不受任何打扰的情况下收集她的翅膀了，在我的陪同下，她如此忙碌了几小时。”

“她后来怎么样了？”我问道。

“我把她带回家，回到我的城堡，她把她所有的故事都告诉了我，但在我看来，我好像一直在听一个孩子说梦话。虽然她的故事似乎是按照特定的顺序整理的，可是在我的大脑里，根本无法把她的故事拼凑完整。我的妻子——”

此时骑士突然停了下来，不再多说。我也没有再催促他继续这个话题。

就这样，我们行进了几天，夜晚时就在我们能够找到的农舍那样的居所中休息，若是找不到更好的居所，我们就躺在某棵树下用落叶堆成的长沙发上。

我越来越喜欢这位骑士。我相信，从来没有任何一位侍从能像我一样在照顾主人时怀有那么多的关爱与快乐。我照料他的马，清洁他的盔甲，我的手艺技能使我在必要时完成修理工作。我密切注意他的需求，我对他产生的爱本身就是对一切的回报。

“这是一个真正的男人，”我对自己说，“我将侍奉他，倾心崇拜他。在他身上，我看到了自己无法成为的理想化身。

如果我自己不能成为那样高尚的人，我仍愿意成为他高尚的仆人。”作为回报，他很快向我表现出一丝友谊和尊敬，这些迹象让我的心充满了欢乐，而且我觉得，我若是能够侍奉他直到世界的尽头，我的人生一定不会迷失彷徨，尽管只有他会对我微笑致意，只有他会说“干得好！他是一个不错的仆人！”可我迫不及待地要为他做更多的事情，不仅是一个侍从分内的日常惯例。

一天下午，我们开始留意到树林里出现了一条道路。有人把树枝砍下了，开出林中空地，那儿有脚印磨平了下面的小径。我们继续前行，发现这些迹象有所增加，最终我们走进一条长长的、狭窄的林荫道，有人把树木沿列砍去修出了这条大道，如今地上只剩下了树根。在不远的某个地方，我们注意到两边都有类似路径的痕迹，它们似乎与我们的路径会合，朝向某一个地点绵延而去。沿着这条路，我们模糊看到有几个人影在移动，似乎与我们去往同一个方向。最后，我们的路径把我们带到一面紫杉树墙前，这些紫杉树紧密地生长在一起，枝丫相互缠结，因此无法看透墙后面有什么。紫杉墙上开了一个口子，像是一个门，整座紫杉墙修剪得四方端正，没有枝条旁逸斜出。骑士下了马，等了一会儿，直到我安顿好他的马，然后才和我一起走进这个地方。

这是一片宽敞的空地，光秃秃的，没有树木，四周围着紫杉树墙，类似于我们刚刚穿过的那面墙。这些树长得很高，彼此纠缠着直到在树冠顶端分开，在四周的墙壁上，这些冠顶形成一排圆锥形的城堞。树墙围起的空间是一个很长的平行四边形，在较长的两条边上各站着三排男人，他们身穿白色长袍，沉默而庄严，每个人的身边挂着佩剑，虽然他们的其他服装和行为举止更像是僧侣，而不是军人。空地的另两边，隔着一段距离的地方，挤满了一伙男女老少，他们穿着节日的盛装。所有人的目光都朝着空地的内里，注视着更远的那一头。在人群的尽头，在一条长长的，似乎向远处逼仄而去的大道上，走来一长排穿白袍的男人。我们并不知道众人的视线都被什么吸引了，因为在我们到来之前，太阳已经落山，树林里的光线已经变暗。天色越来越暗，众人在沉静中等待。星星开始在围观的人群中投下星光，随着时间一刻接一刻地流逝，它们变得越来越明亮夺目。起风了，风吹得树尖来回摇摆，穿过树墙的枝杈和树叶，形成了一种奇怪的声音，一半儿像音乐，一半儿像呻吟。站在我身旁的一位年轻姑娘，身穿像祭司一样的衣服，低着头，一脸的敬畏让她的面色显得苍白。

骑士悄悄地对我说道："这景象多么庄严！他们一定是在等待聆听一位先知的声音。附近应该是有什么好事儿！"

虽然我因为主人言语间所表达的感觉动摇了些许，但心中还是有一种难以言说的信念，这里发生的事情恐怕不是什么好事，所以我决心要提高警惕，提防接下来就要发生的事情。

突然之间，一颗巨大的星星像太阳一样在天空中出现，高高地挂在神殿之上，把整个神殿照得通亮；一阵响亮的歌声从身穿白袍的男人们口中涌出，歌声一圈又一圈地缭绕着这座神殿，此时渐渐远去，又朝着我们站立的地方传来。一些歌者时而停止诵唱，他们身旁的一些歌者随即接了上来，此起彼伏的歌声缓慢向前，细微变化间连歌者自己都无法察觉，因为只有少数人同时停下了歌唱。等到歌声一止，我看到一伙身穿白袍的六名男人走入挤满人群的大道中央，围着一个青年。这位青年的白袍之下身着华服，头上戴着一个鲜花王冠。我紧紧地跟着他们，机敏地观察着，目光随着他们缓慢地前行，我开始更清楚地观察他们到达另一端时发生了什么。我知道自己的观察力比大多数人更为敏锐，于是我有充分的理由可以推断，隔着这样一段距离，我应该能比其他人看到更多东西。在较远的那端，有一个宝座立在一张台子上，高悬在周围那些祭司的头顶之上。我看到这伙人开始登上台子，看起来明显是走在一个斜面或缓坡上。随后宝座再次被抬高，放置在一种方形的基座上，基座顶部连着一溜阶梯。宝座上坐着一个面相威严的人影，当他俯视底下的众人时，显露出来的态度似乎既高傲又仁慈。这伙人攀登到宝座的底部，在那儿全体下跪了几分钟，然后站起身，绕到放置宝座的基座侧面。他们挤在那个青年的身后，让他站在最前面的位置。他们中的一个人打开基座上的一个门，让那个青年进去。我确信自己看到青年向后退缩了几步，挤在他身后的那些人把他推了进去。然后，身穿白袍的众人又一次爆发出歌声，这歌声延续了一段时间。当歌声停止的时候，由七个人组成的另一伙人开始走到大道的中央。他们行进时，我抬起头看着我的主人，他那高贵的脸庞充满了敬畏的神情。由于他本人天性善良，他几乎不会怀疑事情会发展成另一个版本，更别提在这样的人潮中，身边围着这样庄严的面容。而我确信是周围那些恢宏大气的背景音征服了他，还有头顶上方的那些星星，昏暗耸立的紫杉树的树冠，以及像一个看不见的幽灵那样叹息着穿过树木枝丫的风，让他的心灵对此信仰俯首，相信所有的这些仪式都蕴含着某种伟大的神秘含义，他的谦卑告诉他，是他的无知妨碍了他理解这种神秘的奥义。

但我比之前更加坚信，这里存在着邪恶，而且我不能容忍自己的主人受到欺骗，不能容忍一个像他这样如此纯真和高贵的人会尊重比普通的祭司骗局更糟的东西——如果我的怀疑是正确的。在他发现事实的缘由，为自己的错误痛心疾首之前，我不知道他还可能被这表面的现象误导多深，或是支持他们的行为。如果可能的话，我比前者还要更加紧张地注意事情的新进展。这一次，站在中心的人物是一个姑娘，而且他们走近时，我观察到，也更确信，她在退缩，而人群在推挤她。我无从得知祭祀的受害者身上曾发生过什么，但我此时已经知道得足够多了，也再不能坐视不管。我弯下腰，低声对站在身旁的那位年轻姑娘说，让她把自己的白袍借给我。我需要这袍子，虽然我不一定能完全保持这种严肃，但至少有机会躲过他人的怀疑。她抬起头看着我，眼神半是快活半是困惑，好像在怀疑我是否把此话当真。但她虽然困惑不解，还是允许我解开她的袍子，从她的肩膀上把它脱下。

我轻而易举地得到了袍子，然后在人群中跪了下来，按照朝拜者的习惯站起身来。

我把自己的战斧递给这位姑娘，让她拿着，用来抵押她的圣衣，因为我希望不动用武力来检验这件事情，而且如果坐在宝座上的是个男人，我可以徒手攻击他。当我猜想着他必然是个男人时，我穿过拥挤的人群走到了前面，与此同时歌声还没有停止，我希望在没有任何祭司抵达之前能够到达那个平台。虽然当我通过时，许多人的脸上出现了疑问的神情，但我没有遇到麻烦，一路顺畅地通过了那条长长的挤满了白色长袍的人街。我认为是自己的冷静助了一臂之力，因为我把自己的命运置之度外——在经历了最近发生的那些事件之后，我觉得自己的命运根本不值一提，或许我正在幸灾乐祸，报复长久以来愚弄了我的本性。当我到达那个台子时，歌唱刚好停了下来，我觉得所有的人都在朝我看。但我没有在平台的底部跪下，相反，我直接登上阶梯，走向那个宝座，抓住了一个似乎是坐在上面的大木偶，努力想把它从宝座上推翻。第一次，我的努力失败了，因为我发现它被牢牢地固定着。此时人群中传开了第一波震惊，在我达成目的之前，卫士们会唯恐恐慌爆发而冲向我，于是我竭尽全力又来了一次，随后一阵朽木的破裂、折断和撕碎的声音响起，某个物件垮掉了。我把那个木偶推下阶梯，只见宝座处取而代之地显露出一个大洞，像是一棵腐烂树木的空洞，深深地下陷。然而我没有时间查看它，因为当我向下探头的时候，从里面向上冲出一头畜生，像一匹狼，但个头是狼的两倍。它迅猛地把我扑倒，我们一起滚下了宝座的阶梯。不过，当我们下落时，我抓住了它的喉咙，当我们滚到平台上时，一场搏斗开始了。我在搏斗中迅速占据上风，用手扼住了它的喉咙，膝盖跪压在它的心脏上。但此时响起一阵愤怒、复仇和救援的疯狂呼喊。一片钢铁的嘶嘶声如同宝剑出鞘所发出的声音，似乎把空气撕成了碎片。我听到数以百计的人涌向我跪着的平台。而我只是紧紧地扼住那个畜生的喉咙。它的眼睛已经从脑门上凸起，舌头伸了出来。我焦急地希望，即使他们很快就会杀了我，但在那个怪物断气之前，他们也不能把我的手从他的喉咙上掰开。因此，我将自己所有的意志、力量和毅力投入到握紧的手中。我不记得有拳头朝我挥舞而来，脑海里一片眩晕，我的意识离我而去。

# 第二十四章

“直到我们的热情湮灭，我们才会像天使一样。”

——德克[1]

“这个不幸的客栈，我们鲜少停留休憩，
我们给它取名人类居住地，
人生征途，皆是逐鹿；
然而知晓启示的使者，
不朽的天使，知晓其未来面貌，
明白我们的无稽之谈，
他们说天之语，也说人之语，
他们涂抹乱画，讥笑罔顾，
当我们中有个愚人说，
‘看，一个老人死去了！’这时他们——
用热泪道出真相：‘看，一个男孩诞生了！’”

——考利[2]

---

① 托马斯·德克（1572—1632）：英国伊丽莎白时期的剧作家。本句出自他的戏剧作品《诚实的妓女》。（译注）

② 出自英国作家亚伯拉罕·考利所写的《生活》一诗。（译注）

我死了，并且心满意足。我躺在我的棺木里，双手平静地交叠在一起。那名骑士和我所爱的女子，在为我哭泣。

她的眼泪坠落到我的脸上。

“啊！”骑士说，“我像个疯子一样冲入人群。我劈倒他们，就像劈倒一片灌木丛。他们的剑击打在我身上就像冰雹，但伤不到我。我向着我的朋友劈开一条道路。他死了。可他制服了那头兽，我不得不切开它的喉管，才能解开纠缠取下我朋友的尸首。我把他带回来的时候，那些人根本不敢阻拦我。”

“他死得很安详。”女子说。

我的灵魂欣喜万状。然后他们离开了我，前往我的长眠之地。我感到有一只沁凉的手安置在我心头，使我的心平静下来。我的灵魂仿佛暴雨过后的夏日傍晚，当雨滴还在落日余晖的最后几道光线中闪烁，晚风便开始吹拂了。人生的高热已经退去，我呼吸着死亡之地干净的山间空气。我从未梦见过这般的幸福。这并不是用任何方式结束我过去的存在。任何事物都可能会死亡，这一事实暗示了某些事物的存在，它们不会死。它们，若不是变成了另一种形式——就像种子在播种时死去，又会冒出新芽一般[①]；就一定存在于意识之中，或许，会在意识中继续过上一种纯粹的精神生活。如果我的热情湮灭了，热情的精魂——那些化身在热情中，托付自身一切荣耀惊奇的灵魂之根本奥秘——还依然活着，伴随着纯洁不熄的火焰依然闪

① 参见新约圣经《约翰福音》：一粒麦子不落在地里死了，仍旧是一粒；若是死了，就结出许多子粒来。（译注）

耀。它们从它们即将消逝的尘世外衣的上空升起，揭露出它们光明使者的身份。啊，超越了旧的形象是多么美丽！我这样躺了一段时间，如同不会发光发热的存在一般活着；我的灵魂是一条平静的河流，它将所有的事物接纳却一无返还，它满足于寂静的沉思，满足于精神意识。

不久之后，他们把我抬到了我的坟墓。永远不会疲倦的孩子躺在他洁白的床上，听到有人正将他的玩具摆放在床头，他带着我前所未见的无比满足，感到自己正要进入梦乡；这时，我感到棺木停靠在了坚实的土地上，我听到在棺盖之上，有霉土落下的声音。这声音不同于棺木里那空荡的嗡鸣声，直飘升到墓穴的边缘。我没有被埋葬在任何墓地里。他们对我爱得太深，我感谢他们。他们将我置于自己城堡的庭院里，许多树环绕在我周围，春天到来的时候，那里生长着樱草花、风信子，还有各种树。

现在我躺在整个大地的胸怀中，在我的意志中，她众多的孩子每一个都像是我的一个身体。我似乎感到了这位母亲伟大的心灵跳入了我的身躯，用她自己的生命、最本质的存在和天性将我哺育。我听见了我朋友们在上面的脚步声，我的心为之一震。我知道来帮忙的人已经离去，只剩下骑士和那位女子，低声轻柔地诉说关于光秃的草皮下所躺之人的伤心话。我起身走进一株长在坟墓边缘的巨大的樱草花。从它那谦卑又值得信赖的花窗里，露出了那位女子的面容。我感到自己在其中能得以显现，它说出了我想要表达的一部分话语，就好像我过去常常沉浸其中的某首歌的结尾。花儿将她的目光吸引。她弯腰将它采摘，放于胸前。第一次，她亲吻了我。但是花儿很快便凋谢了，我离开了这朵花。[1]

现在是傍晚时分。太阳位于地平线下方，而玫瑰红的日光照亮了高高飘浮于世界之上羽毛般柔软的一片云彩。我起身，抵达那片云，将自己投掷在云朵上，与它一同飘荡到能看见太阳西沉的地方。夕阳下沉，云变成了铅灰色，但那晦暗的颜色却并未触及我的内心。在它里面包裹着一层玫瑰色，因为，现在我可以在爱的同时，不再需要被爱了。月亮滑翔上来了，苍老的脸上显露着一切过去，它把我的卧床变作幽灵般的煞白，仿佛将下方的地球掷入了苍白的梦海之底。但它无法使我悲伤。如今我知道，只有付出爱，而非被爱，才能和另一个灵魂最深地相交；是的，相爱的两个人，正是彼此之间付出的爱，而非被爱，创造出了他们的幸福，使之趋向完美和稳固。我明白了，爱给了那付出之人以力量，施予任何被爱的灵魂之上，纵使那灵魂还不认识他，也让他在内心上得以接近；爱给人的力量，只能以善的形式存在，因为一旦自私侵入，爱便停滞，从中涌出的力量就会消亡。然而，所有的爱终将在某天收获回报。所有真挚的爱，将会在某一天，从那被爱之人的眼中看见它自己的形象，迸发出恭谦的喜悦。在崇高的死亡之领地，这是有可能发生的。“啊！我的朋友们，”我想，“我该怎样关照与等候你们，用我的爱来萦绕你们。”



---

① 第三章中的诗歌描写樱草花之死。此处又死去了一朵樱草花，不过这次是因为吻，而不是被咬的。（译注）

我那飘浮的战车将我送到一座大城市的上空。城市模糊单调的声音上升至空中——那是怎样的声音？“多少绝望的哭声，”我心想，“多少疯狂的呼号组成了这场骚动，我飘浮在永恒的宁静中，听起来却如此模糊。我知道，终有一天它们将在周围的宁静中平息下来，绝望将逝去，化作无限希望；在那儿看似不可能的，正是这里的法度！”①

“可是啊！颜色苍白的女人，神色阴郁的男人，被遗忘的孩子，我多么愿意照料你们，侍奉你们，在黑暗中用我的胳膊搂着你们，在你们心中燃起希望，当你们以为四下无人的时候！等到我的知觉全部恢复，适应了这被祝福的新生命，马上，我就会带着治愈之爱来到你们中间。”

想到这里，极度的苦痛和可怖的战栗在我身上涌动，死亡般的震颤使我抽搐起来，再一次，我意识到了一个更有限的，甚至是肉体的、属世的生命。

---

① 参见新约圣经《启示录》：神要擦去他们一切的眼泪，不再有死亡，也不再有悲哀、哭号、疼痛，因为以前的事都过去了。（译注）

# 第二十五章

“我们的生活不是梦境，但它应当，也许就会成为梦中的世界。”

——诺瓦利斯[①]

“这土地原是我的生母之门，

我用手杖击打地面，不分昼夜，

向她诉说，亲爱的母亲，让我进来吧。”

——乔叟《赎罪僧的故事》[②]

离开这样的理想极乐之境，再次沉沦到阴影包围环绕的世界，我所面临的第一个忧虑，自然就是，我的影子又一次找到了我，痛苦的折磨再度开启。我感到悲伤和厌恶极了。的确，这似乎与我们在死亡之前思考死为何物所得出的结论相一致。

---

① 出自1802年出版的《诺瓦利斯作品选集》（*Fragmente vermischten Inhalts*）。麦克唐纳曾数次引用过此句，包括他的幻想小说《莉莉丝》亦是以引用此句作为收尾。（译注）

② 乔叟（1343—1400）：英国小说家、诗人。代表作《坎特伯雷故事集》《赎罪僧的故事》是其中的一个故事，这句话出自一个寻死的老人之口。（译注）

不过，我感受到心中还存有一种平静忍耐的力量，而迄今为止，我对它还知之甚少。因为事实上，假若在我思考时能够想起它，无以言表的快乐早就将我填满了。这样的安宁若是能拥有一小时，一生的愁烦就不枉费了。



在清晨的日出之前，我发现自己躺在露天之下。我的头顶是一片夏日的天空，等候着旭日初升，那些云朵已经看到了它在远方的身影；没一会儿，每一滴露珠将会因为自己身上有个小太阳而欢欣鼓舞。

我一动不动地躺了几分钟；然后慢慢地站起身，环视周围的景象。我身处一座小山丘的山顶上，底下就有一个山谷，一道山脉封闭了那边的风景。但令我惊恐的是，在对面的山谷高山之上，从我的脚下，伸展出一个巨大扩张的阴影。它躺在那里，既长又大，既幽暗又强大。怀着心烦意乱的绝望感，我转身离去，然后——天啊！当我抬头时，看见太阳正好在东方的山冈上抬起头，从我身上落下的影子只能躺在阳光照不到的地方。我快乐得手舞足蹈。它只是个自然的影子，每个人在阳光下行走时都会跟随其后的影子。太阳升上来了，越来越高，影子的顶部下沉到对边山冈侧面，穿过山谷向我的脚蹑手蹑脚地跟过来。

我为自己从这种恐惧中解脱出来而备感欢欣，于是我看见和认出了周围的田野。我自己的城堡就坐落在下面的山谷里，还有我童年时常去的地方就在我的周围，我急忙赶回家。我的姐妹们带着无法形容的喜悦接待了我，但我猜想她们已经注意到我身上发生了一些变化，因为她们的喜悦中混杂着一丝敬畏，这使我羞愧。因为我，她们曾陷入巨大的痛苦中。在我出走失踪的那天早上，她们发现我房间的地板被水淹没，而且那一整天的时间里，一种奇怪的、几乎无法穿透的薄雾笼罩着城堡和庭院。她们告诉我，我走了二十一天。对我而言，却有二十一年。这种全新的经历并没有使我高枕无忧。夜里当我再一次躺在自己的床上，我无法完全肯定，再度醒来时会不会发现自己又出现在精灵国的某个神秘之地。我的梦无止无休，使人心烦意乱；但是当我醒来时，我清楚地看到，我就在自己家中。

我的心很快平静下来。我开始履行新生活状态中的职责，希望自己多少能受到点儿精灵国冒险经验的指引。我能把在那儿的旅行经验放到普通的生活中吗？这是个问题。或者说，我是否要用属于人类世界的其他方式，全部重新生活一遍，重新学习一遍？人类世界的经验和精灵国的经验相似吗？这些问题，我还不能回答，但是我尚有忧虑。

我甚至还发现自己有时会焦虑地查看我的周围，看看我的影子是不是从太阳那儿坠落下来了。然而我从未发现过身边有一丁点这样的倾向。如果我不那么容易伤心，便不会在地上投下一片阴影，正如大多数和我生活在这片土地上的同龄人一样。有时，我有一种奇怪的感觉，我是一个幽灵，被派到这个世界来帮助我的同胞们，或者说，来修正我做错的那些事情。

但愿这个世界因为我变得更加明亮一些，至少在我的幽暗触不可及的那些地方能够如此。

就这样，当初出发寻找自己理想的我，而今回家了，心中充满欣喜，我把“影子”丢掉了。

每当想起历经死亡之前我在精灵国所经历的幸福，发现它们高不可及、无以为继的时候，我就想起那位小屋中的智慧妇人，想起她庄重的誓言，她知道一些好到不能诉说的事物。当我被任何悲伤或真正的困惑所烦恼时，我时常感觉自己好像只是离开她的小屋没多久，而且不久就会走出幻境再次进入它。有时，在这样的场合，我发现自己几乎是无意识地四处张望，寻找那红色的神秘标记，带着模糊的希望进入她的房门，接受她那智慧温柔的抚慰。然后，我会自我安慰："我已经走过了沮丧之门，而引领我从那个世界回到这儿的道路，就是我的墓穴。那上面就有红色的标志，终有一天我将会找到它，并且为之欣喜。"

我将讲述几天前发生在我自己身上的一件事情，以此结束我的故事。那天，我和我的收割者们在一起。中午休息的时候，我躺在一棵巨大古老的山毛榉树的树荫底下。这棵山毛榉树耸立在一片田野的边缘，我躺在那里，闭着眼睛，开始倾听头顶上方树叶的声音。起初，它们只是奏响甜美含混的音乐，但过了一会儿，这声音似乎开始变得规律起来，然后渐渐地变成了话语，直到最后我似乎能够辨别出它在说什么。它们半是消融于一片小小的话语环绕的海洋中："一件天大的好事正在靠近——正在靠近——正在靠近你，安诺德。"它的声音如此这般，一遍又一遍。我想象，这个声音在提醒我，让我想起那座四方的小屋里老妇人的声音。我睁开自己的眼睛，有好一阵子，我几乎相信自己看到了她的脸——脸上有许多的皱纹，还有那双朝气蓬勃的眼睛，透过山毛榉树的两根灰白的枝杈看着我。可是，当我凝神注视时，我只看到一些细枝和树叶，还有那无边的天空透过枝杈间的细碎空隙注视着我。虽然很少有人一直有这种天真和勇气去相信，但我知道“好事”正在向我走来——其实好事一直都在向我们走来的路上。而我们所谓的“坏事”，亦是人们憧憬着美好之事，在彼时以为所做的最好选择。[①]就是这样，就此别过。



① 麦克唐纳认为恶非实体，必须借助善方可存在，恶的源头是善，因为上帝全然是善的。在丢掉了影子之后，安诺德想起了小屋妇人的誓言，对“天大好事”的来临更加充满信心。（译注）